本书由兰州文理学院出版基金资助
本书为兰州文理学院学术文库成果

凝眸文学

叶淑媛　著

中国大百科全书出版社

图书在版编目（CIP）数据

凝眸文学 / 叶淑媛著. -- 北京 ：中国大百科全书出版社，2022.9

ISBN 978-7-5202-1157-4

Ⅰ．①凝… Ⅱ．①叶… Ⅲ．①文艺评论—中国—文集 Ⅳ．①I206-53

中国版本图书馆CIP数据核字(2022)第100535号

出 版 人	刘祚臣
策 划 人	曾 辉
责任编辑	常 川
责任印刷	魏 婷
封面设计	乔智炜
出版发行	中国大百科全书出版社
社 址	北京阜成门北大街 17 号　　邮政编码　100037
电 话	010-88390969
网 址	http://www.ecph.com.cn
印 刷	北京君升印刷有限公司
开 本	710mm×1000mm　1/16
印 张	21.75
字 数	233 千字
印 次	2022 年 9 月第 1 版　2022 年 9 月第 1 次印刷
书 号	ISBN 978-7-5202-1157-4
定 价	88.00 元

本书如有印装质量问题，可与出版社联系调换。

序

当我将这本文集命名为《凝眸文学》时，心中略有迟疑，因为这意味着我要解释我对"文学"的理解。为文学下定义是不明智的，被人们称之为"文学"的东西那么多又有那么多不同，阐明什么是文学是我力不能及的。不过，借此契机，可以对文学观念的变迁史作以梳理和思考。在这个过程中，发现文学观和时代语境紧密相关。一个时代的语境，决定了作者、作品和读者的存在状态，也决定了文学发挥怎样的功能实现意义的交流。而文学观和文学批评就是发挥文学功能和实现其意义的体现。

本来，我想把对文学观念的梳理及其思考写在这个自序中，但是在写作的过程中发现这个大课题不能简单地说清楚，最后写成了一篇文章，就是本文集中的第一篇《凝眸文学：文学观念的嬗变与思考》。在这篇文章中，梳理和思考了中西方古代的文学观到现代文学观的嬗变。在中西方，文学都经历了由古代的"著作"和"学问"广义的文学观到现代的审美性的纯文学观念的变迁，并且在二十世纪末以来，纯文学观又走向强调功能主义和对话机制的文学观，回到了与其他学科的多元、共生、杂糅的文化系统中。

如果以现代"纯文学"观念来看这本文集，其内容是比较杂的。而如果以文化的"文学观"来看，本文集的内容还是偏向文学艺术和美学，但贯穿了哲学、社会学、历史学、民俗学等多维的视角，并努力在情义理的交融中进行阐释、对话和交流。只是由于阅世浅薄、学力不逮，文章难免浅陋，离古人所说的义理、辞章、考据皆佳的要求还有距离。不论怎样，我所写文字的立足点，也是我眼中文学的魅力所在。

文集第一部分有神话传说的解读、西方美学一些基本问题的探讨、也有一些思考当下文艺批评建设的理论文章。第二部分是小说批评，对中国现当代重要的小说家，如余华、王安忆、弋舟、雪漠、严英秀等人的作品进行批评，有具体作品的解读，也有整体作家论，延及文学现象和文学思潮的论述。第三部分是诗文散论，是平时阅读中的感悟，有诗歌理论的阐发，也有各类文艺作品鉴赏。这些文章在写作中，立足于以下三点：

第一，文学理论和文学批评与时代、社会相结合。立论的观点都是将理论命题置入时代和社会语境中思考所得，期望自己的观点具有"居间"的性质，发挥重新解读和阐释的纽带作用，能够促进理论与批评、与社会存在之间联系的建立。

第二，文学批评遵循了对作品中情、义、理的感受和分析。我一直喜欢叶燮论及杜甫时说的话："千古诗人推杜甫，其诗随所遇之人之境之事之物，无处不发其思君王、忧祸乱、悲时日、念友朋、吊古人、怀远道，凡欢愉、幽愁、离合、今昔之感，一一触类而起，因遇得题，因题达情，因情敷句，皆因甫有其胸襟以为基。"[①] 这也是我对文学作品进行价值判断和文学批评的标准。当然，不能以千古诗人来要求历代和当代许许多多的作家，但是这可以作为对作家作品进行价值判定的参照。当然，

① 叶燮著，霍松林校注：《原诗》，《原诗·一瓢诗话·说诗晬语》，北京：人民文学出版社，1998，第17页。

对作家作品有要求有参照，对文学批评自身也要有要求有参照，那就是我在本文集《理想的文学批评》一文中提出的：一是在批评的境界上有超文学的创造性；二是作为批评的主体，要爱智慧；三是要实现批评的效用，就要修辞立其诚。文学批评的过程是与作品、作者和世界的对话，在对话中显现批评所达到的水平。在本文集中，由于批评者自身胸襟才学的限制，也有时候受到作品本身情义理表现水平的局限而有很多不足之处。但是，没有将文学批评写成理论堆积或者自我经验中文学实践。

第三，以"知人论世说"来评价师友之作。《孟子·万章下》："颂其诗，读其书，不知其人可乎？是以论其世也。"孟子提出的"知人论世说"是中国最早的社会历史批评，至今仍然是我喜爱的，因为"知人论世"，方可避免瞎猜臆想，论说相对中肯。文集中论及的一些作家是我的师友，我没有在文章中虚美他们，只是由人及文，由文及人。因为熟悉，写作时是自如的，内心也感到踏实和喜悦。师友们与我，大多偏处西北一隅，声名寂寞，以文会友，惺惺相惜而已。

总之，这本文集有许多不足之处，还请方家指正。

是为序。

叶淑媛

2021 年秋

目　录

｜第｜二｜辑｜：小说批评

|第|三|辑|：与诗同行

|后|　|记|

第一辑

理论探索

凝眸文学：文学观念的嬗变与思考

▶▲

在中外文学史上，对于什么是文学这个问题的理解存在着中西差异和古今差异。文学观的嬗变反映了人们对于文学的认知，也反映了时代和社会语境中文学的机制，以及文学在社会中发挥的功能。在当下社会语境中，文学何为？也许对于文学观念嬗变的梳理和思考能够为这个问题提供一些新的思考，也有助于促进文学理论和文学批评的发展。

一、从 Literature 到 literature：西方"文学"观念的变迁

今日学界普遍持有的文学观念，是西方的纯文学观念，这是一个现代意义上的概念。1747 年法国艺术理论家查里斯·巴托在《论美的艺术的界限与共性原理》一书中，将"艺术"一词确切地指向"美的艺术"（beaux art），并区分了七种"美的艺术"，包括诗歌（诗包括戏剧）、绘画、雕塑、音乐、舞蹈、建筑和修辞。对于文学来说，这个区分的意义是明确把诗歌划分到美的艺术里，确定了诗歌（文学）的审美属性。所以，一般认为，西方纯文学

观念也肇始于此。因为，在此之前，西方并不持有明确的纯文学观念，古希腊无一当今意义上的文学概念，只有诗、史诗、戏剧、悲剧等具体的体裁指称。这些体裁的作品当然具有审美性质，不过其时并未将它们归于文学。

至于艺术（technē），西方早期的看法是和技术混杂在一起的。在古希腊，"艺术"这个词一方面包括音乐、绘画、雕塑等，同时也指向人类有目的的活动（驯养动物、盖房造船、种植、纺织、医疗、军事活动、巫术魔法，等等），艺术等同于手工艺和技术。

但在古希腊，诗的抒情性、想象性等审美性特征已经受到重视。比如柏拉图在《理想国》中，把文学艺术比作诗人拿着一面"镜子"旋转着映照世界，而在作品中制造出了所有的一切。因此，柏拉图要将诗人逐出"理想国"，原因是诗模仿的东西只是外表，不是实在，是真理的影子的影子，与真理隔了两层。诗人距离真理很远，"他所以能制造一切，是因为他只能触及事物的一小部分，或形象的部分。"① 这只能骗过儿童或者蠢笨的人。而且，这类诗会损害听众的理解力，所以要消除它的毒性，就要把诗人从"理想国"赶出去。且不论柏拉图所言是否合理，有一点是柏拉图已经认识到诗所具有的虚构性和想象性的特质。就像他对荷马的看法，他说："人们说，悲剧诗人以及他们的首领荷马懂得所有技艺和所有事情，人性、美德、邪恶以及神灵之事，无所不知，理由是优秀诗人只有了解他的题材，才能把诗写好，谁不懂这一点，

---

① 拉曼·塞尔登编：《文学批评理论：从柏拉图到现在》，刘象愚　陈永国等译，北京：北京大学出版社，2003，第12页。

谁就不是一个诗人。"① 而且，柏拉图虽然要驱逐诗人，但他还是尊称荷马是"整个引人入迷的悲剧艺术界的班主和导师"。不过，柏拉图的这些文艺思想虽然影响深远，但并没有就此形成古希腊以及西方古代的文学观。

到了 18 世纪，查里斯·巴托能够将美的艺术从工艺之中分离出来，并得到人们的认可，是与文艺复兴以来的社会情势紧密相关的。在一个充满活泼的求知欲和好奇心的时代里，人们精神生活得以提升，促成了一大批科学家和艺术家，而艺术家们提高自己的地位的努力亦促成了美的艺术从工艺之中分离。"美的艺术"提出来之后，经由同时期及之后的古典美学家如维柯、文克尔曼、莱辛、鲍姆嘉登、康德、席勒、谢林、黑格尔等人从美学理论上确立了诗作为感性认识具有的想象性、虚构性和情感性等审美性质和特征，再经由 18 世纪前后一大批作家，特别是 19 世纪的浪漫主义文学运动，促成了西方重抒情、重个性表达的现代意义上的纯文学观念。

而要追溯现代意义的"文学"观念史，按照卡勒的看法，欧洲文化传统中关于"文学"的现代思想，在德国美学家莱辛 1759 年起发表的《关于当代文学的通讯》一书中才有萌芽，指的是现代的文学生产。法国批评家斯达尔夫人《从文学与社会制度的关系论文学》一文则真正标志着"文学"现代意义的确立②。英国学者彼得·威德森在《现代西方文学观念简史》中也认为，西方社

---

① 拉曼·塞尔登编：《文学批评理论：从柏拉图到现在》，刘象愚 陈永国等译，北京：北京大学出版社，2003，第 12 页。

② 乔纳森·卡勒：《文学性》，《问题与观点——20 世纪文学理论综论》，马克·昂热诺等编，史忠义等译，天津：百花文艺出版社，2000，第 29 页。

会"文学"这个概念的现代含义大致形成于 19 世纪前后，以斯达尔夫人和英国批评家马修·阿诺德的看法为标志，将"大写的文学"(Literature) 从"小写的文学"(literature) 中区分了出来。所谓"大写的文学"也就是现代文学观念，是指那些特别具有创造性、想象性（包括虚构性）、审美性（总体上称为"文学性"）的作品类型 ①。而小写的文学则是一个广义的概念，指的是"著作"和"书本知识"。

在西方文化传统中，思考文学的功能时，重点多放在文学与世界的关系上。现代文学观念确立后，文学研究也多立足于将文学的本质建基在文学反映世界的方式上，所以最常见的文学观是对于文学的虚构性和形象性的强调。随着人们对文学本质规定性探寻的进一步深入，对于什么是文学或者"文学性"的探讨进一步将文学研究引向针对文学语言、结构的语义学分析，以及自足的"文学文本"、文学本体等方面来。20 世纪初出现的俄国形式主义明确提出"文学性"概念，比如雅各布森提出要找准文学研究的对象和目标，即"文学研究的对象不是文学，而是'文学性'，也就是使一部作品成为文学作品的东西" ②。他对文学性的研究，则是从语言学方面入手，建构了一套关于诗歌语言与功能的理论系统。俄国形式主义的另一位代表人物什克洛夫斯基则提出了著名的"陌生化"理论，提出文学语言和形式不断打破常规的感知

① 彼得·威德森：《现代西方文学观念简史》，钱竞、张欣译，北京：北京大学出版社，2006，第 36 页。

② 茨维坦·托多罗夫编选：《俄苏形式主义文论选》，蔡鸿滨译，北京：中国社会科学出版社，1989，第 24 页。

方式,给人以新颖的审美感受。此外,还有许多文学理论家的观点,比如,英美新批评的主将兰色姆提出的文学本体论、结构—肌质论、语境理论,燕卜逊等人提倡的含混、反讽、张力、隐喻意象等,都强调文学语言艺术的重要性,和文学语言行为的性质,从而将文学确定为具有文学性语言的艺术。他们在强调文学语言时,将文学语言与人文社会科学各种学科的语言对立起来,从孤立的文学语言中搜索"文学性"的意义,从而将文学范围进一步窄化,也试图对文学制定标准。形式主义和英美新批评只是关于文学性或者说文学观探讨的一种理论形态,是具有明显的局限性的。

卡勒在《文学理论入门》一书中通过对于什么因素(属性的或程式的)可能使人们将某种文本视为文学这个问题的梳理,列举了关于文学本质的五种理论:"1. 文学是语言的'突出',2. 文学是语言的综合,3. 文学是虚构,4. 文学是审美对象,5. 文学是互文性的或者自反性的建构。"卡勒指出这五种理论无非是五种"视角",并且"对每一点论述,你都可以从一种视角开始,但最终还要为另一种视角留出余地"①。

不论如何,现代文学观念的确立距今也不过200多年,文学"是指以语言作为物质手段而具有审美价值、能给人以美感的作品"②,包括诗、散文、小说、剧本等,文学的特征和功能,主要是抒情性、娱乐性和审美性。这意味着现代文学观念是"不以体制定文学,而以特质定文学"。

① 乔纳森·卡勒:《文学理论入门》,李平译,南京:译林出版社,2013。
② 王运熙 顾易生主编《中国古代文学批评史新编》(上册),上海:复旦大学出版社,2011,第3页。

二、从文章学到"纯文学"：中国文学观念的变迁

上述西方现代纯文学观念不仅是今日中国学界普遍持有的"文学"观念，且成为中国古代文学和现当代文学研究的基础观念和主流话语。但是，中国古代的文学观念并非我们今天所说的"文学"。在先秦时期，"文学"一语泛指学问、文教、文化修养等。至汉代，文学观又形成了文章学，其"最为核心的两个要素，乃是重视政教实用的功能观和讲究体式分类的文体观"①。这种整体性的文章学的文学观贯穿了中国古代文学史。

在先秦典籍中，《论语·先进》有言："德行：颜渊、闵子骞、冉伯牛、仲弓；言语：宰我、子贡；政事：冉有、季路；文学：子游、子夏。"②在这里，文学是与德行、言语、政事相提并论的，宰我和子贡长于语言，主要指他们长于政治外交辞令、宾主应对等语言表达。而子游、子夏长于文学，是指他们在熟悉、掌握古代文献典籍方面最有成绩。《荀子·大略》："人之于文学也，犹玉之于琢磨也。《诗》曰：'如切如磋，如琢如磨。'谓学问也。……子赣、季路，故鄙人也，被文学，服礼义，为天下列士。"③在这里，"文学"是指文献典籍，也即学问，而从事学问可以提高文化修养。从这两个例子可以看出，在先秦时期，今天看来是文学作品的《诗经》，也只是学问的对象和所研习的典籍，它是子游、子夏所熟悉的典籍，也是荀子所提倡的"学问"的对象中的一类，并不被视为审美欣赏的对象。另外，"文学"有时也包括了各方面的学问、

---

① 左东岭：《中国古代文学研究的原发性问题》，《文艺研究》2021 年第 8 期，第 42 页。

② 《论语译注》，杨伯峻译注，北京：中华书局，2017，第 157 页。

③ 《荀子》，方勇、李波译注，北京：中华书局，2015，第 459 页。

制度等。如《史记·太史公自序》："汉兴，萧何次律令，韩信申军法，张苍为章程（据《史记索隐》引如淳曰，指历法、度量衡的制度、法式），叔孙通定礼仪，则文学彬彬稍进。"①

　　到了汉代，由于汉武帝独尊儒术，儒学在各种学问中地位最高，所以"文学"一语也常指儒学，如《史记·孝武本纪》："而上乡儒术，招贤良，赵绾、王臧等以文学为公卿，欲议古立明堂城南，以朝诸侯。"② 这里是说因为汉武帝独尊儒术，赵绾、王臧因儒学成就而被列为公卿。在汉代，写作能力也受到了重视，"文章学"随之兴起。"文章"一语指用文字写下来的东西，或指具有写作才能。汉代的"文章"所指范围非常广泛，既包括审美性强的辞赋、诗歌，也包含经、传、史、箴等一切实用性的文字。如《汉书·扬雄传》云："其意欲求文章成名于后世，以为经莫大于《易》，故作《太玄》；传莫大于《论语》，作《法言》；史篇莫善于《仓颉》，作《训纂》；箴莫善于《虞箴》，作《州箴》；赋莫深于《离骚》，反而广之；辞莫丽于相如，作四赋。皆斟酌其本，相与放依而驰骋云。"③ 文章学观念的影响非常深远，直至近代的章炳麟在其《国故论衡·文学总略》中仍持有这样的观点："文学者，以有文字著于竹帛，故谓之文；论其法式，谓之文学。"④

　　魏晋南北朝时期，文学批评开始重视和强调文学的审美属性，所以，许多现代以来的学者将其与西方的"纯文学"观念相联系或者等同起来，将魏晋时期作为中国"文学"从文化中独立出来

---

① 司马迁：《史记》，北京：中华书局，2011，第 2874 页。
② 司马迁：《史记》，北京：中华书局，2011，第 382 页。
③ 班固：《汉书》，北京：中华书局，2007，第 859 页。
④ 章太炎：《国故论衡》，上海：上海古籍出版社，2019，第 55 页。

的时期，并写入影响巨大的文学史教材，因而也影响了许多青年学子[①]。确实，魏晋时期的文学批评较少探讨文学与社会、政治的关系，而是大量探讨文学内部的各种关系，鲁迅曾说曹丕所处的时代是"文学的自觉时代"（《魏晋风度及文章与药及酒之关系》），这个说法是可以涵盖这个时期文学审美意识的大为张扬的状况。但是，魏晋时期也没有一个形成与当今之"文学"含义相当的文学观，能够将"文学"与所有以文字连缀而成的制作加以区分。宋文帝虽然确立了"四学"（儒学、玄学、史学、文学）为官学，但这里的文学仍然泛指文教、文化修养而言，在许多场合，包含着文章与博学两方面的意义。至于"文章""文"之语，既包括诗赋等审美性浓厚的作品，也包括学问著作和一般的实用性文体等。如曹丕说"盖文章，经国之大业，不朽之盛事"。是强调文章经世致用的功能，而"夫文本同而末异，盖奏议宜雅，书论宜理，铭诔尚实，诗赋欲丽。此四科不同，故能之者偏也；唯通才能备其体"（《典论·论文》）。则是文章之学的文体分类及对文体特征的概括，其中"诗赋欲丽"是文学的自觉，但奏议、书论和铭诔显然是难以纳入现代纯文学的观念中的。陆机言说"诗缘情而绮靡，赋体物而浏亮。碑披文以相质，诔缠绵而悽怆。铭博约而温润，箴顿挫而清壮。颂优游以彬蔚，论精微而朗畅。奏平徹以闲雅，说炜晔而谲诳"[②]。同时也指出："伊兹文之为用，固众理之所因。恢万里而无阂，通亿载而为津。俯贻则于来叶，仰观象乎古人。

凝眸文学

[①] 参看童庆炳主编《文学理论教程》，北京：高等教育出版社，从1992年初版至2015。

[②]（西晋）陆机（唐）司空图：《文赋 二十四诗品》（汉英对照），（美）哈米尔等译，南京：译林出版社出版，2012，第22页。

济文武于将坠,宣风声于不泯。"①(《文赋》)陆机提出的"诗缘情而绮靡"切中了诗歌抒发感情、辞采华美、感情细腻的本质,与现代纯文学观念也是高度一致,但总体上陆机所说的"文"也包括与政教关系密切或直接用于政教的各类作品,属于文章学的范畴。不过,魏晋时期文学批评对于文学审美特性的认识,比如强烈情感的表现、语言文辞的形式美、自然真切的景物描写,等等,都是很深刻的。比如梁元帝萧绎《金楼子》篇云"吟咏风谣,流连哀思者谓之文。"刘勰《文心雕龙·时序》述建安文学"雅好慷慨""梗概而多气",《辩骚》篇言楚辞"酌奇而不失其贞,玩华而不坠其实",都指出了这些作品以情感动人,且文辞风貌美好的审美性。所以,以现代的纯文学观念审视中国古代文学的审美属性时,确实可以找到契合点,这就是具有高度审美属性诗歌、散文等文章抒情言志的传统。

但不论如何,中国古代的文学观念,至为重要的是传统文章观,其"最为核心的两个要素,乃是重视政教实用的功能观和讲究体式分类的文体观"②。

中国近代以来的"文学观"来源于西方18、19世纪以来形成的纯文学观念。首先是王国维深受西方文学观念的影响,在《文学小言》中认为"文学"超越"利禄",是"游戏的事业也"。"文学中有二原质焉:曰景,曰情。"从而将文学归于超实用功利性的具有审美特性的写作或文体类型。然后把符合这一特性的各种

① (西晋)陆机(唐)司空图:《文赋 二十四诗品》(汉英对照),(美)哈米尔等译,南京:译林出版社出版,2012,第62页。

② 左东岭:《中国古代文学研究的原发性问题》,《文艺研究》2021年第8期,第41—51页。

文体类型，如诗词曲赋、韵文散文、戏曲小说等都归入"文学"这个集合性概念之中。由此，王国维初步确立了现代文学观念及其研究范式。

至五四时期，"文学革命"在激烈批判"文以载道"之类旧的文学观念的同时，努力寻求建立新的文学观念，对"文学"做出现代意义的回答。鲁迅 1907 年发表《摩罗诗力说》，他说："起由纯文学上言之，则以一切美术之本质，皆在使观听之人，为之兴感怡悦。文章为美术之一，质当亦然，与个人暨邦国之存，无所系属，实利离尽，究理弗存。"[1]胡适在 1917 年答钱玄同的《什么是文学》一文中说："语言文字都是人类达意表情的工具，达意达的好，表情表的妙，便是文学。"[2]1919 年罗家伦发表《什么是文学——文学界说》中提出："文学是人生的表现和批评，从最好的思想里写下来，有想象，有感情，有体裁（syle），有合于艺术的组织，集此众长，能使人类普遍心理，都觉得他是极明了、极有趣的东西。"[3]

现代"纯文学"观念形成的关键人物是黄人。他的《中国文学史》是中国第一部具有现代意义的文学史，对于现代文学观念在学术体制上奠定和形成影响深远。黄人将文学归入美学之范畴，这是言前人之所未言。并总结出文学的六个特质："（一）文学者，虽亦因乎垂教，而以娱人为目的；（二）文学者，当使读者能解；

① 鲁迅：《摩罗诗力说》，《鲁迅全集》第 1 卷，北京：人民文学出版社，1981，第 71 页。
② 胡适：《什么是文学》，《胡适文存》卷一。上海亚东图书馆，1923，第 297 页。
③ 罗家伦：《什么是文学——文学界说》，《新潮》1919 年第一卷第二号。

（三）文学者，当为表现之技巧；（四）文学者，摹写感情；（五）文学者，有关于历史科学之事实；（六）文学者，以发挥不朽之美为职分。"① 这里提出的文学"娱人"的娱乐性、"摹写感情"的抒情性、"不朽之美"的审美性，构成了现代纯文学观念的核心要素。黄人之后，现代纯文学观念迅速在中国文学研究界形成影响，以其为指导而撰写的文学著作纷纷出版，如刘经庵的《中国纯文学史》，抛弃了中国古代的文章学观念，视中国古代数量巨大的古文如无物，仅将诗歌、词、戏曲、小说纳入文学范畴的论述框架。

钱穆有言："中国古人并不曾把文学、史学、宗教、哲学各别分类独立起来，毋宁是看重其相互关系，及其可相通合一处。因此中国人看学问，常认为其是一整体，多主张会通各方面而作为一种综合性的研究。"② 而五四"文学革命"以来纯文学观念的建立，使得 20 世纪以来的文学研究形成了以现代纯文学观念为基点的学术体系、学术方法和范式，以及学术思维。那就是"文学是用来抒发自然性情、表达自我个性并用形象的方式去表现自我感受的，因而情感个性、故事情节、人物形象逐渐占据了文学研究的主要空间，即使要研究作家作品的思想内涵，也一定要通过形象的方式加以说明。这似乎已成为文学研究的基本内涵与价值判断的主要依据"③。这种研究范式形成之后，主流的文学研究将议论性、应用类文体排除出了古代文学研究的范围，在面对《庄

---

① 江庆柏、曹培根整理：《黄人集》，上海：上海文化出版社，2001，第354页。

② 钱穆：《中国学术史通义·四部概论》，《钱宾四先生全集》第25册，（台湾）联经出版事业公司1998年版，第5页。

③ 左东岭：《中国古代文学研究的原发性问题》《文艺研究》2021年第8期，第41—51页。

子》《论语》这样的不能舍弃的传统经典时，也主要着眼其文学属性而对其他要素概而论之。至于诗文、小说中大量的说理、知识、博物、见闻等，纯文学研究者也多不做探究。

中国古人的文章学通常将文体的实用功能和教化效果与言辞形式的华美漂亮与清通畅达结合在一起，即所谓"圣文之雅丽，固衔华而佩实者也"①。这也是古人"一切知识与活动，全就其对人文整体之看法，而衡量其意义与价值"②的整体性人文传统。现代的纯文学研究使文学有了更鲜明的标识、标准和功用，使其美学和艺术的属性更为突出，也更有利于现代学术体制中文学学科的建设。但是，出现的问题是：割裂了中国文论以"文章学"内涵为文学之传统，窄化了文学的范围，也进一步引导了具体作品中情、义、理割裂的创作倾向。故现代以来，那些单单立意于文学之娱乐和审美功能的作品，多缺乏深沉之力量、广博之视野，是因文学割裂与史、哲、政治、教化等联系，情有余而事、理不足。这是一个应该反思的问题。

三、新世纪以来走向功能主义和对话机制的"文学观"

西方兴起于 20 世纪五六十年代的形式主义文论和新批评风行一时，到了 20 世纪末即受到了质疑，后现代文论随之兴起。卡勒等人一方面不满于形式主义以文本为中心的局限；另一方面也批判削弱了文学本质（文学性）而泛化的文化研究，提出了更

---

① 刘勰著，范文澜注：《文心雕龙注》，北京：人民文学出版社，1998，第 16 页。
② 钱穆：《国史新论》，北京：九州出版社，2011，第 138—139 页。

有启发性的关于文学性和文学观的探讨。从其理论观念来看，主要是从三个层面上进行①：一是从文学的本质特性而非文本特性；二是在现代文学观念的形成和演变中看待这个问题；三是关注文学意义生产的机制、功能和价值。卡勒说："我们应该把文学所有的错综性和多样性看成是一种由来已久的机制和社会实践。说到底，我们在这里讨论的是一种'机制'。"②美国文学理论家彼得·威德森的《现代西方文学观念简史》对西方18世纪以来的文学观念的形成和演变进行历史性的考察和梳理，讨论了文学的性质和功能。他指出，诗性、想象性、虚构性、原创性、审美性，以及文学的特殊语言形式和修辞技巧都是文学的本质属性，而文学的功能则是创造"诗性的现实"，并显现出独特的文化意义。这一方面肯定了文学的审美性质；另一个方面也要求重视文学的文化功能，并考虑文学机制的形成。至于持反本质主义的伊格尔顿，他反对的是从纯文学角度和因素去理解文学，他主张把文学放入社会的意识形态结构中，从历史建构和价值功能的角度来理解文学，把文学作品作为"事件""行动"和"策略"，与读者的阅读行为联系起来，去理解文学意义和功能。

进入21世纪之后，文学的边界和内涵发生了巨大的变化，网络新媒体改变了纯文学观主导下的文学概念、雅俗之分以及文学版图，持有一种纯文学观念明显不能应对文学本身发展呈现出的多元面貌。与之相应，文学批评也遭遇了适用性危机。其实，

① 赖大仁：《"文学性"问题的百年回眸：理论转向与观念嬗变》，《文艺研究》2021年第9期。
② 乔纳森·卡勒：《文学理论入门》，李平译，南京：译林出版社，2013，第44页。

整体的艺术批评都遭遇了危机。一方面文学和艺术的生产非常繁荣，另一方面，大量的作品不可读也没人读。生产独立自足的文本固然不可以，而文学批评和艺术批评没有发挥对话和纽带功能，在作者、作品和读者之间建立联系，在文学艺术与社会、自然之间建立联系也是客观存在。在意识到这个问题的以后，人们的文学观走向多元和开放，纯文学观依然有许多拥趸，文学以想象和虚构建构人类情感世界的丰富多彩和深邃复杂，文学也依然以情动人充满人文关怀和美的愉悦，基于文学的审美属性的阐释研究依然在启悟人、感染人，文学也依然为人们提供娱乐和愉悦。不过，一个理性和伦理的世界需要融合于文学中，来认知和反思人类的生活，它恰恰要求文学与社会、自然之间建立一种恰当的联系，实现情、义、理，以及自然的交融。

于是，我们看到的越来越多的作品已经超越了学科的边界，它所表现的对象也就不一定是文学本身，许多非文学作品同样具有文学性。卡勒曾经发问："是什么让我们（或者其他社会）把一些东西界定为文学的。"他自己的回答是：一个文本当语言脱离了其他（实指）语境，超越现实目的时就有可能被解读为"文学"，因为这样的文本引发人们注意其中所隐含的复杂意义。另一方面，如果将文学看作语言形式的产物，它的"值得一读"就是很重要的，为此我们甚至忍受语言的晦涩、费解和不切题的折磨，但也值得我们去关注其中的意义。这样一来，文学的含义回归于关于著作和学问的广义文学观。它与审美的现代纯文学观念的对立，表现为社会学与美学的对立，而这正是文学所在的后现代语境所决定的，如福斯特主编的《反美学：后现代文化论集》所指出的："在后现代社会，艺术成了文化，不再将自己封闭在象牙塔内，而是广泛介入社会之中，美学或者审美不再是后现代文化的追求。……后现代艺术家扮演的是社会批评家的角色。"① 所以，文学在当下已经不再是自足的审美文本。从西方现代学科划分的视角看，文学又回到了与其他学科的多元、共生、杂糅的文化系统中了。

中国人的思想本来就推崇整合一体性与存在的连续性，所以古代的文学观认为文学、社会、自然之间存在千丝万缕的连续性，如刘勰的"时序"说、"物色"说。文章学虽论体式之异，但在文学整体功能上始终强调重教化、重实用等社会功能，如"宗经""征圣""原道"等。而在作者、读者和作品之间，中国文学本来也认为是一种对话交流的关系，如刘勰的"知音"说，等等。至于文学研究，自汉代儒术语独尊以来，"我国学术，以儒为尊。儒家尚经，经罗万有，故其后虽有家法，而世不能守。儒所习者博：音乐家不研音律，而儒家习之；算学家不治天算，而儒者习之。故古之学者，于学无所不通，于书无所不读。"② 故儒学为通学，而且成为两三千年来中国学问以会通为主流，通中有分的治学之法和治学传统。所以，文学发挥的功能是整体性的功能，包含了学问、教化以及审美。

总之，文学"实与时代而变迁"，在当下语境凝眸文学，是因为今天高度发达的信息技术、新媒体技术使社会发生了巨大的变化，新的社会语境已经影响了文学的生产机制、存在方式和发

① 彭锋：《走出艺术批评的危机》，《文艺研究》2021 年第 6 期。
② 杜定友：《校雠新义》（上），北京：中华书局，1930，第 2—3 页。

挥的功能。而现代的纯文学观以及文学研究是适应于学科分殊逻辑和知识分化理路建立的，如果它继续按自身惯性和逻辑维系下去，依循自身的知识范式演化，必然使文学对社会的变化失去敏感性，造成文学知识的固化、内卷、沉淀，使文学研究也成为僵化的知识和无效的话语。所以，凝眸文学，是为了看清文学来时的路，也看清文学当下的历史方位和向前看的方向。那么，在当下的社会语境中，文学应该回归对信仰、价值、情感、人类经验的模糊性，以及社会互动的复杂性等等的艺术书写，文学研究则融合多学科的知识，形成全面、多维而广泛的对话机能，从而实现对整体的人的关注和人文关怀。

女娲、伏羲神话意象探源

▲▲

　　女娲、伏羲是中国最古老的神话中的神祇，他们被认为是中华民族的始祖而名列三皇之列，伏羲大多时候被冠为三皇之首。关于女娲、伏羲的神话，流传范围非常广泛，全国很多地方有女娲庙、伏羲庙，大家都在争抢"娲羲故里"的荣耀。

　　神话是远古先民观念的产物。女娲神话、伏羲神话都是一种文化现象，不论人们口头传述的神话，还是文字记载的神话都是这种文化现象存在和表述的一种方式。但是，我们知道，文化的产生、发展往往会集中在几个"核心点"上，我们可以认定女娲、伏羲都是中国文化中的"核心点"。我们可以把其与中华文化的源头以及文化特征联系起来追溯娲羲神话的源头。原因是女娲、伏羲的神话传说和民间信仰虽然遍布中华大地，但神祇活动的性质并不单纯，在一个神的身上经常交织着始祖、造物祖、文化英雄等功能各异的角色。这些不同的角色和神格功能，反映着人类社会不同时期的事迹，是与生产力发展到不同阶段人们对世界的认识的观念反映。另外，神话在发展和变异过程中，会出现各种粘连、复合、地方化、世俗化和宗教化的改造。这些变化部分也一定不是原初形态。我们如果将女娲、伏羲神话与中国文化的起源及发展联系起来，就可以剥离神话发展过程中的变异和添加部分，为作为中华文化"核心点"的女娲、伏羲神话的源头及其发展过程描画出一个基本的面貌。

现代科学研究成果表明，中华文化的源头是多元的。中国史前时期存在着若干个自成体系、特点鲜明、既独立发展又相互影响的文化区。但这诸多的文化区域，在发展水平和时间上并不平衡。黄河流域作为其中的一个重要区域，是中华文化的一个重要源头。从甘肃来看，在秦安县大地湾、天水市师赵村、西山坪、西和县宁家庄发现了7000年以前，即新石器早期的农业文化，说明甘肃东部是我国远古农业文明的发祥地之一。正是在这里，至今广泛流传着女娲、伏羲的神话传说，民间关于女娲、伏羲的信仰也依然很兴盛。甘肃的考古发现虽然不能为神话中神祇作为真实具体的历史人物存在提供直接的实证材料，但却能证实一种文化观念的存在。这种文化观念与当地神话传说有一致之处，间接地为我们认可"娲羲故里"或者说女娲、伏羲神话源头之所在地提供了一定的参考依据。正是源于对甘肃东部作为中华文化最早发源地之一的认可，许多人认为这一带是女娲、伏羲神话的发源地，而天水被公认为"羲皇故里"。

这里所说的"故里"，也是人们试图对神话的发源地进行推测和确认，是对神话所反映的中华文明在源头上所具有的特色的认可。学术界也从目前掌握的材料中，得出伏羲、女娲神话首先完善于中国黄河流域，而且与炎黄文明有密切的联系。这是一个较为可靠的结论。而在甘肃大地上流传的女娲、伏羲神话传说和依然存活着的女娲、伏羲信仰，最为鲜明地表现了中国远古文化观念的遗存。

女娲、伏羲神话形态繁杂，大致可以分为三类：一是女娲作为独立女神的神话；二是关于伏羲、女娲兄妹成婚的神话；三是伏羲作为独立男神的神话。这三类神话作为中华文化的"核心点"，有非常丰富的意义，其中蕴含的观念是中国人的生命意识和文化意识在社会不同发展阶段的体现。甘肃历史悠久，文化积淀非常深厚，史前文明在中华文明起源的溯源上有重要的地位。远古时期，出于某种社会文化之需要，或对氏族社会中某种生活方式、某种特异功能、精神力量的崇拜，甘肃大地上就有了对伏羲、女娲这二位最为古老的神话人物的崇拜与信仰。

一、中国文化中女娲神话之钩沉

（一）作为始母神的创生神话

女娲作为独立女神，主要的神格是始母神，但其怎样创生人类，有不同神话和传说流传，因而出现了不同的创生神话。

1. 化生人类

> 有神十人，名曰女娲之肠，化为神，处粟广之野；横道而处。

——《山海经·大荒西经》

有十个名为"女娲之肠"的神人，是女娲的肠子转化出来的。名为"女娲之肠"，意味着这十个神人都是女神。在原初人的观念中,对消化系统和生殖系统没有明确的认识和划分。所以,"肠"在许多时候就指生殖系统,在天水及周围的民间语言中,女人的生殖系统就叫"养娃肠"。女娲生了十个女神,这是母系社会,血脉由女人相承的神话表现。也是中国文化中信仰女性创造人类的文化表现。

2. 抟土造人

> 俗说天地开辟,未有人民。女娲抟黄土造人,剧务,力不暇供,乃引绳絚泥中,举以为人。故富贵者,黄土人也;贫贱凡庸者,引絚人也。
>
> ——(汉)应劭《风俗通义》

这则神话指出女娲造人的时间在"天地开辟,未有人民"的时候,明确指出女娲是最初的始母神。女神创造人类,在世界范围内是一个相当普遍的现象。创始神话中的一种是男神创造人类和世界,另一种是女神创造人类和世界。相信男神还是女神创生世界,这跟文化的表现形态有密切的关系。有些文化倾向于父系社会,突出男性的权利,那么表现出来的极有可能是男神创造了世界。比如,基督教神话里比较典型的就是男性的上帝创造了人类。中国的女娲神话一方面是母系社会的一种表现,另一方面则说明我们的心理接受层面更倾向于女神创造人类,女性的这种创造能力在中国文化中是被认可的。

女娲以"黄土"造人,也是中华文化的特色,也会给神话的起源地探寻提供线索。"泥土造人"是神话的一个母题,在世界许多民族和地区广泛流传。但是，女娲"抟土造人"的特色在于强调"黄土造人"，似乎强调了中国西北部黄土高原文化区作为中华文化发源地之一的优先地位。基于此，似乎也可推测这里是女娲神话的发源地。用黄土造人也是黄土高原制陶业的投影，据已发掘的文物来看，中国彩陶最早在黄河上游地区诞生，甘肃秦安县的大地湾一期文化中发现的彩陶，是已发现的最早的彩陶之一。

女娲"化生人类"与"抟土造人"反映了中国远古时期生殖崇拜中女性生殖崇拜的文化观念。这种文化观念必然会在远古的文化遗存中留下印迹。比如仰韶半坡彩陶中屡见的多种鱼纹不就是"对氏族子孙'瓜瓞绵绵'长久不绝的祝福吗？"（李泽厚语）彩陶中，以鱼纹象征女阴，蛙纹象征母腹来表达远古先民的女性生殖崇拜已得到学界的认可。它和将人类的起始归功于女娲的神话表达了相同的文化观念——女性生殖崇拜。

但是，随着人类社会的发展，人们逐渐认识到两性关系在人类繁衍中的作用，于是，女娲由一个独立的创始人类的大神逐渐演变为与男性神结合的对偶神。在大部分神话传说中，女娲与伏羲发生兄妹情，并成婚生人。

3．成婚生人

昔宇宙初开之时，只有女娲兄妹二人在昆仑山，而天下未有人民。议以为夫妇，又自羞耻。兄即与其妹上昆仑山，咒曰："天若遣我兄妹二人为夫妇而烟悉合，若不使，烟散。"于是烟即合。其妹即来就兄，乃结草为扇，以障其面。今时人取妇执扇，象其事也。

——（唐）李冗《独异志》（卷下）

　　这则神话属于典型的兄妹始祖型神话，兄妹始祖也是解释人类起源的一个重要内容。我国兄妹始祖型的神话，汉族中数量十分丰富，分布区域十分广泛。在南方诸少数民族中例证也非常丰富。而且，根据近十几年来民间文化普查工作的展开，发现这类神话也流传在北方的满、回、鄂温克、鄂伦春等民族。李冗以这则神话解释"时人"为何"取妇执扇"的风俗，也正是这则神话广泛流传的证明。不论怎样，这则神话中以前作为独立神的女娲已经变为对偶神，表明创作这则神话的时候，人们已经认识到两性关系在人类繁衍中的作用。其源头要比女娲化生人类和抟土造人的神话源头晚得多。

　　在本则"兄妹始祖"神话中，妹为女娲，兄为谁却没有指出来。但是，在民间许多与此相关的神话传说中，女娲之兄为伏羲。清代梁玉绳《汉书人表考》卷二引《春秋世谱》："'华胥生男为伏羲，女子为女娲。'所以伏羲女娲以兄妹而为夫妇之说乃确实不可易。"清初陆次云的《峒溪纤志》中说："苗人腊祭曰报草。祭用巫，设女娲、伏羲位。"现代的人类学者实地考察后，才得到这些苗族的传说。按他们的传说，苗族全出于伏羲与女娲，他们本为兄妹，人类在遭到洪水后，人烟断绝，仅存他们二人，他们为了延续人类，便结为夫妇。苗族传说还提到了伏羲、女娲兄妹成婚生人的时间是在人类遭到了洪水后，与前则神话所说的"宇宙初开之时"有出入。不论怎样，因为神话以口头流传为传播方式，

凝
眸
文
学

在传播过程中难免发生变异，以人类遭到洪水之后作为一种说法，进一步说明"兄妹始祖"神话所反映的文化观念已经是两性生殖崇拜时期人们对人类来源的看法。

女娲与伏羲交合的形象材料在先秦已经出现，但最为盛行的时候是汉代，从西汉开始，宫室的壁画上开始出现伏羲、女娲的人首蛇身图，汉代颇为流行的墓葬砖画像上经常有女娲伏羲人首蛇身的二神交尾图。这应该是两性生殖崇拜的表现。

在女娲与伏羲兄妹造人的各种神话及民间传说中，还有许多黏合形态，比如，有的民间传说中虽然女娲伏羲兄妹成婚，但造人是兄妹俩一起抟土造人等。

关于两性交合创造人类的观念，在彩陶纹饰上也有明显的表现，比如蛙鸟一体纹彩陶瓶，双性同体陶壶，十字纹陶瓶，等等。

（二）女娲作为文化英雄的神话

在女娲神话传说中，女娲还具有许多"文化英雄"的神格。女娲最重要的神格有补天、置神禖和制笙簧三种。

1. 女娲补天

往古之时，四极废，九州裂；天不兼覆，地不周载；火爁炎而不灭，水浩洋而不息；猛兽食颛民，鸷鸟攫老弱。于是女娲炼五色石以补苍天，断鳌足以立四极，杀黑龙以济冀州，积芦灰以止淫水。苍天补，四极正；淫水涸，冀州平；狡虫死，颛民生。背方州，抱圆天，……当此之时，禽兽蝮蛇，无不匿其爪牙，藏其螫毒，无有攫噬之心。

——（汉）刘安等编著《淮南子·览冥训》

这则神话描述的故事，显示了人类与自然作斗争的勇气和力量。但是要注意到这则神话在时间性上不具有原初性。从神话内容来看，女娲补天，理水、平息灾难，拯救人类，使宇宙由无序变为有序这一系列英雄业绩发生之前，人类似乎已经出现和繁衍了很久。《列子·汤问篇》也记载了女娲补天神话：

> 然则天地亦物也。物有不足，故昔者女娲氏炼五色石以补其阙，断鳖之足以立四极。其后共工氏与颛顼争为帝，怒而触不周之山，折天柱，绝地维；故天倾西北，日月星辰就焉；地不满东南，故百川水潦归焉。
>
> ——《列子·汤问篇》，杨伯峻《列子集释》（卷五）

这则神话在肯定了女娲补天的功绩之后，试图解释宇宙中日月星辰运行的规律，以及对山川地理状貌形成的思考，表达了原始先民的宇宙观和地理观。

总之，人们将宇宙秩序的和谐归功于女娲，是与女性始祖在母系社会中的形象和力量联系在一起的，从而赋予了女娲补天这样的创造和维护世界秩序的神圣形象，所以，女娲不但是现存世界的创造者，而且是人类万物的始祖。

2. 置神禖

置神禖就是制定婚姻规矩，这也是女娲重要的文化英雄神格。这类神话传说也很丰富。

> （女娲）少佐太昊，祷于神祇，而为女妇，正姓氏，职昏因，

通行媒，以重万民之判，是日神煤。

——宋·罗泌《路史卷十一·后纪二》注引

这里的太昊，即为伏羲。而女娲成为辅佐伏羲的次一等的神，其职能是专门管理婚姻制度的。这则神话反映了人们认识到男女两性在生殖中的重要作用，而且有了婚姻制度，人类进入了文明时代。女娲以神的名义司掌男女婚事，而受到人们的祭祀。女娲的"神煤"神格是与其创造人类的神格密切相关的。女娲在民间信仰中被奉为"送子娘娘"。甘肃天水有一则民间故事《女娲创造了人类》：

> 女娲造人以后，人有生死，于是她观察了鸟兽如何繁衍后代，便开始把人分作男女，让他们配合起来创造后代，就这样，人类一代代繁衍下来，而且一天比一天多了。①

神话就是这样在民间成为一种信仰，再加上民间智慧的创作，成为形态各异的民间传说。不过，许多不同形态的民间传说尽管在情节等方面有差异，但作为母题的文化观念一般不会发生大的改变。比如这则民间传说中，女娲创生人类的神格仍然是核心。

3. 作笙簧

在许多文献中，都有女娲作为文化英雄制作了笙簧的神话传说。在《汉书·艺文志》中就有"女娲作笙簧"的记载，清代张

---

① 北道区民间文学编辑部：《中国民间故事集成甘肃卷·天水市北道区民间故事集》（上卷），1989。

澍稡集注本《世本·作篇》也说"女娲作笙簧。",并在《帝系篇》中说：

> 女娲氏命娥陵氏制都良管，以一天下音；命圣氏为斑管，合日月星辰，名曰《充乐》。既成，天下无不得理。

何谓笙簧？清代王谟辑《博雅》："女娲作笙簧。笙，生也，象物贯地而生，以匏为之，其中空而受簧也。"

以上女娲制作笙簧的神话传说，有这样三层意思：一是将音乐与女性联系在一起；二是女娲俨然一女性帝王形象，她命令娥陵氏和圣氏制作乐器的目的是统一天下的音律，且有"大乐与天地合"并教化人民之意；三是笙簧即为笙，管状，并与"匏"，即葫芦相关。袁珂先生认为："笙簧，其实就是笙，簧只是笙的薄叶，使笙能够一吹就吹出声音来。"有些学者认为是笙簧是两性交合生人的神话母题的流变。

总之，在古老的神话中，女娲作为始母、造物主和文化英雄交织在一起，具有复合神的神格。但是，女娲神话的"核心素"是造人。与其他各种造人神话相比，女娲作为始母神的神话风貌应该是最为古朴的，女娲神最鲜明的特征就是始母神特征。

二、寻访甘肃大地的女娲神话和传说

（一）甘肃关于女娲的神话和传说及其文化意义

甘肃天水一代有大量的有关女娲的神话和传说，造人神话在流传过程中发生不同的变异，具有不同的形态，成为各种传说，但始终表达着远古母性生殖崇拜的母题基本不变，可以看到神话的古朴面貌。比如，以下一则传说：

　　自从盘古创造了天地万物，天上出现了太阳、月亮、星星，地上出现了山川草木。在山川草木丛中穿行着鸟兽鱼虫，但天地间仍然十分单调，好想还缺少些什么。太阳升起又落下，草木绿了又变黄，一点生气也没有。

　　不知道过了多久，原野上突然出现了一个赤裸的精灵。她奔走着，欢叫着，那样子神态与现在的人极为相似，据说她叫女娲，是天地间第一个女神。

　　在原野上，女娲看见群鸟飞来飞去，猴子相互厮打，野鹿在追逐，天地间唯有她自己最孤独。她漫无边际地奔走时，只有影子跟在后面。一次她在池边水中看见自己美丽的面容和身影，她对影子微笑，影子也对她微笑；她假装生气，那影子也假装生气。就这样，她在池边蹲了许久，与池水里的影子微笑了许久。她觉得池水里的影子是天地间最美的，应该让她走出池水，到天地间与自己一起奔走。她这样想着，手就伸进水池，可影子却晃动得看不清面目了。等她把手收回，池水的影子又恢复了原样。在池边她顺手挖起一团黄泥，在手里捏来捏去，不一会儿，捏出一个和池水里的影子一模一样的小人儿来，她把这一小人儿放在地上吹了一口，就听见小人儿"妈妈、"妈妈"的叫声，接着那小人儿在她周围活蹦乱跳起来。

　　女娲看着自己亲手创造的这个聪明美丽的小人儿，又听见"妈妈"的喊声，她知道这就是自己的孩子，她高兴地给孩子起了名字，叫"人"。

女娲带着自己的孩子在原野上奔走，她发现所有的飞鸟走兽的相貌和举动都无法跟她的孩子相比，她觉得自己的孩子像神，好像能管理这个宇宙，她非常满意。于是，她又继续用黄泥，捏出许多小人儿。这些可爱的小人儿每天围着她欢叫，使她不再感到孤独和寂寞了。从此，她每天早起晚睡，继续捏弄黄泥，她一心想着让这些敏感的小生灵布满大地。她捏了许多年，天地间就出现了成群结队的人群。

这时，女娲想天地万物都有生死，那人也一定要有生死，如果死了一批再造，那多费力气？她观察了鸟兽们如何繁殖后代，便把人开始分为男女，让男女配合起来创造后代。就这样，人类一代代繁衍下来，而且一天比一天多了。①

这则传说明显经过了文人的编改润色，语言优美，亲切细腻。这则传说中，女娲造人是在盘古开天辟地之后，反映出不同神话在流传过程中发生的相互黏合现象。女娲是始母神，但不是造物主。需要注意的是，在人们的常规思维中，创造世界的盘古是作为男神形象出现的。但据王晖先生的《盘古考源》的考证，"盘古"就是"亳""薄""蒲""蕃"，就是"薄姑""蒲姑""蕃吾"，就是远古华夏圈的地神兼母神。将母亲与创始天地万物及土地长养万物联系起来，"盘古"也是属于中华文化中一位女性大神。不

① 耕夫、李芦英选编：《天水传说》，兰州：甘肃文化出版社，2005年，第20—21页。

论女娲还是盘古，都反映了中国古代推崇女性的文化观念。此外，盘古神话的最早记载见于三国时期，比起屈原"女娲有体，孰制匠之"的追问，盘古神话要比女娲神话晚得多。应该说，女娲神话是表达女神崇拜最为古朴的神话。

在甘肃，也有专门记载女娲化生万物，赋予女娲以自然之神、大地之神的传说。有一则传说叫《五谷的来历》：

冥冥远古，人们过着艰苦的原始生活。眼看着人们痛苦的呻吟，女娲娘娘被深深地感动了。

一天，女娲将自己的五个孩子唤到身旁，语重心长地说："如今老百姓的天已经塌了，你们兄妹五人能为老百姓找些食物吗？"五个孩子听后，异口同声说："娘，您放心！我们一定找到食物。"谁知这五个孩子来到人间后再没有回到天宫去。

一晃过了三年，女娲不见孩子音讯，于是下凡寻找。她走进山谷，看见一片奇形怪状的草向她点头哈腰，那麻绳似的草头上结满了粒粒珍珠，她高兴得笑出声来。不料，草丛里传来大儿子的声音："娘，您怎么来了？"女娲惊喜地叫道："孩子啊，你在哪里？"娘，我不是在给您叩头吗？"这片草将头弯得更低了，女娲全然明白，大儿子已化为植物了。女娲悲喜交加地说："孩子，我行程万里，在这片山谷中找到了你，娘给你取个名，就叫你'谷子'吧。"只见谷子齐刷刷地朝妈妈又叩了头。

女娃爬上山梁，见山梁上长着一片个头大的植物，它们的脸红到了耳根，女娲纳闷间听见二姑娘说："娘，我刚才打了个盹，不知您来了。"女娲知道二姑娘也化为植物了，便说："傻丫头，站直身子让娘看看，长高了没有。"二姑娘伸直了脖子，粉扑扑的脸蛋更红润了，女娲疼爱地叫她为"高粱"。

女娲跨过大海，来到一座小岛上，一片绿油油的草丛站在水里，手舞足蹈嬉戏玩耍。不待她开口，草丛里立刻传来了三儿子的声音："娘啊！您也下来洗个澡吧！"女娲看见三儿子和往常一样调皮捣蛋，因此，给他取名叫"水稻"。

女娲经过一座独木桥时，忽听有人喊她："娘，你看我这身衣服漂亮吗？"她四下一望，原来是一片红竿绿叶黑脸蛋的植物在叫她。女娲觉得四姑娘还是娇滴滴的天性，便给取名叫"荞麦"。

女娲找遍了五湖四海，还是找不到最小的儿子，她思子心切，迷失了方向。一天晚上，她在一片草地中刚躺下，便听到了小儿子熟睡的声音，原来这里又是一片粮食作物，于是，就给最小的儿子取名为"糜子"。①

在造人之外，女娲最为人熟知的神话功绩就是补天了。在甘肃民间的现实生活中，补天神话脱离了对女娲如何补天和恢复宇宙秩序的追问，而是赞美女娲为人类献身的无私精神，表达人们对女娲的怀念和感恩之情。流传在天水地区的神话《女娲补天》：

---

① 郭天跃主编：《神奇的天水》，兰州：甘肃文化出版社，2003年，第231—233页。

自从天神女娲创造了人类后，世上到处充满了歌声笑语。女娲带领着她的孩子们在树上采摘果实，在河里打捞鱼虾，生活得十分自在。

　　一天，风和日暖，女娲和孩子们正在河边洗澡，突然黑云四起，随着一阵隆隆巨响，天上下起了暴雨，女娲喊着孩子们赶快躲藏。猛然间，又一声炸雷，天空出现了一个可怕的黑洞，洞口越来越大，天塌了，地裂了，孩子们被吓呆了。天塌后，暴雨一个劲地下个没完，地上到处是洪水。女娲看着灾害，十分着急，她四处奔跑，寻找补天的东西。她跑遍了山林荒野，跑遍了整个大地，最后在海边发现了五块颜色不同的大石。她用尽全身力量举起一块又一块巨石，填补天塌下的窟窿。天上的黑洞越来越小了，最后剩下一块没东西补了，暴雨一个劲地从这个黑洞中涌向大地。女娲很焦急就把自己的整个身体给补了上去，总算把天补好了。

　　女娲补好了天，人们死里逃生，得救了。但女娲从此再也不能到地上来了，再也不能和她的孩子们一块儿生活了。①

　　女娲神话是中国古代神话中最为重要也流传最广的一则。它在漫长的岁月中发生了各种变异，与其它神话、传说甚至民间风俗发生粘连，呈现出各种不同的形态传说。但是女娲神话和传说中，女娲最基本的神格是始母神，反映了中国远古推崇女性的文化观念。

---

① 耕夫、李芦英选编：《天水传说》，兰州：甘肃文化出版社，第18页。

（二）女娲神话、传说与甘肃的女娲信仰民俗

女娲神话和传说在中国分布异常广泛，全国各地各民族都有流布，并形成了女娲信仰的民俗，无疑这是女娲神话历经几千年流传广布的结果。比如河北省涉县有影响广大的女娲信仰民俗。"涉县位于河北省西南部晋冀豫三省交界处，城西10公里的古中皇山上建有娲皇宫，占地面积550亩，主要建筑有朝元宫、停骖宫、广生宫和娲皇宫等，分为山上和山下两组，中间以十八盘山道相连。传说农历三月十八日是女娲的生日，因此，每年农历三月初一至十八日，来自晋、冀、鲁、豫四省的人们都要前来朝拜女娲，由此形成影响深远的娲皇宫庙会，至今已有千余年的历史。祭拜活动以颂扬人类始祖女娲抟土造人、炼石补天、断鳌足、立四极、治洪水、通婚姻、作笙簧等功德为主，主要内容包括民祭、公祭、朝拜等。女娲传说及与其有关的婚嫁、生育、人生礼仪、岁时节庆等民俗事象构成了奇特的民间文化现象。涉县的许多村名、地名都与女娲文化有关，如弹音村与女娲造笙管有关，磨盘村与女娲造人有关等。"① 2006年，河北省涉县的女娲祭典民俗被列入国家级非物质文化遗产名录。

在甘肃大地上，直至今天，女娲也是人们非普遍信仰的大神。特别在甘肃秦安陇城镇，女娲受到人们热烈的崇奉与敬拜，陇城镇流传着女娲"生于风谷（一曰风沟），长于风台，葬于风茔"的说法。

风谷中有一处"女娲洞"。当地人说女娲曾在此洞中住过，或

① 参看中国中国非物质文化遗产网·中国非物质文化遗产数字博物馆 http://www.ihchina.cn/Article/Index/detail?id=14994

凝眸文学

说女娲即在此出生,亦有说其在此修行的。但有学者考察后指出,女娲洞的洞门既像鱼,又像女阴,洞体则呈葫芦形,洞体的内部构造就像女性的生殖系统。基于此,认为"女娲洞绝不是什么女娲出生和居住的地方,而是古代先民举行生殖崇拜的祭祀圣地。"[1]陇城还有一眼"龙泉井",相传女娲当年是汲此井水,抟黄土造人的。现在陇城镇政府所在地的陇城村,以前又叫"娲皇村"。

在离女娲洞不远的陇城镇,有一座女娲祠。《甘肃新通志》载:"女娲庙在(秦)州北40里秦安县,在县东北龙泉山,建于汉代以前。国朝乾隆初龙泉山崩,庙移陇城镇城东门内。水逼城,庙又移东山坪,同治初,回乱庙毁,重建于镇城南门内。"[2]以上记载说明,早在2000多年前,这里已经有了祭祀女娲的风俗。在经历了漫长历史时期中的五兴五毁之后,如今陇城的女娲庙是1989年由信众们集资修建的,坐落于"陇右四大文化河谷"之一的清水河中游的秦安县陇城镇。至于那"娲皇故里"的牌坊,大约早在明代就立,现在则立在2001年建成的女娲祠大门前。

陇城一带至今仍流传有关女娲的多种传说。其中一则是:"传说女娲在'捏土造人'时专门捏造了一男一女,男的叫阿哥,女的叫嬰儿,女娲作媒,让二人婚配,繁衍后代。这对恩爱夫妻刚要繁衍生息,突然'四极废,九州裂',大难不止。阿哥与嬰儿在灾变中失散,双双身亡。此后,阿哥和嬰儿就转化成一对鸳鸯鸟,紧紧跟随着女娲作伴,恒不废离。女娲殁,鸳鸯鸟为女娲哭葬。后来鸳鸯鸟孵了一窝花蛋,孵出一对雌雄鸳鸯,这一对鸳鸯长大后

[1] 参看傅小凡、杜明富:《神话溯源——女娲伏羲神话的源头及其哲学意义》,兰州:甘肃人民美术出版社,2006,第51—56页。
[2] 安维峻:《甘肃新通志》,兰州:甘肃省图书馆藏本。

就到了陇城之娲皇宫，筑巢而栖，在陇城就一直流传着'你从陇城城里过，不知道一对鸳鸯那里卧'的民谣。当地村民说，凡是新结婚的夫妇，不论谁家都要带着新郎、新娘从陇城城的南门里走进去，再从北门走出来，意在走进鸳鸯门，结下鸳鸯心，白头偕老，永不分离。每年农历正月十五女娲诞生的那一天，青年夫妇都要用纸剪一对鸳鸯，捧着她到娲皇宫去上香。"① 这则传说中女娲的生辰是正月十五日。而在一段时间内，陇城一年一度的女娲庙会在元宵节举行。这一天，女娲祠人山人海、鼓乐喧天、炮仗动地、灯火粲然，显示出民众对娲皇圣母无限崇拜的炽烈热情。耍社火、唱大戏、烧香祭祖、参观游览各种民俗活动表达着人们对女娲虔诚的信仰。

与以上传说类似的另一则传说则解释的是女娲的陵墓——"风茔"是如何形成的。这则传说的前半部分情节与前述相似，变化了的是说阿哥和鹦儿死后没有变成鸳鸯，而是变成了鹦哥鸟，一直跟随女娲，为女娲效劳。"女娲死后，鹦哥鸟非常悲痛，一口一口地含来芦草把女娲掩埋在白石下，这块白石一天天高起来，最后成为一座小山崖，人们叫它'鹦哥岭'，又叫'风茔白石滩'"。②

总之，甘肃大地上，特别是秦安县陇城镇一带，女娲信仰已浸润到民众的心灵建构中，女娲崇拜千百年来一直在民间深沉强劲地流动着，形成了历经数千年的绵延发展，已形成富有独特地域文化魅力的女娲祭祀典礼。

---

① 汪聚应，霍志军：《陇城的历史文化渊源和民间女娲崇拜》，《天水师范学院学报》2007 年 06 期。
② 傅小凡、杜明富：《神话溯源——女娲伏羲神话的源头及其哲学意义》，兰州：甘肃人民出版社，2006，第 60 页。

秦安女娲祭典分公祭和民祭两部分。由于在民间更多地传说农历三月十五日为女娲诞生日，所以，民间祭祀于每年的这天在女娲祠举行。民间祭祀自三月十一日设坛，十二日取龙泉圣水洒坛祈福，十三日风沟迎鸾驾，十四日风台迎馔，十五日上午九时五十分举行正坛祭祀。

公祭仪式由官方选择日期举行，盛大而隆重，各界代表及来自海内外宾客均有参加，仪轨有肃立奏乐、击鼓鸣钟（击鼓 34 次，代表全国各个省、自治区、直辖市共祭女娲，鸣钟 9 响，代表中华民族传统最高礼数）、鸣放礼炮、恭读祭文、取龙泉圣水向万民祈福、乐舞告祭、向娲皇圣像行三鞠躬礼、敬献花篮、瞻仰娲皇圣容。2011 年，秦安女娲祭典被列入国家级非物质文化遗产项目名录。

女娲祭典民俗说明女娲信仰已成为全社会寻根问祖的文化传统。保护和弘扬女娲文化，对传承华夏文明、增强中华民族凝聚力、激发民族不畏艰难、创新创业精神具有重要作用，也有重要的历史学、神话学和民俗学研究价值。

三、中国文化中伏羲神话之钩沉

中国神话传说序列中，女娲、伏羲的神话是流传最广、材料最多的。而伏羲在神话系统中地位之高和受到人们的尊崇则更在女娲之上。班固的《汉书》尊伏羲为"上上圣人"，这个崇高的地位长期在官方史学中得到认可。

关于伏羲，名号特别多。但基本可以分为两个类型：一是伏羲型，又写作宓羲、庖牺、包牺、赫胥、包羲、亦称牺皇、羲皇等；

二是太昊型，又写作大昊、太昊、大（太）皞、大皓等。伏羲到底是一个什么样的神祇呢？他有哪些神格？寄托了什么样的文化观念呢？

（一）伏羲作为太阳神

> 大昊帝包牺氏，……继天而生，首德于木，为百王先。帝出于震，未有所因，故位在东方。主春，象日之明，是称太昊。
>
> ——（晋）皇甫谧《帝王世纪》

这段文字指出伏羲是为天子，并没有人间的父母，他的主要神格是带给人类以春天，使万木复苏，人间充满勃勃生机。所以，他成为百王之首。张舜徽《郑学丛书·演释名》指出：《易经》中的"帝出于震"一名，帝指太阳。震，当训作晨，意即东方。所以"帝出于震"，就是太阳在早晨于东方冉冉升起。"昊"在汉代的《纬书》中解释为"昊天上帝"，即天帝之名。在《说文》及《尔雅》中又被解释为春神或夏神之名。而上古春夏为一季，春夏神并不分。丁山在《中国古代宗教与神话考》中指出：太昊之昊无定字，可写做皓、颢、浩，而凡此诸字皆有光明盛大之义。"大昊者，大明也。"[1]另有学者还进一步指出，中国神话中著名的太阳神羲和其实就是伏羲。他与《尚书·尧典》中那位其名曰"析"的春天之神以及甲骨文中那位东方之神"析"，也正是同一个人。[2]

这些都可以看出，伏羲是作为给人类和世界带来光明的普照

① 参见丁山：《中国古代宗教神话考》，上海：上海文艺出版社，1988。

② 参见何新《诸神的起源》，北京：时事出版社，2002，第51—52页。

凝眸文学

万物的太阳神而受到崇拜。由远古对太阳神崇拜的进一步发展，伏羲进而成为一个统治一方的帝君。

> 东方之极，自碣石山，过朝鲜，贯大人之国，东至日出之次，榑木之地，青土树木之野，太皞、句芒之所司者万二千里。
>
> ——汉·刘安编《淮南子·时则训》

高诱注："太皞，伏羲氏，东方木德之帝也，句芒，木神。"伏羲在五帝中为东方天帝，此即其神职。至于文中所述碣石山、朝鲜、大人之国等等为何地，至今争议不休，但有一点可以看出，伏羲所代表的文化观念是属于东方文化的，是与古人对太阳的尊崇联系在一起的。

不过，也有人认为"太"既为太阳，又为太阴，"昊"为日月光华，伏羲被称为"太昊"是赞美伏羲像太阳一样光芒四射，象月亮一样皎洁明亮，都是在称颂伏羲的智慧照耀了中华文明。但是联系伏羲女娲蛇身交尾图来看，较为常见的是伏羲手举太阳，女娲手举月亮。所以，我们认为伏羲是男神，是在父权制取得胜利之后，成为象征男权的太阳神而受到尊崇，并在中国历史文化的发展中随着男权文化的一再强化而地位越来越高，超越了女娲而成为三皇之首，也成为中国始祖神以及人文大神。

（二）伏羲人首蛇身与中国龙文化

在远古神话和传说中，关于伏羲的身世与姓氏有多处记载：

> 太昊帝庖牺氏，风姓也。母曰华胥，燧人之世，有巨人迹，

出于雷泽。华胥以足履之有娠，生伏牺。长于成纪。蛇身人首，有圣德，燧人氏后，庖牺氏代之，继天而王，首德于木。百王为先。

——（晋）皇甫谧《帝王世纪》

华胥于雷泽履大人迹，而生伏牺于成纪。

——（清）殷元正辑《河图稽命徵》

庖牺所都之国，有华胥之州。神母游其上，有青虹绕其母，久而方灭，即觉有娠，历十二年而生庖牺。

——（东晋）王嘉《拾遗记》

这些记载对于成纪的解释，一为古地名叫做成纪，一为时间单位，意即华胥怀孕十二年生伏羲。后者的解释具有神话特有的夸张性，成纪为古代天水一带的地名已经成为共识。至于"履大人迹之有娠"，即踩到一个大脚印上而妊娠，随后生下伏羲。有学者认为这个情节曲折地反映了远古母系社会知其母而不知其父的社会状况。

神话中伏羲的形象为巨大的龙蛇。伏羲女娲人首蛇身的形象早在商代的伏羲女娲交尾图上就有表现，在战国楚墓帛书中也有，特别是各种汉代的画像石（砖）上非常普遍。古代文献的记载更多：

太皞氏以龙纪，故为龙师而龙名。（杜预注：太皞，伏牺氏，风姓之祖也。有龙瑞，故以龙命官。）

——《左传·昭公十七年》

燧人之世……生伏羲……人首蛇身。

——《帝王世纪》

伏羲鳞身，女娲蛇躯。

——《昭明文选·鲁灵光殿赋》）

伏羲人头蛇身，以十月四日人定时生。

——《太平御览》卷七八

中国远古传说中的"神""神人"，大都是"人首蛇身"。据统计，《山海经》所载神灵 454 个，其中龙身、蛇身、龙首的"神人"多达 138 个。这一现象表明，在中国文化系统中，龙蛇是众多的远古氏族的图腾、符号和标志。而其源头，应该是起源于以伏羲文化为代表的华夏族，这一点已成为学界共识。李泽厚说这种关于龙蛇的原始状态的观念和想象，"也许就是经时久远悠长、笼罩中国大地上许多氏族、部落和部落联盟的一个共同的观念体系的代表标志吧？"[①]李泽厚所言延续了闻一多的说法。闻一多曾指出："作为中国民族象征的'龙'的形象，是蛇加上各种动物而形成的。它以蛇身为主体，'接受了兽类的四脚；马的毛、鬣的尾、鹿的角，狗的爪，鱼的鳞和须'（《伏羲考》）。这可能意味着以蛇为图腾的远古华夏氏族、部落不断战胜、融合其他氏族部落，即以蛇图腾不断合并其他图腾逐渐演变而为'龙'。"[②]

正如闻一多先生在《伏羲考》中所说：

① 李泽厚：《美学三书》，天津：天津社会科学出版社，2003，第 9 页。
② 李泽厚：《美学三书》，天津：天津社会科学出版社，2003，第 9 页。

"龙族的诸夏文化才是我们的真正的本位文化，所以数千年来我们自称为"华夏"，历代帝王都说是龙的化身，而以龙为其符应，他们的旗章、宫室、舆服、器用，一切都刻画着龙文。总之，龙是我们立国的象征。"①

正因为此，伏羲文化是中华民族之"根文化"，伏羲文化中的龙图腾是中华民族的共同象征，这种本源性成为中华民族的认同感、归属感和凝聚力的核心和源头。伏羲文化对弘扬海内外"龙的传人"之文化精神起到了重要的作用。1992年，江泽民总书记来天水视察，为古成纪——今天水题下了"羲皇故里"的碑文。

（三）人文始祖——伏羲

伏羲还有许多创造文明成果的传说，所以被尊为人文始祖。唐代历史学家司马贞在《补史记·三皇本纪》中，总结了各种古籍文献中关于伏羲传说的记载，比较完整地勾画了伏羲的出身、形象、事迹和功绩。

太暤庖牺氏，风姓，代燧人氏，继天而王。母曰华胥，履大人迹于雷泽，而生庖牺于成纪。蛇身人首，有圣德。仰则观象于天，俯则观法于地，旁观鸟兽之文，与地之宜，近取诸身，远取诸物，始画八卦，以通神明之德，以类万物之情。造书契以代结绳之政，于是始制嫁娶，以俪皮为礼，结网罟以教佃渔，故曰宓牺氏，养牺牲以庖厨，故曰庖牺。有龙瑞，以龙记官，号曰龙师。作三十五弦之瑟。木德王。注春令，故《易》

① 闻一多：《闻一多全集》第一卷，上海：三联书店，1982，第32—33页。

称"帝出于震",月令孟春,其帝太皞是也。

司马贞将这段文字堂而皇之地补入《史记》,以说明伏羲作为历史人物的存在。司马迁在《史记·太史公自序》中说:"余闻之先人曰:伏羲至纯厚,作易八卦。"忠实地告诉后人,伏羲作八卦是据先人所说,意即传说,并无实据。不论如何,我们认为,伏羲被视为文化英雄,身上叠加了多种文化成果,其性质应当视作以伏羲文化为源头的中国文化发展所积累的文明成果,也是中华文化早期在甘肃东部乃至黄河流域优先高度发展的反映。

1. 始作八卦

伏羲首作八卦的记载在《周易·系辞下》:

> 古者包牺氏之王天下也,仰则观象于天,俯则观法于地;观鸟兽之文与地之宜,近取诸身,远取诸物,于是始作八卦,以通神明之德,以类万物之情。

伏羲始作八卦,是从人与大自然的紧密联系中进行思考和探索而创立的。它在凡人俗事背后找到一个思维的制高点,对人与自然的关系进行深层次的考察,从而感悟到天地万物运行变化的规律,从具体的事物中抽象出"阴"和"阳"这两个最基本的元素,并用八卦这种特殊"语言"表达出来,这就是"始作八卦"。伏羲始作八卦,标志着先民认识水平的突进,对自身的发展和社会的进步有特殊的意义。对立统一的阴阳八卦思想,构成了中华民族认识主观世界和客观世界的独特模式,对中国传统的自然科学和社会科学的创立和发展，提供了理论依据。伏羲创造的八卦符号的基本结构由阴、阳二爻组成，体现了自然界最基本的两种物质——天、地的对立与阴、阳关系，八卦其核心实质是一种"和文化"。八卦体现出的"和"构成中国哲学的基础。《周易》经孔子重新整理，为儒家经典之一，构成中国传统文化中"正统"文化的重要组成部分。伏羲八卦的"和文化"对道家思想的影响同样深刻。东汉以后道教便以太极图为标志，将八卦衣作为礼服，将伏羲作为道教的神仙信仰。儒、道思想，构成了中华文化的基本构架。伏羲被誉为"人文始祖"是当之无愧的。

2. 造书契

上古结绳而治，后世圣人易之以书契。

——《周易·系辞下》

人们一般认为，这里所说的"后世圣人"指的就是伏羲。伏羲造书契，指的是契刻符号，有什么事非记不可，就先用一个特定的符号刻或画在某个东西上，这可比原始时代的结绳记事简捷方便多了。其实八卦就有书契的功能。要说明的是，发明书契绝非一人之功，也非一时之事。人们将这个功劳归功于伏羲，只是说明在伏羲时代记事符号的出现，对于文明发展的巨大意义。和伏羲时代相对应的秦安大地湾文化遗址中，发现有刻在陶器上的几十种符号，许多人认为就是文字的前身。不论如何，这说明那个时代表示简单思想的符号还是有的。

3. 创历法

古者包牺立周天历度。

——《周髀算经》

伏羲始画八卦，列八节而化天下。

——《尸子》

所谓历度就是历法，历法是生产实践的产物。历法是否为伏羲所作，无从考证，但这则传说说明伏羲时代，伏羲部族已掌握了一定的历法知识，能够遵照天气物候的变化，从事农业生产。伏羲列八节指的就是他确立了立春、春分、立夏、夏至、立秋、秋分、立冬、冬至八个节气。至于完整的历法当是在殷商时期完成的。还有一说是羲和造历，见《尚书·尧典》："（尧）乃命羲和，钦若昊天，历象日月星辰，敬授人时。不过，据前考证，羲和可能就是伏羲，至于说羲和是尧的臣，则是神话在流传中的粘连造成的。

4. 制琴作乐

伏羲与音乐的关系在古文献中多见记载。如：

东汉许慎《说文》释"琴"时说：苞牺氏所作弦乐也。

——东汉许慎《说文》

苞牺氏灼土为埙。

——西晋·王嘉《拾遗记》

伏羲作琴瑟。

——三国·谯周《古史考》

清马骕《绎史·太皞记》引东汉纬书《孝经钩命诀》说：
"伏羲乐曰立基，一云扶来，亦曰立本。"

——清马骕《绎史·太皞记》

这些记载既指出伏羲与音乐的关系中，一是制作了乐器，比如弦乐器琴瑟，还用陶土烧制了埙；二是与《立基》也叫《扶来》或者《立本》的乐舞有关，这种乐舞是伏羲创造的，还是后人为歌颂伏羲而创造出来的音乐作品，这里没有明确指出来。不过，乐舞是远古先民生活中不可缺少的组成部分。这一点可从1973年青海省乐都县马家窑文化遗址中出土的舞蹈彩陶盆得到证实。至于制作乐器方面，伏羲时代是有埙这种乐器的。埙在大地湾遗址中出土数枚。从乐器发展的历史来看，弦乐器琴瑟的形成则比埙要晚得多，伏羲所作"弦乐"当限于单弦的乐弓（即弓弦）。

伏羲的以上四项发明主要体现了伏羲在文化创制和发展方面的功绩。伏羲还对促进和发展当时的社会生产力做出了巨大贡献。

5. 发明渔猎工具

打猎捕鱼，这是处于渔猎时期的远古先民维持生活的基本手段。而要发展这种生产力，工具的改革是至关重要的。

（伏羲）作结绳而为网罟，以佃以渔……

——《周易·系辞下》

伏羲氏之世，天下多兽，故教民以猎。

——《尸子》

伏羲氏族是最先掌握和使用捕鱼和捕兽的网罟这种生产工具的氏族。工具的进步，具有划时代的意义，使渔猎业空前发展，并因捕获的渔猎品过剩而开始了畜牧业。直至近代，渔猎行业还流行将伏羲作为祖师爷的习俗。仰韶文化遗址中发现有石网坠、骨鱼钩、鱼叉等捕捞工具，鱼或动物的形象也进入了彩陶艺术制品中，网格装饰纹样更是常见，都能证明伏羲时代渔猎在生产生活中的重要性。

此外，伏羲的功绩还体现在确立人类社会制度和生活规范上。

6. 制嫁娶之礼

伏羲制嫁娶，以俪皮为礼。

——三国·谯周《古史考》

关于伏羲制嫁娶之礼传说在古籍中记载较多。人们将这一婚姻文明之都的建立归功于伏羲。说明伏羲时代父权制下的氏族社会已经建立，其时以一夫一妻的对偶婚为基础的婚姻制度应该已经实施。缔结婚姻时可以"俪皮"作为礼物，俪皮就是两张鹿皮。俪者，两也。两是偶数之始，象征好事成双，所以夫妇又称"伉俪"。这种古老习俗也就流传下来了。《诗经》中就有猎人以猎获来的鹿引诱少女的故事，直至汉代《仪礼》的礼仪记载，都有送俪皮的习俗。特别在"纳征礼",也即订婚礼中,仍有"纳俪皮"一项。

伏羲氏的功绩,除以上列举之外,人们还把许多文明成果的发明和创造归功到他的身上还有许多。如尝百药,制九针,创立医学;立筮法,创立占卜学;立九部,设六佐,分部管理部族事务等。对这些发明创造的归属,古籍上的记载相当混乱。这是神话在流传过程中的黏合和叠加现象,也反映了人们对一个伟大的文化英雄的敬仰和推崇。

综合以上伏羲神话,我们可以总结伏羲文化的基本内涵:第一,中华本源文化。伏羲是中华民族的创始英雄,华夏始祖和人文始祖。伏羲时代正处于中华先民告别洪荒,迈向文明的中介点。对伏羲文化的研究可以将伏羲时代中华文明的原生面貌展示于世人面前。我们从伏羲文化的内容中,可窥知中华文化的原初形态。第二,中华民族文化。伏羲作为华夏始祖,所代表的龙文化成为中华文化的代称。"龙的传人"为中华民族所共享,伏羲文化无疑是中华各民族寻根的归宿和母体。第三,哲学文化。八卦成为中华先民理性思维和科学思想的结晶和高度智慧的标志。八卦符号与易学思想,实乃中华传统文化的源泉与核心。第四,民间民俗文化。伏羲之感生神话、兄妹成婚、洪水故事、葫芦神话、龙图腾与龙文化、龙蛇禁忌、八卦符号与各项创造发明,都伴随伏羲文化的泛化而进入民间文化体系并依附于民俗习尚之中,并在民间文化与民俗文化中占有重要地位,成为其发展演进中最具持久魅力的"元素"和动力。[1]

① 本段观点采用雍际春:《论伏羲文化的演变与内涵》一文,《甘肃社会科学》2008 年第 6 期。

四、寻访甘肃大地的伏羲神话意象

由目前种种情况来看，上古神话信仰中伏羲文化所代表的华夏文明，起初大约主要流行今黄河上游甘肃东部的渭水流域一带。就目前所知资料，清、渭一带至少在三四万年前就有人类进行生产活动。进入新石器时代，在温暖适宜的自然环境中，天水远古文化空前兴盛。清渭流域发达的远古文明，为该地伏羲神话提供了坚实的支持。有关伏羲的神话与民间信仰也在这一带形成了各种民俗文化活动。

（一）甘肃伏羲神话传说及其文化意义

在陇原大地上，还有许多关于伏羲的神话和传说。非常有名的一则是《伏羲画八卦》：

> 相传在人类的蒙昧时代，生活艰难困苦。伏羲被人们推举为王，教人们捕鱼打猎，人们生活逐渐好了起来。伏羲也有了点闲暇。一天，伏羲攀着一种叫"建木"的古树到了天庭，天帝告诉伏羲，他在人间做的好事件件和天意顺民心。但现在，天帝要交付给伏羲的事是画八卦。伏羲从天庭回来后，走遍了天水及其周边的山峦川谷。他最喜欢的是盘坐于天水的卦台山顶，仰观天象，研究日月星辰的运行；俯察地形，考查山川泽壑走向；观察鸟兽皮毛的纹采和大地上各类植物生息荣枯的情况，并联系人们生活中种种情况和事物，苦思冥想。就这样日复一日，年复一年，好多年过去了。也许是他的执著感动了天地，有一天，他的眼前出现了一幅美妙的景象：一声炸响之后，但见眼前渭河的河水中有一匹龙马负图振翼飞

出，直落河心的分心石上，图画上卦爻分明，闪闪发光。这时，分心石亦幻化成为立体太极，阴阳缠绕，光芒四射。此情此景骤然震撼了伏羲的心胸，他顿时目光如炬，彻底洞穿了天地的玄机。他依照龙马图画出了以乾、兑、离、震、巽、坎、艮、坤为内容的八卦图。

这则神话的意义：一是将伏羲画八卦的业绩归功于天帝的旨意，表现了人们对伏羲超越常人的所能达到的伟大功绩的崇拜；二是将伏羲画卦的地点明确地认定为天水卦台山，并以卦台山周围的山川地貌为佐证，表现出天水地区伏羲信仰的浓厚。

关于伏羲发明渔网，教人们渔猎的传说也很多，这里收录其中比较有代表性的一则：

伏羲看到人们常饿肚子，心中委实难过。他想长此下去不是要饿死很多人吗？他为此苦思冥想。一天，他走到了河里，边走边想办法，忽然间抬头一看，见一条又大又肥的鱼，从水面跳了起来，不一会，又是一条跳出了水面。这引起了伏羲的注意。他想，鱼要是能吃，岂不挺好吗？他寻思再三打定主意要下河捉鱼。他终于捉了一条鱼，高高兴兴地将鱼捧回了家。分给他的儿孙吃了后，都觉得味道不错。他说既然味道不错，那大家都下河动手捉鱼吧。大伙一齐跑到河里去捉鱼，这个捉一条，那个捉一条，捉了许多条，大家有鱼吃了，不再饿肚子了。

一天，"乌龟相爷"发现了，就来干涉。他恶声恶气地说：

"谁叫你们来捉鱼的？你们这么多人，一心想把我们龙子龙孙捉完吗？赶快停下吧。"伏羲并没有被他的话吓到，反问道："你不让我们捉，那我们吃什么？"

乌龟相爷把此事禀告了龙王，龙王气冲冲地说："你们吃什么，我管得着！"伏羲答道："以后没吃的，我们就都来喝水，把水喝得干干的，把你们水族都干死。"龙王本来是个欺软怕硬的东西，害怕把水喝干了，龙子龙孙咋样生活呀。此时，乌龟相爷凑近龙王耳朵悄悄地建议龙王，双方定个规矩："只要不喝干水，可以让他们捉点鱼，但不许用手捉。"龙王暗暗高兴。双方约定，一定要遵守这一规则。龙王以为伏羲上了当，一定毫无办法了。伏羲回来后，就一直想着这个问题。有一天，他看到两股树枝中间有张蜘蛛网，苍蝇啊、蚊子啊，都被网住了。伏羲豁然茅塞顿开，便到山上采来了长长的细藤，编织成蜘蛛网那样的东西，沉在水里，向上一捞，"哈哈"，竟然捉到了好多条鱼。龙王见了，气得只是干瞪眼，喘粗气，干着急，没奈何！①

此外，在这类传说中，伏羲与龙王产生矛盾相互斗法的情节也比较丰富。比如有的说龙王和伏羲打起架来，打着打着，伏羲自己也变成一条龙，有的说龙王到天上告了状，天帝要伏羲到天庭听候评判。伏羲攀着"建木"上天，爬着爬着，两条腿变成了蛇形，地上的人一看，伏羲活脱脱是一条大龙顺着树干往云里钻，等等。这些情节又与伏羲人首蛇身的的形象结合了起来。总之，

① 参见郭天跃主编《神奇的天水》，兰州：甘肃文化出版社，2003。

伏羲的形象及他的文化功绩已深入人心，形成了底蕴深厚的伏羲文化。

此外，甘肃还有许多关于伏羲的传说，比如陇南市西和县有伏羲生于仇池之说，并指出仇池山有伏羲崖、伏羲洞、旁边有雷泽等遗迹。这些都表明了人们对伏羲的崇敬和敬仰。

（一）伏羲神话、传说与甘肃的伏羲信仰民俗

伏羲神话和传说在中国大地上流传甚广，超过了女娲神话和传说的分布和影响，在诸多地方都有伏羲信仰的民俗。比较典型的有河北省新乐市的伏羲信仰民俗，河南省淮阳县的伏羲信仰民俗和甘肃省天水市的伏羲信仰民俗。

据称河北省新乐市曾是伏羲氏寓居地，"《史记》记载的'野台'、《魏书》记载的'义台'即'伏羲台'，或称'羲台'。《明一统志》卷三称：'羲台在新乐县，有碑记，字剥落不可读。''羲台'遗址尚存。隋朝大业（605—617）中，新乐就有'羲皇圣里'之名。明万历年间，羲台城废，留下遗址，台上保留伏羲庙古庙，几经毁修，一直是新乐祭祀伏羲的中心地。历代祭典有御祭、官祭、民祭三种方式。1985 年后，伏羲庙祭典重新恢复，祭日为传说伏羲氏诞辰的农历三月十八[1]。此后，新乐市伏羲庙历年举行的中华人文始祖伏羲氏祭祀仪式活动。2011 年，新乐太昊伏羲祭典被列入国家级非物质文化遗产名录。

河南省淮阳县也有著名的太昊伏羲祭典。相传伏羲生于今甘肃天水，定都于今河南省淮阳县。伏羲死后，葬于宛丘。宛丘，陈州，

---

[1] 参看国家级非物质文化遗产代表性项目名录太昊伏羲祭典（新乐伏羲祭典）：中国非物质文化遗产网.http://ihchina.cn/Article/Index/detail?id=14993

是淮阳的古称，故此地有太昊伏羲陵。伏羲氏陵庙位于河南省淮阳县城北 1.5 公里处，因是中华民族"人文始祖"之陵庙，故称"天下第一陵"。每年农历二月二日至三月三日，都要在太昊陵举办朝祖进香祭典。祭典活动举行期间，也举行庙会，历时月余，祭典的最高峰时日，逛会的人群摩肩接踵，万头攒动，每天可达二十余万人。关于庙会的起源，据《陈州太昊陵庙会概况》一书所言，应始于宋赵太祖。庙会的影响范围除河南外，还扩展到安徽、山东、河北等省数十个县（市）。会场方圆约一平方千米，百业杂陈，各行俱备，而以祭祖为核心内容。祭典上有祭祀性和世俗性乐舞，还有"劝善"意义的"守宫说唱"、保留着人类童年意识的民间美术和民间工艺品，如"泥泥狗""老虎"等泥制玩具，都赋予了"人祖"庙会深厚的文化内涵和丰富多彩的表现形式。

天水市是"羲皇故里"，如前所述，神话中对伏羲的身世有多处记载，但比较一致，基本认为伏羲生于古成纪之地。

今天我们认为成纪是伏羲的故里，是伏羲神话发源地，也是伏羲文化的发源地。成纪作为地名在历史上是汉代的事，这个地名的来源直接与伏羲出生于此地的神话传说有关。不过，作为神话的诞生区域，是不同于一个历史人物的出生地的。历史人物有明确具体的出生地，神话人物的出生地则往往指这个神话人物所代表文化观念的诞生区域，这个区域是一个比较广泛的地域范围。伏羲出生的"成纪地"所指的区域相当大，甘肃的静宁、通渭、秦安、天水、甘谷等县都包含在内。[1] 从地理区域上划分，传说中的"成纪地"，主要指陇东黄土高原偏西，向东边贴近大陇山

① 参看陈守忠：《河陇史地考述》，兰州：兰州大学出版社，1993，第 2 页。

的静宁、庄浪、清水等县，向西包括秦安、通渭、天水、甘谷直至朱圉山一带。总之，古成纪地就是今天的以天水地区为中心并覆盖周边的区域。

天水及周围地区有浓厚的伏羲信仰。有这种信仰，就会有对伏羲的祭祀。全国最大的一座伏羲庙就建在天水。天水伏羲庙，本名太昊宫，当地人也称其为"人宗庙"或"人祖庙"，在今天水市西关伏羲路北。伏羲庙始建于明代成化十九至二十年（1483年—1484年）间。但是，伏羲祭祀的礼俗更为源远流长。据史书记载，伏羲祭祀始自春秋时期，秦汉至明清，虽然祭祀方式有所变化，或者由于种种原因中断过，但祭祀礼俗不断，相沿成习，形成了内涵丰富、厚重、独特的祭祀文化。天水伏羲庙祭祀活动自明成化十九年开始，一直延续至今。明嘉靖十三年，三月初三，在天水伏羲庙举行了一次规模盛大的伏羲春祭。这是有文献记载的中国历史上时间最早、规模最大的一次伏羲公祭典礼，从此官方的伏羲祭典以天水伏羲庙为中心，并确立了伏羲祭典仪式的基本程序和仪轨。由朝廷颁发祭文，采用太牢规格，一年两祭，一祭三日，各个部分都有具体的仪轨和要求，隆重而神圣。明清两代，秦州城的双桥城门楼的城墙上镶嵌着"羲皇故里"的石刻匾。伏羲庙的建立以及历代伏羲祭祀，是与官方意识形态相一致的。天水市伏羲庙的伏羲祭祀规模宏大，规程严谨，延续至今。现在已经成为全国性的伏羲祭祀中心。1988年，时值龙年，农历五月十三日相传为龙的生日，天水市政府在伏羲庙举办了盛大的伏羲公祭典礼，隆重举行祭祀伏羲活动，并决定公祭活动自此每年举行，自2005年开始，每年祭典由甘肃省政府主办。太昊伏羲祭典已成为弘扬优秀传统文化，振兴民族精神，团结海内外华人寻根问祖的重要文化活动。2006年，天水市和淮阳县联合申报的"太昊伏羲祭典"经国务院批准列入第一批国家级非物质文化遗产名录。

在民间，伏羲信仰也十分盛行。在天水的秦安县，具有浓厚的伏羲文化信仰。明胡缵宗《秦安志·建置》说："自庖羲氏开辟已为羲皇地。"民国以前秦安县城南郭城墙上一直镶嵌有"羲皇故里"的石刻。秦安县西北的陇城乡，传说是女娲的诞生地，古称"娲皇故里"。所以，秦安县又被称为"娲乡羲里"或"两皇故里"。甘谷古风台，亦相传为伏羲出生地。故有"甭看甘谷地方碎，伏羲爷是第一辈"的民谣。甘谷大像山上也有太昊宫，原在山下，建于明末，清时迁至大像山上。今甘谷五里铺有清人书"羲皇故里"。

而在距离今天水市区西北方向15公里的三阳川，有一座小山叫卦台山。据当地人的传说，伏羲曾在此画八卦。卦台山附近还有所谓的"龙马洞""分心石"等与伏羲画卦传说相关的景点。北宋时期在三阳川的卦台山上修建伏羲庙，现在的伏羲庙建筑群，是1980年代在古废墟原址上重建的。明人胡缵宗作《卦台记》确信卦台山是伏羲画卦的地方。这里自金代就有伏羲祭祀，至今这种信仰仍相当浓厚。每年的农历二月十五日，是传统的卦台山伏羲庙会。按照民俗，从农历二月初二"龙抬头"之日到农历三月三日，都是祭祀"人祖"伏羲的日子，卦台山祭祀伏羲的庙会时间定于农历二月十五日，庙会规模宏大，要持续三天。

卦台山庙会其间，方圆数百里的群众，天色微明时就早早动身"朝山"。远远近近的人，或坐车，或策驴，或步行，或借机展销，或卖艺课利，或受约前往，或随缘还原，或遣兴游春，或受人相邀，或庙会敬请，或结伙同行，络绎不绝于途，车水马龙，熙攘满山。鼎盛时，山上达数万人。卦台山上，风味小吃，书画展销，秦腔大戏，紧锣密鼓，给庙会文化增添了不少艺术氛围。①

从伏羲庙的建立以及历代伏羲祭祀，可以看到伏羲信仰既在民间盛行，也与官方意识形态具有一致性。这也是伏羲在神话中具有至高地位的一个原因。

总体上，不论民间还是官方的伏羲祭祀活动，形成了如下一些基本特征："1.伴随民俗活动产生和发展而形成的对民间习俗的依存特征；2.根据不同历史时期而相对固定的程序性特征；3.具有本区域民俗祭祀传统与天子祭祀礼仪相结合的特征；4.在祭祀内容上大力弘扬龙文化和伏羲文化的特征；5.具有群众文化活动的特征。"②

除了伏羲祭祀之外，如前所述，远古伏羲氏族以蛇为图腾，伏羲人首蛇身所象征的龙文化在民间留下了深深的民俗文化痕迹。甘肃许多地方仍保留着对蛇的敬畏之情和禁忌。家里面发现蛇叫家蛇，如果出现，表示家中有邪气，家蛇不能安居，主人应焚香磕头礼拜，乞神驱蛇。看见交尾的蛇要回避，并且不能同其他人说。蛇名不能直呼，一般统称为长虫，生肖中称为小龙。民

① 参见李子伟、白水泉编：《天水民俗录》，香港飞天文化出版社，2003。转引自傅小凡、杜明富：《神话溯源——女娲伏羲神话的源头及其哲学意义》，兰州：甘肃人民美术出版社，第239页。

② 参看太昊伏羲祭典，中国非物质文化遗产网·中国非物质文化遗产数字博物馆 http://www.ihchina.cn/project_details/14992

间还认为蛇有灵性，乡间塑造神像，往往抓小蛇放入泥胎头部或者腹内，以显示神性灵验。而哪座山上有大长虫，则是这座山的灵性所在。遇蛇要回避，蛇有灾难则要救。不能打蛇，打蛇遭报应的故事在民间数不胜数。这些蛇崇拜和蛇禁忌的实质都有图腾崇拜的性质，由于龙的原型就是蛇，所以也是龙崇拜。

五、伏羲女娲兄妹婚神话

女娲、伏羲神话除了有各自独立的神话系统之外，还有一大类是女娲伏羲兄妹婚神话，这类神话还常常与洪水神话以及葫芦神话黏合在一起。

兄妹婚神话在民间分布非常广泛，其基本的情节是：第一，宇宙间发生了大洪水的灾难；第二，洪水退后，人类灭绝，只有兄妹俩因躲在葫芦中而存活；第三，遗存的兄妹俩，为了繁衍后代，用滚磨、合烟、追赶等方式占卜神意，或听从神命，结为夫妻；第四，婚后孕育了正常或者异常的胎儿，有的用其他方法，繁衍人类，成为二次造人的兄妹始祖。

在这样的神话系统中，以伏羲和女娲为兄妹的居多。其原因是因为"女娲、伏羲曾被敬奉为始祖或者文化英雄，身份上有了同另一位神祇的兄妹乃至夫妇关系的缘故，所以逐渐与兄妹始祖型神话粘连起来。"① 其所反映的文化观念是人类认识到了男女在生殖过程中都有重要作用，因而产生的两性生殖崇拜观念。

至于伏羲女娲兄妹婚神话与葫芦发生联系，闻一多先生指出，

---

① 杨利慧：《女娲神话与信仰》，北京：社会科学出版社，1997，第99页。

女娲与伏羲"本皆为葫芦的化身，所不同者，仅性别而已。"① 闻一多还考证了神话中开天辟地之盘古的身份，他指出盘古即"匏瓠"，也就是葫芦，伏羲是男"葫芦"，女娲是女"葫芦"，两者都是南方葫芦图腾的产物。伏羲女娲皆为人首蛇身，据袁珂说盘古也是龙首人身，也更能说明盘古与伏羲、女娲之间联系的紧密。不过，有很多学者指出，不仅南方文化有葫芦图腾，其实葫芦神话在各地的流传非常广泛、而且形态丰富，具有生殖含义是葫芦神话的母题。《诗经》所谓"绵绵瓜瓞，民之初生"，就是把葫芦的繁殖比喻为人类的繁衍。因此，葫芦其实具有生殖崇拜的意义。这样来看，我们就会发现伏羲、女娲都是生殖神，也难怪许多地方称伏羲为"人祖爷"或者"人宗爷"，称女娲为"人祖娘娘"了。

关于伏羲女娲兄妹婚以及洪水神话，葫芦神话粘合在一起的神话和民间传说非常多，这里摘录甘肃一则比较典型的民间传说：

> 天和地是由雷公弟弟和哥哥高比分别负责治理。一开始，倒也和睦相处，人民能安居乐业。高比有一双儿女，儿子叫伏羲，女儿叫女娲。十分讨人喜欢，一家人生活得很快乐。随着生活生产能力的增强，人类开始不敬奉天神雷公。一天，有户人家竟然把狗头当猪头供奉雷公。雷公大怒，整整六个月不下雨，人们去求高比帮忙，高比偷来雨水，滋润了大地。雷公很生气，就想用火雷劈死高比，却被高比用鸡罩活捉了。这种鸡罩，甘谷县白家湾古风台一带农村中仍有使用。材料用藤条或竹篾子，编法内含六爻八卦，十天干，十二地支，

① 闻一多：《伏羲考》，上海：上海古籍出版社，1954，第60页。

二十八星宿，六十四卦，三百八十四爻，真是奇妙无比。高比捉到雷公后，关他在铁笼子里，到了第二天，他准备到集市上买香料，把雷公腌了当菜吃，临走，他嘱咐儿女，"记着，千万不要给他水喝"。

高比走后，雷公做出十分痛苦的样子讨水喝，水的数量由一碗变成一口，伏羲和女娲还是不同意。最后雷公说："那么，请去把刷锅水给几滴也好，我快渴死了。"小兄妹犹豫片刻，决定用刷锅的刷把蘸几滴刷锅水，给雷公喝。

雷公喝了水，非常欢喜，一用劲，就听轰隆一声巨响，雷公撞破铁笼子飞了出来。小兄妹俩吓呆了，不知如何是好。雷公拔了一颗牙说："快拿去种在土里，如果遭了灾难，你们就藏在长出的果实里去，可以保你们平安！"说完，雷公就升天而去。高比买了调味品回家，发现雷公逃脱，不禁失声大叫"大祸到了"。于是他打造了一艘大船，以防灾难从天而降。小兄妹俩依照雷公的吩咐，种下了雷公的牙齿。奇怪，牙齿发芽了。很快，到中午就长出了叶子，傍晚开始开花结果，第二天，果子长成了一个大葫芦，兄妹俩用锯子锯开葫芦，掏出了里面的葫芦籽，不大不小，正好容得下他们俩。

第三天，风云突变，飞沙走石，暴雨从天而降。一时山洪爆发，洪水淹没了平原、丘陵。高比钻进了大船，小兄妹俩却钻进了葫芦。洪水越涨越高，高比驾着大船，一直到达天门。他用手敲天门，敲门声响彻天空，天神害怕了，急忙喝令神退水，顷刻间，雨止风停，洪水一落千丈，大地露了出来。高比的大船从天空跌落在地上，摔得粉碎，高比也牺牲了。

葫芦落在了昆仑山上。兄妹俩从葫芦里出来，埋葬了父亲就在一起生活了。大地经历了这次洪水，人类被消灭了。小兄妹俩却靠辛勤的劳动，无忧无虑地生活着。

时光荏苒，转眼间他们都长大成人。他们感到很孤独，因为再没有其他人跟他俩说话，并且如果他俩死了以后，世上就没有了人，那么，这么美好的世界让谁看呢？于是伏羲提出和女娲结婚，繁衍人类，但妹妹却不同意，说："我们是亲兄妹，怎么可以结婚呢？"伏羲说："如果我们不结婚，世上就不会再有人类了。"女娲一想也有道理，但是还想再看一看天意如何。就商量向上天占卜。占卜共进行了三次，第一次伏羲女娲在南北山上各点一堆火，如果升在空中的烟绞合在一起，就可以结婚。火着起来后，烟便绞在了一起。第二次兄妹俩在南北两山往河谷地带滚石磨盘，到河谷后如果两块磨盘贴合了，就表示可以结婚。磨盘也贴合了。第三次占卜更像现在的考验。妹妹提出一个问题，说：我在前面跑，你在后面追，如果追到我，咱俩就结婚，如果追不到就不能结婚。于是兄妹俩绕树跑了起来。妹妹机灵敏捷，追了好久总追不到。伏羲智慧过人，他追着追着，猛不防把身一转，气喘吁吁的妹妹就一头撞进哥哥怀里，再也挣脱不了。于是他们就成亲了。①

从这则传说中，可以看到其与西方"诺亚方舟"的洪水神话

① 见王焕新编著《人祖伏羲》，北京：中国文联出版社，2002，63-66 页。

叠合的痕迹。当然，洪水神话是普遍性的世界性神话，但这则传说更具中国文化的特色，那就是避水工具葫芦的使用，以及伏羲女娲的兄妹婚。葫芦是中国文化中生殖崇拜的象征。至于兄妹婚，有学者考证则是远古两个氏族或者部落之间两合婚制在中国神话中以兄妹婚的形式间接地表现出来。伏羲和女娲合婚后怎样繁衍人类，本则传说中说女娲婚后生产了一个肉球，肉球被兄妹俩切成碎末而变成了人。但这个二次创始人类的方式不是很典型，甘肃有更多的传说中，伏羲女娲合婚生人，人类再进行繁衍，从此大地上才传下了更多的人。

总之，甘肃作为中华文明最早的发源地之一，具有孕育娲羲神话的文化土壤，说这里是伏羲、女娲神话的发源地，是有相当的依据的。特别是伏羲部族在甘肃大地上发展、壮大，并不断融合、吸纳周围各个部落，共同繁荣，缔造了华夏文明和中国龙文化。伏羲文化以巨大的感召力缔结了中华民族的认同感、归属感和凝聚力。而甘肃大地上从古至今流传的丰富的女娲、伏羲神话传说，广泛的民间信仰和浓厚的文化氛围，凝聚着这片土地上劳动人民的生命情感和诗性智慧，也反映了华夏文化早期的特色。

西方美学"天才论"中的合理因素及其启示性

▲▲

在西方美学和文艺理论发展史中，"天才"是一个在不同时期屡次被提及和探讨的重要范畴。在汉语语境中以往对天才概念有太多的误解与曲解。或者赋予其贬义，把"天才"问题完全视为唯心主义而全盘否定；或者闪烁其辞，不敢正面探讨，因而抑制了对这一包涵复杂因素和合理内核的现象的研究。

"天才"的概念在美学和文艺理论中谈论很多，但意义不尽相同。一般来说，对"天才"概念的运用有两种情况，一种是把"天才"用作对某种艺术成就和创作才能的赞美和折服；一种是把"天才"作为美学和文艺理论中的一个课题，即艺术创造主体特殊性问题加以研讨，来探求艺术创造的本性和规律。后者在西方美学和文艺理论中，特别是德国古典美学中有着丰富而深刻的内容。西方对这个问题的认识也有一个发展过程，这个过程以德国古典美学将天才的来源归结为人的无意识为转折点，形成了两种天才观念：古典的天才观和现代的天才观。古典的天才观将天才归因于"灵感""神启"；现代的天才观则把天才归结为人的无意识，对天才做出了更为合乎情理的解释，因而深入人心。西方天才观，特别是现代天才观中的合理因素对文艺理论中创作主体性的研究具有极大的启示性。

一

西方最早论述天才问题的是柏拉图。他认为，诗人的本领不在于凭技艺而是凭灵感，而灵感来自神力，诗人靠神的启示才具有创作能力并进入创作过程。他在谈论抒情诗歌时说："这类优美的诗歌本质上不是人的而是神的，不是人的制作而是神的诏语；诗人只是神的代言人，由神凭附着。"[①] 柏拉图的这种观点一般称为"迷狂说"。"迷狂说"虽然不是直接论述天才，但实质在为以灵感为标志，带有玄秘色彩的天才立说。天才不在于人，而是源于神灵的凭附。神灵使诗人或艺术家处在迷狂状态，暗中操纵着他去创作。神输送给诗人的灵感，又由诗人辗转输送给无数的听众。柏拉图对灵感还有一种解释是不朽的灵魂从前生带来的回忆。柏拉图的天才论带有浓厚的神秘色彩，并包含了一个对日后影响深远的意思，即天才与技艺相区分，并高于技艺。这样，柏拉图在客观上触及到了艺术创作中的一些特有现象和艺术家的天赋问题，解释了文艺何以能引起听众的欣赏以及文艺的深远的感染力量的问题。

柏拉图以神灵凭附来论述天才，对启蒙时代以前的天才理论影响很大，一般对天才的认识大都不出这个范围。比如古罗马的贺拉斯虽然主张天才要有规则和训练来磨砺，这一点与柏拉图有

---

① 柏拉图：《文艺对话集．伊安篇》，朱光潜译，北京：人民文学出版社，1963，第 9 页。

所分歧，但他同样同意"诗是神的旨意"。朗吉努斯在《论崇高》中也提出作家具有某种超越纯粹技巧的天赋观念。他非常推崇拥有天赋的这一类作家。他描述崇高的品质是建立在作家的心理特征即"伟大的心灵"之上，这是一个天生而非学来的能力。和柏拉图一样，他也描述了天才神赐的迷狂状态，即诗人在灵感的支配下进入诗性入迷状态时如醉如狂，真情流露而致崇高。朗吉努斯对灵感的神秘性的强调，依然维护着崇高诗人拥有特殊天才的信念。

文艺复兴时期，在人文思想的鼓舞下，文学艺术中人的精神和个性受到普遍重视，天才观念被大力弘扬开来。但对天才的看法存在巨大的分歧：一方面，这时候，人们对天才问题的认识开始与神灵拉开距离，试图回归人自身，从人的想象、幻想以及创造能力来解释天才。另一方面，诗人的神授灵感的观念在很多时候仍在继续为基督教所同化，许多天才理论的柏拉图色彩仍然浓厚。

总之，从古希腊到文艺复兴时期，古典天才观占据了天才理论的主导地位。古典的天才观虽然注意到了天才以独创性为标志，以灵感为外在特征，但将天才的根源解释为来源于神灵凭附的灵感，带有浓厚的神秘色彩。

到 17 世纪，把心灵现象解释为某种超自然生物意志使然的说法已经显得难以自圆其说，不再受人们欢迎了。当时欧洲最主要的文艺思潮是古典主义，其影响持续到 19 世纪初。这一时期，人们普遍认为诗尽管依赖天赋，但更重要的是要注重形式的技巧。这段时期内，对天才的探讨并非沉寂，而是继续进行，并

凝眸文学

且认识得以深化，着眼于人自身的想象、幻想等来探讨天才，这样的天才被称为自然的天才或者独创性天才。被一些人称为"前浪漫主义时期"的 18 世纪初，不少人认为独创性的天才比古典主义的训练和模仿更为重要。英国评论家爱迪生在《旁观者》(1711 年) 中关于自然天才和造就的天才之分，以及对自然天才的独创性的高度推崇，在当时就是一篇影响很大的文章。到 18 世纪中期，最值得一提的爱德华·扬格的《论独创性写作》(1759 年)。这篇论文是关于独创性天才比古典主义的训练和模仿更重要观点的最为著名的阐述。扬格还初步探讨了天才创作的心理机制，率先提出人在创造时，其心境可分为两层，"一是为意识控制的平凡无奇的表层，一是不可理解、深不可测的深层。他说：'我们身上有些东西自己觉察不到，别人却看得很清楚；而我们身上是否还有自己和别人都看不见的东西呢？'"① 接着，他将富于灵感的诗的来源追溯到诗人的内心，精彩地来描写了天才创造的心理状态。他说："有名望的作者，一直在黑暗中摸索着进行创作，他们从未料到自己有这份天才，而这天才首次发出闪耀的光束时，他们几乎都经历了这种感觉：他们吃了一惊，仿佛在夜空中看到了明亮的流星；感到非常意外；几乎不能相信这是真的……我这里所说的一个作家内心才会有的感觉，或许能够支持并因而推动作诗的灵感这个虚构之谈。"② 在这里，扬格似乎将作诗的灵感解释为人性这个黑暗的深渊之中的一种出现。当然，在其他时候，作为

① 扬格：《关于独创性创作》，转引自艾布拉姆斯：《镜与灯——浪漫主义文论及批评传统》，北京：北京大学出版社，2004，第 243 页。
② 扬格：《关于独创性创作》，转引自艾布拉姆斯：《镜与灯——浪漫主义文论及批评传统》，北京：北京大学出版社，2004，第 243 页。

牧师的扬格也认为天才中有神意的召唤存在。扬格的天才理论中似乎已经包含了现代天才观的萌芽。然而，在以"天才"这个概念和论述作为重要标志的德国古典美学产生之前，将天才明确与人自身结合起来，将天才归结于人的无意识的观念尚未得到明确的探讨和认识。也就是说，现代的天才观念还没有形成。它的提出和初步形成应归功于德国古典美学家，特别是康德、谢林、席勒等人的天才理论对现代天才观的形成起到了至关重要的作用。

二

扬格的《论独创性写作》在英国并没有引起充分的注意，而在德国却产生了巨大的影响。这是因为当时在英国占统治地位的是经验主义心理学，它既不承认心理活动生长性，也不认为它是一种阈下活动。而德国在18世纪正是莱布尼兹心理学流行的时期。莱布尼兹认为，在人的灵魂中有一些知觉达到了一种足够清晰的程度，获得了"统觉"，但还有一大批"细小知觉"处于统觉阈限下，并且大大超出了意识所能管辖的那个小区域。这指的就是无意识领域。莱布尼兹在描述无意识心理作用的这个领域时说："在我们身上，每时每刻都有着无以数计的知觉，但它们未达到统觉，也没有反映；也就是说，灵魂本身的那些变化是我们意识不到的，因为这些印象或者过于淡薄，或者过于众多，或者过于拥挤地交织在一起……"① 莱布尼兹所说的这个模糊的无意识领域，对美学

---

① 莱布尼兹：《人类理解力新论》导言，转引自艾布拉姆斯：《镜与灯——浪漫主义文论及批评传统》，北京：北京大学出版社，2004，第245页。

家和文学理论家来说，都有助于阐明艺术作品在天才心灵中生成的过程。基于此，扬格的《论独创性写作》在德国受到重视也就在情理之中。康德、谢林、歌德、席勒等人把天才与无意识联系起来，认为伟大的文学作品来自天才心灵中不可测知的深处，应该受到了扬格的启发。

康德当然不曾直接把天才归于无意识，但他对天才问题的探讨，就是把艺术问题和心理学结合在一起来进行的。康德认为："美的艺术不能不必然地被看作为天才的艺术。"[1] 由此，他将艺术创作问题过渡到天才问题。他替天才下的定义是："天才就是给艺术提供规则的才能（禀赋）。由于这种才能作为艺术家天生的创造能力本身是属于自然的，所以我们也可以这样来表达：天才就是天生的内心素质，通过它自然给艺术提供规则。"[2] 这就是说天才是文艺家独具的创造能力，是一种先天的心灵禀赋，或者说是一种心理能力，是与生俱来的，与人的生理因素一样是身体结构的一部分，属于"自然"的范畴，在既无规律可循又无明确方法可用的情况下，天才创造出艺术作品，人们根据这样的艺术作品探寻出艺术规律。既然天才被视为必须在没有规律和方法可循的情况下，自然具备推导出艺术规律的天生的内心素质。那么，这种内心素质是怎样生成了美的艺术作品呢？康德是这样描述的："天才自己不能描述或科学地指明它是如何创作出自己的作品来的，相反，它是作为自然提供这规则的；因此，作品的创造者把这作品归功于他的天才，他自己并不知道这些理念是如何为此而

---

[1] 康德：《判断力批判》邓晓芒译，北京：人民出版社，2002，第150页。

[2] 康德：《判断力批判》邓晓芒译，北京：人民出版社，2002，第150页。

在他这里汇集起来的，甚至就连随心所欲或按照计划想出这些理念，并在使别人也能产生出一模一样的作品的这样一些规范中把这些理念传达给别人，这也不是他所能控制的。"① 康德的意思是说天才创作的理念是不知道如何汇集在他的头脑中，而且天才创作不能重复和总结为经验。这是一种心理机制，但这样一种心理机制所进行的活动和产品是意识不能管辖的，这是天才具有的自然性特征。

尽管康德没有明确地提出"无意识"的概念，但我们发现康德对天才特征创作的这种描述正是上述莱布尼兹心理学所说的人的知觉系统中无意识领域的特征。因而，从对天才根源的认识来看，康德的天才理论的重要意义就在于拨开了长期以来古典天才观笼罩在天才身上的迷雾，明确了将天才归结于人，归结为人的先天的心灵禀赋，并且洞察到天才与人的无意识心理活动之间的密切联系。从此，沿着康德对天才根源的追溯，人们对天才的认识完全走向了人自身。康德进一步指出构成天才的内心力量，就是以某种恰到好处的比例结合起来的想象力和知性的和谐的状态。一方面，活泼而有力的想象力在腾飞的过程中唤起了许多思想，这些思想虽然和概念相关，但没有和任何一个概念完全切合，因而没有任何言说能够完全达到它并使它得到理解。另一方面，知性为想象力注入丰富的内容，使它不会乏味、缺乏意义。想象力在知性的支持下得到了充实，知性失掉了抽象外壳随着想象力生动地自由扩展。在想象力和知性的这种亲密无间的和谐关系中出现了审美的愉快，产生了自由，创造出典范性与独创性统一的

① 康德：《判断力批判》，邓晓芒译，北京：人民出版社，2002，第151页。

艺术作品，这正是天才的心灵特征。弗洛伊德的精神分析学说指出：梦中出现的意象及其运动与文学创作中的意象和运动都属于想象，文学素材与梦之间正是在想象这一点上具有相似性，这种相似性的深层心理机制在于无意识心理，无意识需经精心改装，方可达成艺术之普遍性。参照弗洛伊德的理论，我们可以将康德在这里所说的想象力的根源追溯到无意识领域。毫无疑问，知性属于人的概念认识的范围，当然属于意识领域。这样，我觉得康德关于天才是想象力和知性和谐的观点说明康德认识到天才是自然性和理性的统一，也就是说天才心理机制的构成不仅仅是大量的无意识作用，其中还有意识的参与。这个观点的深刻性在于已经包含了艺术创造过程具有主体意识与无意识相统一的心理机制这层意思，此后从无意识和意识角度探讨创作心理的现代文艺心理学于此已初见端倪。

谢林关于天才问题的哲学美学理论的独到之处，也是强调了天才在审美和艺术创造中的"无意识"特征。谢林的《超验主义理想体系》（1800 年）是德国浪漫主义哲学的一份特有文献。他把美和艺术放在他的哲学体系的顶端，当成超越于现实之上的，至高无上的理想世界。其实质是将美和艺术当成调和矛盾的绝对的东西，这是客观唯心主义的观点。他的天才论是在这个前提下演绎出来的。谢林认为"艺术的唯一的源泉，是来自于内心和精神最内在的力量的强烈追求，我们把他称为灵感"①，而具有灵感的人，在谢林看来就是天才，并且只有天才才能创造艺术。谢林

---

① 谢林：《论造型艺术对自然的关系》，见《德国古典丛书》第 5 卷，北京：北京大学出版社，第 134 页，112 页。

把天才当作艺术的本性，把天才和灵感看成艺术的唯一源泉，其错误是明显的。但谢林对天才艺术创造过程的心理特征的把握包含了一些富有启示意义的洞见。他说："很早以前就有人注意到了，在艺术当中，并不是所有的东西都是有意识地完成的，必须有无意识的活动与有意识的活动相联系。二者必须相互统一和渗透，最高的艺术才能产生。"① 谢林将艺术创造中结合了无意识的活动看成艺术的知觉。而究实质，他更强调无意识的重要性。他将艺术作品的根本特点归结为"无意识的无限性"。正因为天才是无意识地进行创作的，所以艺术作品的内容要比天才艺术家打算表达的要多得多。谢林强化了天才的无意识特征以及由此而来的模糊性和神秘性。近代艺术中的直觉主义、神秘主义、反理性主义，严格地说是从谢林的开始的。不论怎样，把"无意识"概念引进艺术创造过程，并使这个无法阐释清楚的术语最终得以成为文艺心理学中一个重要概念，谢林功不可没。他的理论直接触动了同时代的两个伟大人物——席勒和歌德。

席勒曾写信给歌德对谢林的理论中某个方面表示异议，但他完全引用了谢林的专用术语。他说："根据经验，诗人是从无意识开始的。诗人写诗时，既有一个最初的、完整而又模糊的意境，但也清楚地意识到自己的工作；如果他发现在作品完成时，没有削弱最初的意境，那么他一定会感到自己幸福。倘若这个虽然模糊却很有力量的完整思想不是先于一切技术性的东西而存活的话，诗创作就不可能发生，因此我觉得诗就是要能够把这种无意

---

① 谢林：《论造型艺术对自然的关系》，见《德国古典丛书》第 5 卷，北京：北京大学出版社，第 112 页。

转化为一个对象,而予以表现和传达……无意识和意识联合起来,便形成具有诗意的艺术家了。"[1]歌德则回信表示他很赞同这种观点。歌德认为天才所做的一切,都是无意识的结果,天才的这种创造力是超越尘世的、非人力所能达到的一种力量,人不自觉地听其操纵、指使,却以为出于自己的动机。

此外,德国古典美学中论及天才与无意识之间的关系还有让·保尔、施莱格尔等人。总之,无意识这个概念在得到德国古典美学家的高度重视之前,虽然已有广泛使用,但由于多数德国古典美学家注意到了天才来源于艺术创作心理中相当于无意识的界域,并首次明确将无意识引入艺术领域(谢林首次引入)来解释艺术创作心理,因此推动和深化了对"天才"问题本身的认识,形成了现代天才观。

三

从柏拉图到康德,到谢林、席勒、歌德,西方美学家花了很大力气去为天才"立说",这既有体系建设上的需要,也得益于他们对艺术创造过程中主体心理特征的深刻把握。当然,他们的学说具有共同的致命弱点,那就是唯心主义的哲学基础。这种唯心性赋予天才论以形而上的思辩性质,所推论出的"天才"也就忽视了社会历史、人类实践等因素对创作主体的决定作用。然而,正如鲍桑葵所指出的:"对于一个重大问题的理论的真正进展来说,一个思想家的立论有缺点,并不重要,重要的是他应该把正确的经验整理成为条理分明的整体,并对它做出适当的论述,以

---

[1] 伍蠡甫:《欧洲文论简史》,北京:人民文学出版社,1985,第204页。

致把最重要的问题提了出来。"① 这一点，在天才问题上，上述美学家都做到了。他们的天才论虽然有谬误，但却自成体系，把艺术创作中的"迷狂"现象、艺术思维的非理性化等有关灵感和天才的"最重要的问题都提了出来"。如果抛开各家学说所共有的唯心主义性质，我们就会看到西方美学天才论所具有的合理性和重大的启发意义。

第一，从对西方文艺理论自身建设的影响来看，天才论促进了文艺理论中对创作主体性的强调和探讨。西方文艺批评史上的古典主义权威都认为，文艺是对生活的模仿。柏拉图将天才归结为神启或者不朽的灵魂的回忆，虽然是一种神秘的、带有原始宗教色彩的观念。但他的理论富于启发性的就在于，它第一次真正深入艺术创作活动的心理王国，对以灵感为标志的"天才"这个理论难题作了最早的系统探讨。其合理性表现在，它对创作天才的心理特征作了正确的揭示。"迷狂说"和"灵魂回忆说"恰切地描述了处于艺术创造过程中的诗人将外界一切置之度外，全神贯注于美的创造而忘我的精神状态，以及艺术运思中形象运动的特征。柏拉图的天才论可以说是西方文艺主体性批评的源头。当然，西方美学和文艺理论中对创作主体性强调的最大的推动力来自于18世纪后期到19世纪头30年浪漫主义运动。浪漫主义运动与个性解放和追求理想有关，但不容置疑的是德国古典美学天才论为其提供了理论基础。济慈、华兹华斯、雪莱、柯勒律治等著名的浪漫主义诗人也无不强调天才、灵感和人的精神力量。同时，将天才归结为无意识的观念，以及在创造活动中有一个无意

① 鲍桑葵:《美学史》，北京:商务印书馆，1985，第73页。

识成分存在的看法，在浪漫主义运动中已成为文学批评的共同看法。

第二，从文艺研究的方法论角度来看，德国古典天才观成为现代文艺心理学从无意识视角探讨创造才能及艺术规律的先声。现代文艺心理学是在19世纪后期随着心理学的发展而发展起来的。现代文艺心理学中从无意识来系统探讨艺术创作规律，影响最大的当属弗洛伊德和荣格的理论。弗洛伊德认为，人的心理结构是由无意识、前意识和意识这三个层次构成的。无意识不但"是指一般潜伏的观念，而且特别是指那些具有一定动态性质的观念，是那些尽管强烈而有活性但仍然不会进入意识的观念"①，这样的观念由于处于一种受压抑状态而不能变成意识。但这些观念和心理倾向并不会从心理中消失，作为一种心理能量，它们会以转移的形式表现出来。艺术就是这种表现形式之一，"艺术家的创作也同梦一样，是无意识的欲望在想象中的满足"②。这种用无意识解释艺术现象的理论中，包含着一个这样的思想，那就是认为艺术家的创作心理在相当程度上是超出了"意识"的"阈限"，而呈现出自动自为的状态；这种状态就可以看作是无意识心理起作用了。荣格的"集体无意识"理论则认为，在个人无意识（弗洛伊德称为无意识）之下，还有更深的一层，也就是所谓的"集体无意识"。艺术是原始意象或原型的显现，是集体无意识的象征。不管是弗洛伊德还是荣格的理论，他们共同的思想是把艺术创作

---

① 弗洛伊德：《超越唯乐原则》，见《弗洛伊德后期著作选》，上海：上海译文出版社，1987，第273页。

② 弗洛伊德：《创作家与白日梦》，见《二十世纪文学评论》上册，上海：上海译文出版社，1987，第63页。

和无意识联系起来，用无意识分析创作心理，使得创作过程中的许多现象（如创作冲动、灵感）得到了合理的解释。在这一点上，经由弗洛伊德、荣格创立，并发扬光大的以无意识探讨创作心理的文艺心理学，与德国古典美学将天才与无意识结合起来论述艺术创作心理的天才论之间，具有密切的联系和某种程度的内在一致性。比如就谢林所论的天才的"无意识"来说，如果谢林不将问题简单地归之于天或者引向宗教，完全可以从心理学上以弗洛伊德的"无意识"理论来进行阐发，而且会显得更加具有说服力。因此，应该说德国古典美学天才论对现代文艺心理学的启发意义是相当巨大的，不言而喻的。

第三，天才论赋予艺术创造以神圣性，这在当前有一定的启示意义。天才论在客观上有一种被忽略而实际很重要的因素，就是认为艺术是神圣的，是通过特殊方式表达源自于心灵深处的精神和情感；艺术家自然应有对艺术的崇高感、神圣感，对艺术殿堂的敬畏感。笔者并不认为文学艺术的创作就是少数天才的事情，是神秘的工作，不鼓吹天才论。但有感于艺术创作中的一种普遍的"弊病"，需要"天才"论中某些合理因素作为"偏方"来医治。这就是，在电子信息时代，人们对艺术的需求越来越趋于多样化、个人化、随意化。正是这种特点，加上后现代主义思潮的影响，造成一种错觉，也可以说形成一种潜在而盛行的意识，以为文学艺术再也没有什么神秘感、神圣性，艺术创作成为可以随意把玩的玩意；人人似乎都可以成为作家艺术家，都可以进入艺术的殿堂。泛滥的艺术作品和过剩的文化产品，是在缺乏内在激情和艺术神圣性的功利追求中的"制作"。这种意识，我以为是这个时代文学艺术数量丰富但缺乏感人肺腑之作的文化原因和心理原因。作为艺术家的个人或者作为个人的艺术家，总是应该有不同于常人的特质、秉赋、感受力、审美力等等，或者说要有对艺术的起码的尊敬和虔诚。艺术家不必自诩为天才，艺术创作也不是神灵的凭附，但应有的天赋、后天的勤奋是不可或缺的，而对艺术的敬畏之感在当前时有亵渎艺术的情势下，反而显出它的重要性。这或许就是天才观在当今的启示性。

论作为美学范畴的"丑"和"荒诞"

▲▲

西方古典美学的基本范畴是优美、崇高、悲剧和喜剧,这几个基本美学范畴贯穿在整个古代西方美学体系中,构筑起西方古典美学严整的审美范畴理论大厦。但是,到了19世纪,西方现代艺术和审美活动的发展,产生了具有现代特征的审美范畴,这就是"丑"和"荒诞"。在西方现代美学中,丑和荒诞是美学的核心范畴,它们反叛了西方古典美学中理性主义内涵,具有与古典美学范畴美、崇高、悲剧、喜剧截然不同的特征。那么,作为审美范畴的丑和荒诞的内涵是什么?它们怎样成为西方现代美学的核心范畴?它们的审美意义是什么?二者之间的联系和区别在哪里?这正是本文思考和试图回答的问题。

一、作为审美范畴的丑

丑作为一种美感经验形态,或者说一个审美范畴,与现实中的丑不是一回事。现实中的丑是通过道德评价来界定的,常常与恶相对而言。现实中的丑恶引起人道德上的厌恶和拒绝,并无快乐可言。但审美活动中的丑不是道德评价的结果,而是一种审美评价。审美活动中的丑，是一种形象的丑，虽然在它的感性形式中包含着一种对生活、对人的本质具有否定意义的东西，但并不等于恶，甚至有时与恶也无必然联系。实际上我们在审美活动中直观丑的时候，往往会产生这样的心理体验，即："我们直观的东西的美是不完善的，我们就会感到对这些东西所不具有的完善的渴望。"① 也就是说，审美活动中的丑是审美主体以自由人的身份直观世界，以审美欣赏的方式进行的，因而审美的丑包含否定感的同时，还意味着一种对美好的、和谐的事物的向往和肯定，因此给人一种审美的愉悦。正因为如此，丑才能成为一种美感经验形态。

丑在西方美学中的地位有一个发展和上升的过程。在古代西方社会，人们往往把丑与恶混淆在一起，因此，丑也就不能成为审美对象。因而，西方古典美学的主流显然是研究审美而不是审丑，美学史上对丑的论述远远不及对美的研究充分，往往是在论述美的本质时为了比较才附带地提到丑，丑作为美的陪衬而存在。比如荷迦兹认为适宜可以产生美，不适宜则变成丑。此外，变化可以产生美，而"没有组织的变化，没有设计的变化，就是混乱，就是丑陋"②。鲍姆嘉通说："完善的外形……就是美，相应不完善就是丑。"③ 谷鲁斯则认为，在审美外观上令人不快的东西就是丑。克罗奇说："丑是不成功的表现，就失败的艺术作品而言，有一句看来似离奇的话实在不错，就是：美表现为整一，丑表现为杂

---

① 古茨塔夫·勒内·豪克：《绝望与信心》，李永平译，北京：中国社会科学出版社，1992，第 158 页。
② 转引自《西方美学家论引美和美感》，北京：商务印书馆，1980，第 103 页。
③ 转引自《西方美学家论引美和美感》，北京：商务印书馆，1980，第 142 页。

多。"① 总之，这些观点都意味着知道何者为美，丑则不具备美的特征或者偏离了美，实际上都在认识论的层面上把丑作为美的陪衬来看待，丑之所以有一定的审美价值，在于丑衬托和强化了美。

随着西方近代社会的到来，审美活动中不和谐的、非理性的因素在审美活动中的作用和地位变得越来越强烈和重要，丑也得到了空前的强调和重视。浪漫主义已经开始在艺术中表现丑，而且在理论上也试图为丑在艺术王国中找一个重要的位置。法国作家雨果在《〈克伦威尔〉序言》中提出了艺术中崇高与滑稽，优美与丑怪对立统一，即"美丑对照"原则。他说："基督教把诗引进真理。近代的诗艺也会如同基督教一样，以高瞻远瞩的目光来看事物。它会感到万物中的一切并非都是合乎人情的美，感觉到丑就在美的旁边，畸形靠近着优美，粗俗藏在崇高的背后，恶与善并存；黑暗与光明相共。"② 它们都处于一种复合的状态中，不以人的意志为转移，因此"滑稽丑怪作为崇高优美的配角和对照，要算是大自然所给予艺术的最丰富的源泉"。根据这个观点，雨果主张悲和喜，哭与笑，美与丑不应割裂，性格的光明面与阴暗面、崇高面与丑怪面，各种人物的对照，生活中一切对照因素，都应处于统一体中。从雨果的这个观点，我们可以看出丑在美学中地位的上升。

到 19 世纪中期，现代主义文学艺术一反古典时期崇美抑丑的艺术观念，开始大力表现丑，大力宣传丑的美学。波德莱尔的《恶之花》以描写都市中处处燃烧的欲望的丑而闻名，而同时的著名

① 转引自《西方美学家论引美和美感》，北京：商务印书馆，1980，第 290 页。
② 转引自伍蠡甫《西方文论选（下册）》，上海：上海译文出版社，1979，第 183 页。

雕塑家罗丹不但在雕塑中大力表现丑，而且还有一段很著名的话："自然中认为丑的，往往要比那认为美的更显露出它的'性格'，因为内在真实在愁苦的病容上，在皱蹙秽恶的瘦脸上，在各种畸形与残缺上，比在各种正常健全的相貌上更加明显地呈现出来。既然只有性格的力量才能造成艺术的美，所以常有这样的事，在自然中越是丑的，在艺术中越是美。在艺术中，只有那些没有性格的，就是说毫不显示外部的和内在的真实的作品，才是丑的。"[①]在这里，罗丹的意思是说丑的价值在于人透过丑可以看到或者联想到了美。不论如何，这时，丑还没有从审美中独立出来，丑自身所具有的审美价值没有得到充分的认识。

把丑作为美学的一个重要问题来加以专门研究的德国美学家罗森克兰兹，他在1853年出版了《丑的美学》一书，明确把丑与美对立且并列起来，指出丑"不在美的范围以内"，但与美一样，同"属于美学理论的范围"，并提出"丑的美学"概念与"美的美学"相对应，从而肯定了丑自身所具有的积极的审美价值。罗森克兰兹提出用"美的一般法则"突出丑的一般特征，作为艺术表现丑的基本原则。《丑的美学》是第一部专门系统研究丑的美学专著，标志着丑在美学王国中获得了独立的地位，从此成为美学重要的审美范畴。因此一般认为罗森克兰兹的著作开启了现代丑学。

现代丑学主要体现在现代主义艺术中。从一定意义上说，现代主义艺术已经放弃了表现美，而更多地着眼于表现丑。像艾略特的《荒原》、陀斯妥耶夫斯基的《白痴》、毕加索的《格尔尼卡》

———————
[①] 罗丹：《罗丹艺术论》，傅雷译，北京：人民美术出版社，1987，第23～24页。

《亚维农的少女》等都以丑陋为主题。就如尼采谈到现代主义艺术时所说："现代艺术乃是制造残暴的艺术——粗糙地和鲜明地勾画逻辑学；动机简化为公式，公式乃是折磨人的东西。这些线条出现了漫无秩序的一团，惊心动魄，感官为之迷离；色彩、质料、渴望，都显出凶残之相。譬如，左拉，瓦格纳，在更为精神性的秩序上还有泰纳。总的来说就是逻辑、众多和凶残。"[1]大部分现代主义艺术都具有这种丑的特征。由此，从19世纪中后期到本世纪中晚期一百多年间，现代主义艺术的风起云涌，丑也作为现代艺术中主要美感经验，上升为现代美学的主要审美范畴。

　　需要作出说明的是，作为美学范畴的丑在艺术作品中通过丑的形象来表现，但艺术中丑的对象不等于艺术丑。艺术家往往在作品中通过丑的形象显示艺术美，艺术作品中丑的形象不仅可以折射出艺术家的进步理想，而且反映了艺术家敏锐的观察力和精湛的技巧，集中体现了艺术家的创造性劳动，作品本身是美的。人们在欣赏这类作品的时候，一方面对艺术家的创造性劳动产生了喜悦，同时对作品中的丑的形象产生厌恶。艺术丑则指艺术作品的内容虚假、腐朽、技巧低劣等。就如罗丹所说："在艺术中所谓丑的，就光那些虚假的、做作的东西，不重表现，但求浮华、纤柔的矫饰，无故的笑脸，装模作样，傲慢自负———一切没有灵魂，没有道理，只是为了炫耀的说谎的东西。"[2]人们在欣赏这类作品时，则不会产生喜悦，而是对艺术家劳动的厌恶和对作品的拒绝。

① 尼采：《权力意志——重估一切价值的尝试》，北京：商务印书馆，1991，第359页。

② 罗丹：《罗丹艺术论》，沈琪译，吴作人校，北京：人民美术出版社，1987，第24页。

凝眸文学

丑的本质和审美意义就在于，丑是一种非理性意志主体的体现，它用非理性的力量揭示了一种负面的生存意义，即现实生活中存在着非人性的、异化的一面。它与人相对立，是令人厌恶的。而人生不应当如此，生存应当是和谐的、美好的、令人喜爱的。这种对人生正面意义的肯定，是通过丑的否定来获取的。

丑是与美相对立的美学范畴，在审美特征和内涵上也与美相对立。美表现为和谐、优雅、秀美、圆润等感性特征，丑则与不和谐关联，呈现为混乱、反常、畸形、残缺等感性特征；美是理性与感性之间的和谐运动，丑是对这种运动的偏离，更多地走向了感性的非理性表现；美是对美好事物的肯定，丑是否定性的呈现；美是内容与形式的有机统一，丑是无形式的内容，以及不可能纳入任何形式的内容。当然，有时外形的毁损、残废可以成为特定条件下内容美的形象体现，这种美不是优美，而是崇高，因为它在毁损的外形中显示了巨大的精神力量。

二、作为审美范畴的荒诞

荒诞是一个现代意义的哲学和美学范畴。之所以这样说，是因为西方现代社会的高度异化具备了荒诞产生的社会根源和哲学基础，甚至可以说荒诞在一定程度上已经融入现代性中。而在古代，人与世界的疏离和异化还没有像现代社会那样发展和突出，所以，即使审美活动中出现过怪诞的艺术风格，比如欧洲中世纪宗教神秘剧中的怪诞形象，它也只作为一种带有荒诞成分的艺术元素出现，作为审美形态的荒诞并没有出现。

从一般的社会实践的层面来说，荒诞并不能被直接指称为审美形态，而是指人生的一种异化形态，是一种在一定程度上反映西方现代社会实质的客观存在状态。

荒诞由一种人生的异化形态转化为审美形态，则基于西方哲学特别是存在主义哲学对于荒诞的清醒认识，以及西方现代艺术表现荒诞、反抗荒诞的追求，这二者之间的合流，构成了荒诞的审美价值。存在主义哲学认为，世界是荒诞的，人的存在也是荒诞的。人是被抛到世界上来的，他的存在没有根据，只能由自己来选择自己成为什么。而世界本身也没有什么意义，只是没有任何目的的杂物堆积，所以人生的种种选择也是没有意义的。而且人在选择的过程中，由于个体各有自己的意志、愿望，具有与别人无法沟通的主观性，导致了人与人之间的冲突和斗争，外在于个体的世界就是人存在的阻力，即萨特所说的"他人即地狱"。人的选择经历着他的存在本身所具有的荒诞、罪恶、恐惧，焦虑、孤独以及意义缺乏的虚无。因此，"我们在其中生活的世界是不可理解的、荒谬的"①。存在主义哲学强烈地影响了现代艺术。西方现代艺术直观并深刻地展示着荒诞，他们是荒诞的价值载体。在卡夫卡的作品中，塑造了一系列荒诞的审美意象，展示了一个异己的、恐怖的、荒诞的世界；萨特、加缪的存在主义文学，集中地展现了荒诞的审美形态。他们共同为荒诞这个审美范畴的确立奠定了艺术实践的基础。确切的荒诞艺术则最初指荒诞派戏剧，贝克特的《等待戈多》、尤奈斯库的《秃头歌女》是荒诞派戏剧的经典作品。荒诞派戏剧（最初称为先锋派戏剧）兴起于20世

① 施太格缪勒：《当代哲学主流（上卷）》，北京：商务印书馆，1986，第182页。

纪 50 年代,1953 年贝克特的《等待戈多》上演成功,并红极一时,此后这种戏剧开始流行。1961 年,英国的马丁·埃斯林在他的名作《荒诞派戏剧》中明确将其冠以"荒诞派戏剧"的名称,并指出:"每个时代的每种文化类型都找到了它的独特的艺术表现形式,但是最真实地代表我们时代的贡献的,看来还是荒诞派戏剧所反映的观念"即"对于荒谬的一种荒谬关系"[1]。埃斯林的意思是说,荒诞不仅仅限于荒诞派戏剧,而是我们这个时代所有艺术的主要表现形式。自此,荒诞在西方的现代艺术中风行。荒诞也上升为一个普遍的深刻的美学范畴。实际上,西方现代艺术创作都呈现出荒诞的整体风格。不论前面说的卡夫卡、萨特、加缪的作品和荒诞派戏剧,还是荒诞派戏剧以后兴起的其他西方现代派艺术流派比如"新小说"、黑色幽默文学、波普艺术、超现实主义绘画、偶然音乐、新浪潮电影……共同笼罩着荒诞的色彩。荒诞这个审美范畴远远超出了荒诞戏剧的范围,成为代表这个时代艺术表现形式的一个普遍的深刻的审美形态。因此,可以说现代艺术对于现实生活中荒诞的表现和批判,以及在现代艺术中所包含的哲学反思,使荒诞在 20 世纪中后期上升为一个独立的审美范畴。

荒诞的本质是缺乏意义和价值削平。它的主要品格是拒斥优美,鄙夷崇高,摧毁一切传统。尤奈斯库曾说:"荒诞就是缺乏意义……和宗教的、形而上学的、先验的根源隔绝之后,人就不知所措,他的一切行为就变得没有意义,荒诞而无用。"[2]尤奈斯库的话是定义荒诞派戏剧时说的,但恰切地道出了荒诞的本质。

① 伍蠡甫主编:《现代西方文论选》,上海:上海译文出版社,1983,第 357 页。
② 伍蠡甫主编:《现代西方文论选》,上海:上海译文出版社,1983,第 358 页。

荒诞就是从根本上否定现存世界。这种否定以消极的方式肯定了人的自由。也就是说因为人是自由的，他才选择，追求，对现实绝望，从而面临荒诞。但是，审美的实践不应该对这种荒诞给予认同，而是应该反抗荒诞的人生现状，荒诞体验本身就是人对现实的觉醒和生存的自觉。所以说，荒诞的审美意义就在于，个体在发现人生的荒诞、揭露荒诞，并以自己的行动（即使是没有意义的行动）在证明着自己的存在，表达了对自由和激情的向往。

荒诞具有自己独特的审美特征：

首先，荒诞具有非常态的、怪诞的形式。荒诞的审美意象往往运用变形、夸张、抽象等表现手段，以表现异化的世界。在这种情况下，现实基本上改变了原有形态，成为一种被主观改造过的怪异形象。比如文学作品中卡夫卡的《变形记》中，推销员格利高里一觉醒来变成了甲壳虫；尤奈斯库的《犀牛》中人变成了犀牛；这些都会引起人的荒诞感。西格尔的画作《公共汽车骑手》的画面中，那些乘公共汽车的人像一具具被抽离了灵魂的空壳，面无表情，茫然无助，使人产生一种虚无感和梦幻感。

其次，荒诞具有强烈的象征性。现代主义艺术作品普遍运用变形、抽象等艺术假定手段，传达一种哲学思想，即生存的虚无和荒诞。荒诞的意象或者是非颠倒，或者时空错位，或者混乱无序，或者不可理喻，都有悖于现实。但荒诞不追求外在的历史的真实，而是表现超感觉的情绪和难以捉摸的内在现实。因此，那些荒诞的审美意象具有强烈的象征意义。比如尤奈斯库《椅子》中用椅子象征物排挤了人；在海勒的《第 22 条军规》中，用第 22 条象征无形的、无所不在的神秘力量支配着人；卡夫卡的《审判》中，通过 K 的荒诞命运，象征世界像一个庞大的、丧尽理智的、吞噬人的机器，人在其中根本无法把握自己的命运；等等。

最后，荒诞的审美经验，在感性体验上是非常复杂的。它一方面包含着一种意义丧失或者缺席形成的虚无感和空洞感，对人的存在状态荒谬性的绝望感，以及人的命运不可把握的恐慌感；另一方面，还会获得一种一切都是游戏的娱乐感，轻松感，甚至一种难以言说的喜剧感。不过这种喜剧感来自于完全绝望的束手无策，无可奈何，是一种无望的笑，这种可笑近乎一种"黑色幽默"。

三、丑和荒诞之间的联系与区别

丑和荒诞作为现代意义上的两个审美范畴，二者之间有着直接的联系但也不同。

丑和荒诞的联系在于：其一，丑和荒诞都是否定性审美范畴，都是对西方现代社会高度异化的否定。自 19 世纪后期以来，现代西方社会在科学技术领域不断取得巨大的成就，物质生活和技术高度发达的同时，"人与社会、人与人、人与自然、人与我四种关系出现了尖锐的矛盾和畸形脱节，并产生了全面的扭曲和严重的异化"[①]。异化和扭曲这些非人性的社会存在，反映着社会中丑恶和畸形，导致了现代人普遍的精神创伤，以及生活缺乏明确意义召唤的虚无主义思想。艺术家也不再将拯救社会作为自己的责任，而是把社会之丑、人性之恶，现实存在的荒诞和虚无感作为审美对象加以观照和表现。表现在美学中，就形成丑和荒诞。丑与荒诞一起拒斥优美，鄙夷崇高，抛弃悲喜剧的理性思考，以

① 袁可嘉：《外国现代文学作品选》，上海：上海文艺出版社，1983。

残缺、丑陋、不和谐、怪诞、变形等作为审美表现对象，表达对西方社会异化的否定。其二，丑和荒诞都是人的主体精神失落的产物。西方自文艺复兴以来，特别在现代社会，人脱离了宗教神学的统治，回到了世俗的生活。主体性得以成长，理性备受推崇，人的主体性建立在他的理性思维上。由此出发，认为人才是世界的主体，人是目的，人凭借理性就可以自由地进行选择。然而，理性的主体在19世纪后半叶受到了有力的反驳和诘难。比如尼采的思想、柏格森等人的生命哲学、弗洛伊德的精神分析思想中都树立起了非理性主体。这种非理性的意志主体在艺术中就导致了我们前面说过的丑。到了20世纪，理性主体则完全破灭了。诚如马尔库塞论荒诞时说"……'我思'的自我确定性曾为笛卡儿敞开了一个充满意义的法则和机制所统治的例行的宇宙，在我们的时代，'我思'却被抛入一个'荒诞的世界'。在那里一切意义均被死亡的赤裸裸的事实以及不可逆转的时代进程所否定。意识到自身力量的笛卡儿式的主体所面对的是一个算计、征服、统治畅行无阻的客体世界，而今天的主体本身变得荒诞了。"① 这些非理性主体认为应该张扬人的非理性，就能从理性压抑中解放出来，创建新的人生意义。丑和荒诞都有反叛传统西方古典美学艺术所负载的理性主义内涵的意义。其三，从审美特征来看，丑和荒诞都有扭曲、变形等不完满、不和谐的特征，都是对现实否定性的呈现。

丑和荒诞作为不同的审美范畴，其不同之处表现在：其一，

---

① 柳鸣九主编：《二十世纪文学中的荒诞》，长沙：湖南教育出版社，1993，第336～337页。

荒诞比丑所包含的否定性因素更多、更深入、更彻底。丑所负载的内涵更多地表达了理性主体的失落，即更多地负载着非理性主义的内涵。荒诞则意味着理性主体和非理性主体一起破灭了，其内涵是无意义。这是因为，20世纪的社会现实状况是现代理性主体支配下的科学技术和物质生产对人的统治更加残酷，非理性支配下的文化创造也没有使人类在高度异化的生存状态中找到精神的慰藉。理性的主体和非理性的主体都无法改变主体被陌生的异己力量所支配的状况。这样，理性主体和非理性主体就全部破灭了。人发现自由和主体的力量都是虚假的，人在现实面前是孤立无援的、无奈而绝望的，虚无、荒诞和没有意义才是人存在的本质，荒诞范畴就产生了。所以，与丑相比，荒诞的否定性意义更多更强烈更彻底。其二，从审美特征来看，丑具有混乱、反常、畸形、残缺等感性特征，荒诞则将丑的这种不合理性、不正常性推至极端，表现出怪诞、虚幻、空洞、荒谬、难以捉摸的特点。而且，荒诞在表达审美意义时，因强烈的象征性而意义更加隐晦。其三，从审美感受来看，丑引起是厌恶感、不快感，但在这种厌恶和不快的背后又包含着对美的肯定和向往。荒诞则给人以虚无、恐慌、空洞和绝望的感觉，同时又混杂着一种没有意义的游戏般的轻松，一种绝望的无所谓。

理想的文学批评

▲▲

当我们为建设当代文学批评满怀焦虑，呼唤建设真诚的、有效的批评的时候，我们实际上对当下的批评话语心怀质疑，对当下的批评感到不尽人意。今天的我们，有人说是处于一个世界日新月异、风云激荡着的大时代，也有人说是处于消解中心的小时代。不论如何，思想的激荡应该是文学批评的发轫，而不是商业或者其他的东西。如果从事文学批评的人能够对批评始终报以高度的期许和不懈的追求，也许我们盼望的理想的批评，如狄德罗、孟德斯鸠、泰纳、罗兰·巴特这样的批评家的出现当有可能，能够反映一个时代心理和思想感情，并且回归艺术本体的批评也当得以繁荣。这是对批评大家的期待，也是对原创性思想家的期待，是对理想的批评的期许。而我认为理想的批评当从三个方面向其趋近。

一、批评的境界：超文学的创造性

文学批评最基本的要求是遵循艺术的、美学的标准，然后用语言文字将自己的思想进行准确的表达。这是基本的常识，不容赘言。但还是要强调的一点是，在当下的文学批评中，多见关于作品思想内容的探讨，少见深入细致的艺术分析，也就是说，来自文学外部的评判多，而来自文学内部的批评少。所以，批评家要注意提升自己的艺术鉴赏力、美学修养，以及语言的魅力。这是批评最基本的要求。

在满足这样的基本要求之后，再从文学批评本身来看，它和文学创作一样，有境界高低之分。这是批评的常识，但今天我们经常忽视的问题就是常识性的问题。文学理论的常识告诉我们，批评的境界由低到高分为四层：传播文学信息、丰富作品内容、探讨创作规律和开拓思想空间。① 在这里谈理想的批评，就是追求批评的最高境界——开拓思想空间，这个最高境界意味着批评立足于文学，又达到了超文学的创造性高度。

具体来说，批评的第一重境界是传播文学信息，主要是以浅显易懂、观点鲜明的文字介绍了一些文学作品的信息，它能被广大的读者所接受，但还缺乏对作品深层次的探讨，对作家提高创作水平亦提供不了多少借鉴和促进。批评的第二重境界是丰富作品内容。它注重对作品的语义、技巧、情感、意味和整体内涵的理解和阐释，往往会揭示出普通读者未能发现的意蕴。这样的批评，能丰富作品的内涵，增强读者对作家创作个性的了解。但还是缺乏对作品价值的判断和艺术规律的探讨，不能算高境界的文学批评，目前所见大量的批评处于这个层次。批评的第三重境界是探讨创作规律。这样的批评既能揭示普通读者读不出的内涵，

---

① 杨守森、周波主编《文学理论实用教程》，北京：中国人民大学出版社，2013，第 241 ～ 245 页。

又能揭示甚至连作者也未曾意识到的内涵。比如王国维曾经借用叔本华的"生活之欲乃人生痛苦之源"的悲剧哲学观，指出《红楼梦》不同于中国传统文化中乐天精神之艺术，而"乃彻头彻尾的悲剧"的批评。第三重境界的批评能在历史的、美学的视野之下，对作品的成败、价值以及文学史的意义进行评估，以大浪淘沙般的真知灼见，在时间的冲刷中，为文学的长河确立一部又一部经典。这已经是高境界的批评。今天的批评家能够达到这样的境界，就足以让人们致以高度的赞佩。

在本文中，我探讨的是理想的批评。那么，理想的批评所达到的境界就是第四重境界——开拓思想空间的境界。这种批评境界是立足于文学又超文学的创造性的批评。能够进行这样的批评的就是批评大家，是有原创性的思想家。举例来看：别林斯基对普希金、果戈理文学作品的批评中提出典型人物的理论；泰纳对音乐、绘画、文学、雕塑等艺术的批评中提出的种族、时代和环境的三要素论；巴赫金对陀思妥耶夫斯基和拉伯雷作品的批评中提出的狂欢、对话、复调理论；王国维对古典诗词的品评提出"造境""写境""有我之境""无我之境"；等等。这样的批评已不再局限于文学和文艺批评，本身就是文艺思想的创造，达到了更为高超的境界，即理想的批评高度。这些批评家具有元理论的反思能力，有创新理论的建构能力，是具有创造性才能的批评家。他们的视野已不仅仅是文学，而是关于社会矛盾、文化冲突、人性追求、历史发展、生命美学等这样一些深层次的问题。他们是哲学家，是思想者。诺瓦利斯说："哲学化就是进行分馏，注入新生命。"①确实，批评家具备了哲学思想，就能为自己的批评注入新生命。所以今天，与其说我们期待一流的批评家，更不如说是期待具有原创性思想的思想家。

那么，为了接近理想的批评，作为批评主体的批评家又该怎样锻造自己，而有能力向理想的批评迈进呢？

二、批评的主体：爱智慧

古希腊哲人苏格拉底说："认识你自己。"这句箴言是对人本身的思考，它对人本质的审视和质询是解开人类"斯芬克斯之谜"的答案，也使它也成为西方理性主义哲学的开始。由于西方人对这句话的推崇，它被喻为神谕而刻在阿波罗神庙的廊柱上。在人类几千年的时光绵延里，无论外在的世界发生着怎样天翻地覆的变化，但对人本身的认识和质询永远是一个原点命题。在这里借用这句话是在省思以文学批评为己任的批评家关于认识自己和自我完善的关系。

西方文化哲学家维柯认为，"认识你自己"首先意味着要求得智慧。他给了一个名词叫"爱智慧"，指人对人类文化各门知识的摄取，而人类历史上所有的文化积累都是人们爱智慧的资源。因为爱智慧，因为知识，人才脱离了蒙昧不断地自我完善，并创造了这丰富的美丽的人文世界。用在文学批评家身上，"爱智慧"既是批评家的学识和理论修养，也是批评家的专业知识和水准，更是批评家的理性与情怀。

① 格奥尔格·勃兰兑斯：《十九世纪文学主流》，北京：人民文学出版社，2018。

批评家藉由"爱智慧"进行学习和知识积累而具备了历史理性。历史理性表现为批评家对文艺创作与真实生活之间的深刻关系的把握。由此而能将一位作家、一部作品价值的高低，放在特定的历史坐标上，经由纵横比较，看到其在艺术形式、内在意蕴等方面，与前人及同时代人相比，有何独特创造和新的贡献。

批评家藉由"爱智慧"而自我完善，意味着自身精神境界的提升和人文情怀的塑造。文学作品中，常见的由低到高的自然、功利、道德、天地这样的四重境界，也是文学批评的标准。批评家能对作品达到的精神境界的层次判断来进行文学作品的价值判定，却并不容易。批评家自身的境界即是批评的境界。此外，文学是以书写个体为特征的，然而如果我们认识到世界虽然由不同的个体组成，虽然个人具体情境中的悲欢离合有所不同，但只要承认人类所具有的爱恨情仇、悲欢离合的共性，批评家就应该面对以书写个体生存和命运的文学，去体察到人类的生存图景和命运，由此对人、对世界充满善意，进行善意的批评。善意的批评并非人情批评，表扬与自我表扬，而是那个被人人时常言说又常常仅仅作为一个概念出现的词——人文关怀。批评家的"爱智慧"决定了批评的高度、广度和深度。批评家能否从一部作品中读出作家对人民的生活苦难的同情，对人的生存的同情。这是批评家甄别作品良莠的一个重要的尺度，是智慧的、善意的批评之所在。批评就是批评家自身"爱智慧"程度的一面镜子，照出了批评家自身的专业修养、理性和情怀。从这个角度看，批评是双面镜，既照出了批评对象也照出了批评家自身。所以，批评家要谦虚，时常"认识你自己"，承认自己的不足，从而谦虚地"爱智慧"，

凝眸文学

才能使自己的批评具有较高的品格。

在考虑批评家"爱智慧"而自我完善的同时，理想的文学批评还要求我们考虑批评的效用怎样实现。

三、批评的效用：修辞立其诚

文学中罗盘的角色，是由文学批评来扮演的。批评往往就是一种思想的价值指向，这就是批评的效用。文学批评这个罗盘的指针摆向哪里，哪里就代表了一种思想的倾向性。这往往和文学以及批评出现的背景相关联。刘勰说："文变染乎世情，兴废系乎时序。"一个时代有一个时代的文学，一个时代也有一个时代的文学批评。毛泽东在延安文艺座谈会上的讲话和习近平总书记关于文艺的重要论述，都是在不同的历史时期，对文艺和批评如何发挥价值趋向和效用的一个期望和引导。今天，也是我们的文化生活、审美观念、文学发展更加多样化的时期，文学批评者怎样面对文学的历史和现状，继承优秀的批评传统和学风，勇于开拓创新，适应文学发展需要，探索文艺理论和批评的新的传播方式和新的批评理念，提升批评水平，敏锐地发出有见地的声音，是时代提出的课题，也是批评应有的效用。我想这也是"为人民"的文艺思想的题中之意。

不论如何，批评的思想价值及其效用更与批评家的批评姿态相关。那么，发挥文学批评的效用，首先是要真诚地讲真话，这是批评最高贵的行为和风度。批评的价值趋向和效用因真诚而得以实现。也有人说，今天的批评还能发挥这样的作用吗？不必把批评置于高高在上的位置，说一些夸夸其谈的话。其实，不论批评在今天的效用怎样衰微，只要批评还在，就应该对理想的批评寄予期望。

具体到批评实践中，批评的效用可以以"修辞立其诚"而言之。它意味着批评者（修辞者）持中正之心，怀敬畏之情，以真诚之心，发出心灵之声。然而，这样的基本要求却仍然是批评的理想。在当下的文学批评生态中，人情批评、圈子批评等缺乏真诚和风度的批评一定程度上存在。言不及义、不知所云、造作呻吟的批评触目皆是。这样的文学批评虽然众声喧哗、甚嚣尘上，然而又多么易朽。曹丕说："文章者，经国之大业，不朽之盛事。"《左传》以"立德""立功""立言"为三不朽。张载云："为天地立心，为生民立命，为往圣继绝学，为万世开太平。"在当今整体的社会氛围中，我们不可能达到古人言说的境界，但古人之语当给我们以警醒，尽力"修辞立其诚"。面对好的作品你就是歌声美妙的夜莺，遇见不良作品就有勇气做那夜枭和乌鸦。应突破不良批评生态的围困，做一个相对独立的文学批评者。真诚的批评也意味着有选择性的批评，就是只对自己有感受的、能说出话的作品进行批评。而现在我们看到的是许多批评家出席在各种研讨会上侃侃而谈，似乎什么都能批评，细想其批评的话语，却总给人似是而非之感。对文学批评者来说，能以敬畏之心从事文学批评，能及时发现优秀作品并予以真诚的肯定，也能有勇气批判那些低俗不良的作品，甄别良莠，明辨是非，才能彰显文学评论的力量。

歌德说："立身有正道，蔑视天下强豪，绝不折腰……"① 文人当有傲骨，行正道，批评的风度和立足之本也在这里。

总之，长期以来遭人诟病的文学批评的平庸状况，无不是因以上三方面存在着较大的缺失。我们与理想的文学批评尚有距离，而未来的文学批评会怎么样，还在路上。希望理想能给予在路上的我们一些光亮，让我们向理想的文学批评走得更近。

① 格奥尔格·勃兰兑斯：《十九世纪文学主流》，北京：人民文学出版社，2018。

在鲁迅文学院第二十六届高研班开学典礼上的发言

▲▲

尊敬的铁凝主席、钱小芊书记、各位领导、老师、同学们：

上午好！

能到鲁迅文学院学习，对所有从事文学的人来说都是一次难得的机遇，能代表"鲁二十六期"的学员在这里发言，更感到非常荣幸和高兴。我代表全体学员深深地感谢中国作协、鲁院领导和老师们，感谢推荐我们的有关作协，给了我们这次宝贵的学习机会。

文学评论与创作相伴而行，其重要意义不言而喻。中国当代文学的蓬勃发展和繁荣，需要相得益彰的文学评论，这在今天显得愈发迫切而重要。它对于总结当代文学经验，推介和传播优秀文学作品，建设中国文学的话语权都有不可替代的意义。

新时期以来的中国当代文学评论对于甄别文学海洋中优秀的作品，推介其为广大读者了解和接受，促进当代文学创作做出了积极的重要的贡献，有许多著名的评论家为此付出了激情、心血和年华。而在文学更加多样化发展的当下，年轻一代的评论者怎样面对文学的历史和现状，继承优秀的批评传统和学风，勇于开拓创新，适应文学发展需要，传播新的批评理念，弘扬社会主义核心价值观，提升批评水平，敏锐地发出有见地的声音，是时代提出的课题，也是时代赋予我们的责任。习总书记在2014年文艺工作座谈会上的讲话，指明了文学发展"为人民"的方向，也对文学研究和评论提出了更高的要求。讲话督促和鞭策着我们要志存高远，锐意进取，建设与时代相得益彰的有效的批评，为文学批评和理论建设做出积极贡献。

刘勰说："操千曲而后晓声，观千剑而后识器。"确实，提升学养，增强审美判断力是从事文学评论的基本要求。文学评论者要是没有对生活的广泛观察和深入体察，没有大量的古今中外优秀作品的阅读是不行的，同时没有坚实的理论基础和锐利的批评武器也会捉襟见肘。只有经过一定的学识和生活经验的积累，才能写出才情飞扬、生动活泼、言之有物、言之成理、文字和思想熠熠生辉的好文章，也才能成为优秀的评论家。而这次鲁院的学习，就是一次积淀学养和历练的重要机会。我一定好好学习，全面提升自己。另外，如人们常说的，作品是作家的立身之本，而良知和勇气是文学评论者的立身之本。一个有良知的评论者会把维护文学的神圣作为评论的立足点。能够坚持文学真善美的标准，弘扬正确价值观；能够坚持以美学的、历史的标准去进行文学评论，以褒优贬劣、激浊扬清的评论文章为文学创作提供有益的借鉴；能够坚持批评的品格，在从事文学评论时多一些事业心，少一些功利心，多一些文化气，少一些江湖气，能及时发现优秀作品并予以真诚的肯定，也能有勇气批判那些低俗不良的作品，甄别良莠，明辨是非，由此来彰显文学评论的力量。

鲁院与中国当代文学的发展共命运。她是文学家的摇篮，是评论家的家园，是名师荟萃之地，也是学习的大课堂和交流的大平台。能进入鲁院学习乃人生一大幸事。我们将不辜负这个难得的机遇，努力学习，提升学养，写好评论，出好成绩。这是鲁院赋予我们的精神财富，也是文学的力量和道义。我们将以真诚的批评成果来诠释文学批评的真谛。

2015 年 3 月 16 日

凝眸文学

第二辑

小说批评

论先锋小说的意象化与当代小说艺术的变革

——以余华先锋小说中的死亡意象为例

▲▲

改革开放 40 多年的发展历程，当代文学也在发展中积累了一定的文学经验。在当下以相对沉潜的心态重新理解、认识先锋小说家的创作意识和写作姿态及艺术表现，可以看到一个非常重要的现象是：先锋小说将小说的艺术追求从重视传统小说塑造人物形象转向偏重营造意象。马原、残雪、余华、孙甘露等人的先锋小说都有这种特征。先锋小说对意象的着力追求提供了一种不同于传统小说塑造人物形象的新的文学经验。如果说人物形象凝聚和代表了传统的叙事文学的艺术经验的话，意象则是先锋小说家用自我意识的语言构造了新的文学新经验。可以将其理解为新的主体对"写诗的欲望"更为自由的表达，意象则是这种表达的最佳途径。

以余华为例，余华的先锋小说透过一个个关于"暴力""血腥""残杀""荒诞""阴谋"等具体事象的寓言式的象征描写，创造了整体的"死亡"意象。本文选择余华的先锋小说对死亡意象的营造这一案例，通过具体的文本解读和文学现象的分析，解读余华小说死亡意象的多重意蕴，在揭示余华的创作意识、文学观念及其意义的同时，观照先锋小说营造意象的意义和影响。

一、"死亡意象"的确立

意象在文学中指以表达哲理观念为目的，以象征性和荒诞性为其基本特征的，在某些理性观念和抽象思维的指导下创造的具有求解性和多义性的达到人类审美理想境界的"表意之象"① 它是感性朦胧的，但又有可为理性把握和意会的意蕴，是超越具象超现实的作品的精神内核。

余华对死亡意象的营造主要是在小说中反复描写暴力、血腥和死亡。从余华个人的写作精神内涵来看，这是一种带有揭示作家的心理原型性质的写作。余华对死亡意象的营造主要是在小说中反复描写暴力、血腥和死亡。从余华个人的写作精神内涵来看，这是一种带有揭示作家的心理原型性质的写作。余华的少年时期正是"文化大革命"的动荡时期，家长在医院工作，上班有时也会带着他。所以，余华经常看到血腥和死亡。这种经历和记忆沉淀在余华的心理深层，带有某种潜意识和无意识的成分，在创作中往往以原型意象的形式表达出来。余华多次谈到他的成长经历对他创作的影响，并认为："一个人成长的经历会决定其一生的方向。世界最基本的图像就是这时候来到一个人的内心深处，如同复印机似的，一幅又一幅地复印在一个人的成长里。在其长大成人以后，不管是成功，还是失败；不管是伟大，还是平庸；其所作所为都只是对这个最基本图像的局部修改，图像整体是不会

① 童庆炳主编：《文学理论教程》，北京：高等教育出版社，2004，第236页。

给更改的。"①"文艺通过意象来激活集体无意识的特性与人类精神本能的某些特殊需求的契合，是文艺活动中的某些'永恒'现象的内在原因。……文艺对于同一个主题可以反复表现不等于简单的重复，这里的奥妙就在于它以不同的内容和表现形式不断地激活人的无意识领域，每一次的文艺活动都可能触发人的某种深层的情绪和体验，都可能是对人的心理原型的揭示。"② 童年经历形成了余华心理中关于死亡的世界图像，并沉潜在个人无意识中。在他的小说中则表现为对暴力、血腥、残杀、死亡这些情节的反复书写，营造了整体的死亡意象。这种写作带有揭示作家的心理原型的性质。

从先锋小说整体来看，余华营造死亡意象与先锋小说呈现混乱、隐晦、破败的生命景象这样的格调是一致的，也显示出与西方十九世纪以来现代派文学运动流向的一致性。西方现代主义文学更多地张扬人的非理性，对现实进行否定性的、混乱和荒诞性的呈现，往往以意象来传达作家对现实的认识和思考，但其象征性的意蕴是可以用理性把握的。作为"移植的花朵"的中国先锋小说在具体内容上强调人的非理性行为的表现，但在对世界和生活的思考上无疑渗透着理性。王安忆在评价马尔克斯的《百年孤独》时指出："现代小说非常具有操作性，是一个科学性过程，它把现实整理，归纳，抽象出来，然后找到最具有表现力的情节再组成一个世界。这些工作完全由创作者的理性做成，完全由理

① 余华：《一个记忆回来了》《文艺争鸣》2010 年第 1 期（上半月）。
② 程金城：《中国文学原型论》，兰州：甘肃人民美术出版社，2008，第 3 页。

性操作，因此现代小说最大的特征是理性主义。"①这对先锋小说也一样具有适用性。余华深受西方现代文学的浸染，热衷于在小说中用死亡意象表达自己对世界、人生以及艺术的理解。余华的先锋小说经常写人在非理性精神混乱下的暴力行为和死亡，但余华的思考无疑是理性的。这样，作为"表意之象"的意象，其内涵才得以确立。

以意象来传达思想内蕴的文学作品，往往可以有多义性的解读。余华小说的死亡意象作为一种整体性意象，在不同的文本中叙事内容不同，就有不同的意蕴。

二、死亡意象的意蕴

（一）生命过渡仪式的象征性死亡

人生旅途上往往要经历一些痛苦的事件，比如暴力、阴谋。它们虽然并非生命的直接死亡，但精神上遭受的劫难作为"死亡—再生"的生命过渡仪式，是人生命成长过程中走向成人的入会礼。余华早期小说中的阴谋、暴力描写形成了这种象征性的死亡意象。《十八岁出门远行》（1987年）是余华的成名作，讲述"十八岁的我"第一次出远门的经历和感受。"我"来到"外面的世界"，旅途中想要找到旅店，可是路上的人都冷漠地表示不知道前面是何处，有没有旅店。后来，终于碰到一辆拉苹果的汽车，"我"几经讨好司机，终于如愿以偿坐上了车，并和司机成了好得不能再好的好朋友。然而汽车却抛锚了，"我"为了保护苹果不被抢劫

① 王安忆：《心灵世界：王安忆小说讲稿》，上海：复旦大学出版社，2007，第172页。

而被打得满脸开花，但司机面对这一切，脸上始终挂着不可捉摸的笑容，最后还抢走了"我"的红色的背包。这让"我"觉得一切都是阴谋。最后，遍体鳞伤的"我"在黑夜的寒风中感到真正的恐惧，于是，"我"想起了送自己出门去认识世界的父亲。这个故事寄予了余华怎样的思考呢？十八岁在中国文化中意味着成年，如果把人生比做一次旅途，十八岁的"我"成年了，是进入成人世界的开始，"我"所追寻的是那以旅馆为象征的温情的人生。而冷漠、虚伪、凶狠、暴力却给了"我"真正的人生体验，其中抢苹果的暴力事件似乎就是生命成长过程中的"成人礼"的隐喻式书写。从这个意义上说，这篇作品是一部"生命礼仪"的仪式叙事。暴力、阴谋、血腥就是自然人向社会人转化的仪式。"我"经历这样一种类似于从自然人"死亡"到文化人"再生"的过渡仪式，步入社会，获得社会意义的"新生"。小说体现了作者对生死的思考和独特体验。虽然还没有涉及生命的死亡，但已经向我们初步展示了暴力和血腥对人的精神和心理的戕害，这是一种精神上的象征性死亡。

与《十八岁出门远行》有类似寓意的还有《四月三日事件》（1987 年）。刚满十八岁的"我"非常敏感、多疑，觉得四月三日将有一个阴谋针对自己发生。于是，"我"在"四月三日"来临之际爬上一列运煤车离家出走。小说中的"我"与鲁迅笔下的狂人在精神上有类似之处，不论幻觉中的迫害在生活中是否真实存在，但对于"我"来说，出逃和无家可归的结果证实了精神暴力的迫害对于个人的真实化存在。有意思的是，四月三日正是余华本人的生日。可以说，在余华的心中，"十八岁"是一个隐喻性的符号，是生命成长过程中必须经历的自然人步入社会人的转折点，这个转折中遭遇的精神磨难也是从自然人"死亡"到文化人"再生"的过渡仪式。所以，"四月三日事件"又是一个象征性的寓言。

（二）死亡是特殊的社会情境和命运的支配的结果

《一九八六年》（1987年）审视历史暴力怎样造成死亡。小说写1986年的一个小镇，"文化大革命"中失踪的中学历史老师回来了。这时的他是个疯子，坐在大街上用自己以前研究过的种种古代酷刑，一项项进行自残验证。小说对"文化大革命"那段历史进行了控诉和批判，也对麻木的看客进行了冷峻的审视和讥讽，更有对以刑罚为标志的民族文化的愤怒与反思。不过，最引人深思的是小说中对疯子的遭遇的揭示，如果没有历史的遭际，中学教师也许会成为一个研究历史刑罚的专家。可是，"文化大革命"造成了这个中学教师成为疯子的悲惨命运。人被残酷地毁灭，成为强大的历史暴力之手玩转的小把戏。作品中的历史是具体的，但似乎又是超越时空的象征意象。余华在这里把历史作为一个凝视的对象，历史就有了一种形而上的意味，成为小说思考人的死亡命运的一个意象。类似的意象及其寓意在《往事与刑罚》（1989年）中进一步呈现，可看做从审视历史探讨死亡的延续。

死亡是一种命运悲剧。古希腊的悲剧作品大部分就是命运悲剧。余华的许多小说对死亡的思考带有思考命运的色彩，但由于缺乏对人类命运的悲悯，它们算不上是悲剧，比如《世事如烟》这部小说，人物除了简单的身份标识，没有姓名，没有自己的历史，更没有个性特征，完全是符号化的，小说似乎就是为了写一个人注定的死亡结局。

（三）死亡是死亡本能的外化

死亡的本质是什么？这是余华小说对死亡意象的哲理化探寻。

死亡是人的死亡本能的向外扩展。按照弗洛伊德的看法，人的本能最终分为两大类：生命本能和死亡本能。生命本能是建设性的，它致使新生命的诞生，实现人类的繁衍，使人类的生命历程生生不息。死亡本能则是破坏性的，表现为向外部扩展的攻击性侵略、嗜杀倾向。死亡本能是人最原始的、最基本的本能，生命本能是局部的、派生的本能，是死亡本能"忠贞不渝的追随者"。"死亡本能反映在文学上，一方面层出不穷的暴力、凶杀、自虐等场面，均可视为死亡本能的直接外化；一方面批评家也热衷于用死亡本能来解释 20 世纪心理小说的悲观主义倾向，认为这是悲观主义背后更深一层的心里真实。"① 弗洛伊德以死亡本能建构起了自己有几分片面性但又很典型的性恶论。余华则用小说艺术地阐释性恶论。人性是恶的。这是余华从《十八岁出远门》就奠定了的主题。不过，专注于揭示触目惊心的人性恶，以此来探讨死亡意象的内涵的典型作品莫过于《难逃劫数》《世事如烟》《现实一种》（1988 年）、《古典爱情》（1988 年）等作品。《现实一种》描写一个发生在家庭内部的循环残杀的故事。这个"现实"中充满了"恶人"：山岗、山峰及他们的妻子都是暴力的怂恿者和实践者，医生对解剖尸体满怀热情而争先恐后，在皮皮这个幼儿身上，也对暴力和血腥充满快意，有一冷酷的罪恶感。在《现实一种》中，人性恶具有巨大的力量，让每个人丧失了情感的表达和理性

① 王岳川，陆扬：《精神分析文论》，济南：山东教育出版社，1998，第 56 页。

的节制，人类应有的理解和怜悯几乎不存在，这也是人类生存的一种"现实"。《古典爱情》开头写柳生和惠小姐才子佳人式的爱情，优美的语言，浪漫的情调，令人流连忘返。三年后，柳生落榜归来找寻惠小姐，然物是人非，一派破败荒芜之景。更为残酷的是，荒年中，竟然出现人吃人的现象，惠小姐也成为被吃的对象。古典爱情当以美满的大团圆为结局，然而人类遭逢危机的时候竟然可以同类相残，人性之恶、生存之恶毁灭了柳生与惠小姐的爱情。

弗洛伊德指出人性恶是人类的一种本能，其最常见的表现就是暴力、残杀和死亡。而且，这种本能是与生俱来的，人类的天性中就有暴力和嗜血本性。余华的《十八岁出远门》《呼喊与细雨》等作品都提到了孩子的暴力行为。这说明暴力是人类本性中一种邪恶的因子，无疑表现了死亡本能是人所本有的。中外文学中与此类似的作品也并不少见，比如1983年诺贝尔文学奖得主、英国小说家威廉·戈尔丁的《蝇王》。这部小说写一群孩子因飞机坠毁沦落荒岛，当文明的约束去除后，人类天性中的嗜血本能释放出来，凶残无比地杀害了自己的小伙伴"西蒙"。《蝇王》的主题，作者解释，是从人性的缺陷中来追溯社会弊病的根源。这与弗洛伊德的死亡本能理论，无异于殊途同归。

余华在谈到他为什么常常写暴力的时候举例说，虽然古代的奴隶们互相残杀，奴隶主坐在一旁观看的情景已经被现代文明驱逐到历史中去了，但即使南方的斗蟋蟀也使我们意识到暴力是如何地深入人心。实际上，在日常生活中，也许每个人的都会产生对别人的攻击，甚至杀戮的欲望，只不过这种欲望通常被压抑下去。文学则可以把这种欲望在想象中现实化。余华之外，当代作

凝眸文学

家中，莫言、残雪、刘恒、朱晓平等人的创作也都具有这一层面的思想意义。今天的大众艺术充满了对于死亡（包括一切暴力、谋杀、自杀以及其他自我毁灭行为）的表现，而观众排队买票看恐怖片、凶杀片、侦探片、战争片等等。这些似乎也可以死亡本能的理论去分析其产生的心理机制。

（四）死亡是一种终极指归，象征着存在的虚无

死亡是"此在最本己的可能性"（海德格尔语），只有它才能把"此在"之"此"带到明处。因此死亡是一种终极指归，象征着存在的虚无。1991年底，余华的第一部长篇小说《呼喊与细雨》发表，被人们看作是他前期创作的一个总结，是余华由"先锋"转向"现实"的转型期的作品。原因是这部作品与以前那些充满波涛般涌动的疯狂、暴力和血腥的作品中短篇相比，流露出了些许温情。但总体上讲，作品的主题依然是"死亡叙事"。小说一开头写一个孩子在"雨中空旷的黑夜"里听到的一个女人"无依无靠的呼喊"，透出彻骨的漠然与悲凉。第二天，他看到一个陌生的黑衣男人的死亡。接下来，在这个被成人世界冷落的孩子孙光林的成长过程中，他不但经历了弟弟、母亲、父亲、祖父、朋友苏宇、养父王立强的死亡，而且通过别的途径感知了曾祖父、外祖父等人的死亡。这些死去的人都曾在生活的"细雨"中呼喊和挣扎，但这种"呼喊"都是无力的，稍纵即逝，最终的结局都是死亡，隐喻了一个关于人类存在的寓言。"'细雨'是一种真实的存在，'呼喊'是一种存在的方式，那么在真实的存在中人们选择不同的存在方式会有怎样的结局呢？小说中的'死亡'意象对此做出了回答。'细雨'与'呼喊'统一于'死亡'的终极指归，

象征着存在的虚无。"① 另外，小说中有多处以一个少年的体验视角正面描写关于死亡的印象和死亡来临的恐惧。对此，有论者引用海德格尔的"从他人死亡的可经验性"来切入和感知死亡的意义之说，认为余华正是通过这样一些场景切入他对死亡与存在的某种哲学探讨。这些说法都是有道理的。人们往往指责先锋小说模仿博尔赫斯的叙述形式，却模仿不了博尔赫斯小说的哲学内蕴。其实，先锋小说家中，余华、残雪等人的小说哲学性探寻也是明显的。

三、先锋小说营造意象的意义

余华放弃了对小说人物的塑造和叙述生动曲折的故事情节的小说传统，转而重视营造意象，体现出一种新的艺术追求。从整个先锋小说的创作来看，意象的营造，借意象来表达作品的内蕴这样的艺术追求是普遍的。这体现了新时期文学观念的变化。在包括余华在内的先锋小说家看来，根深蒂固的现实主义文学价值体系是以"真实"作为衡量文学的价值标准。但对于先锋小说家来说，日常生活和"生活常识"这些所谓的生活的真实性是一种值得怀疑的真实。他们用小说文本尝试着去开拓另一种真实性——内心精神世界的真实。余华说："在我的精神里，我甚至感到很多东西都太真实了，比如一种愿望，一种欲望，那些很抽象的东西，都像茶几一样真实的可以去抚摸它。""对于任何个体

① 吴宁宁、余华：《＜在细雨中呐喊＞的生命意象》［J］. 《佳木斯大学社会科学学报》2005 年第 6 期。

来说，真实存在的只能是他的精神。"① 孙甘露曾表白："我出没于内心的丛林和纯粹个人经验的经验世界，以艺术家的作品作为我的精神食粮，滋养我的怀疑和偏见。"② 这样的文学观，正是 20 世纪 80 年代文学"向内转"的体现。"向内转""指文学创作的审美视角由外部客观世界向着创作主题内心世界的位移。具体表现为题材的心灵化、语言的情绪化、情绪的个体化、描述的意象化、结构的散文化、主题的繁复化。"③ 这几点在先锋小说中都有明显的表现。可以说先锋小说是 20 世纪 80 年代文学"向内转"的典型范本。中国 20 世纪 80 年代文艺学的核心话语之一是"文学的主体性"。关于"文学的主体性"问题讨论的代表作是刘再复的《论文学的主体性》④。在这篇文章中，刘再复指出：人的主体性包括实践主体性与精神主体性。在文艺创作中，作家摆脱种种限制和束缚，获得一种内心的大自由，这种自由是作家精神主体性的深刻内涵。作家创作自主性的实现"表现为把爱推向整个人间的人道精神""文学无法摆脱最普遍的人道精神"。当时的文学主体性讨论中占有支配地位的是启蒙主义现代性，与之相关的主要术语是"人的自由解放""人道主义"。这一点使得主体性话语直接发挥着对极"左"文艺路线的意识形态的批判功能，同时构建着理性的世界秩序和逻辑。先锋小说呼应了"文学的主体性"对人的

---

① 余华：《我的真实》［J］.《人民文学》1989 年第 3 期。

② 孙甘露：《一堵墙向另一堵墙说什么》［J］.《文学角》1989 年第 3 期。

③ 鲁枢元：《向内转》，洪子诚、孟繁华主编：《当代文学关键词》，南宁：广西师范大学出版社，2002，第 180 页。

④ 参看刘再复：《论文学的主体性》［J］.《文学评论》1985 年第 5 期，第 6 期。

精神主体性的强调，看重作家精神的超越性和自由意识，但它又拒绝了"把爱推向人间"的人道主义精神，转而以呈现人的精神世界非理性的混乱来表现作家的主体性在文学中所进行的想象和虚构的作用。先锋小说"背离了现状世界提供给我的秩序和逻辑的""向内转"写作，使得小说就不再重视小说人物形象的塑造，转而注重小说意象的营造。余华明确表示："我更关心的是人物欲望，欲望比性格更能代表一个人的存在价值。""我并不认为人物在作品中享有地位，比河流、阳光、树叶、街道和房屋来得重要。我认为人物和河流、阳光等一样，在作品中都只是道具而已。"①

先锋小说注重小说意象的营造，这种艺术革新的影响是非常深远的。余华本人在其"先锋"转向"写实"后的作品《活着》《许三观卖血记》中，"走向民族精神史的探讨，并提出了活着'意象'"②来思考民族甚至人类的生存意义，并且表现出对刻画人物形象的重视，在一定程度上达到了意象与人物形象的融通。《兄弟》上部继续了暴力和死亡描写，展示了余华从历史和人性的残酷角度对"死亡"意象的审视。《兄弟》下部则写出了当下中国人一种迷狂的欲望化"活着"意象。《兄弟》同时以漫画式的笔法塑造了粗俗、狡猾、坚韧又慷慨的李光头形象，实现了意象与人物形象的融通，但比起以前的作品，意象的抽象色彩淡化了。先锋小说之后，当代一批最具有创新精神和创作实力的作家在创作中都有了对意象营造的自觉和追求。比如贾平凹在《高老庄》的"后记"

① 余华：《虚伪的作品》［J］.《上海文论》1989 年第 5 期。
② 叶淑媛：《论余华小说"活着"意象的意义》［J］. 青海民族学院学报 2009 年第 1 期。

中说,他的创作思想发生变化,其中就包括他对意象的"高扬","废都"意象已成为当代颓废的城市精神和文化的整体意象。又比如新写实小说中,"'鸡毛'这一意象,倒可以作为新写实主义的总体象征"①。

意象与人物形象融通,共同表达小说的内蕴,表达了当代的小说观念:文学不仅仅局限于对历史的复写和对具体的对生活的描摹,而且也需要作家对世界、人生的想象性体验、书写和解释,象征性的意象表达可以开拓小说表达的空间,增添小说的意蕴和艺术回味。

① 曹文轩:《二十世纪末中国文学现象研究》,北京:作家出版社,2003,第122页。

论余华小说"活着"意象的意义

▲▲

一

凝
眸
文
学

余华 20 世纪 80 年代的作品被看作先锋小说的"标本",20 世纪 90 年代后的创作则发生了转型。一般认为其转型的主要标志是写作风格由先锋叙事向现实主义的回归,这当然是最明显的特征。但笔者认为,余华的转型并不是简单的回归,而是复杂的嬗变。他在恢复小说的可读性和重新关注生活的日常性中,既实践着他对小说特质的新认识,也表现着他对人生和人性的新理解。其小说意象从"死亡"向"活着"的置换,就是一个重要的表征。余华在《活着》和《许三观卖血记》中创造出"活着"意象,并探讨了"活着"的意义和内涵,这是他对中国新时期文学的一大贡献。

以《冈底斯的诱惑》《西海无帆船》《虚构》等作品为中国当代先锋小说树起第一面大纛的马原,在 1987 年出版了第一部长篇小说《上下都很平坦》之后,再不见新作问世。这一时期,正是马原倡导的先锋小说风起云涌之际。其后先锋小说的道路并非"上下都很平坦"。先锋小说难以为继的原因,一方面是先锋小说所看重的形式试验到后来表现为越来越严重的形式主义倾向；另一方面是内容上为不真实的假想，让一般的读者感受到的是"叙述圈套"或者"叙述迷宫"，阅读失去了兴趣。

20 世纪 80 年代，作为先锋小说的主要代表人物的余华，在先锋小说如日中天的高潮时期突然转型了。余华转型的原因，可以从大的社会环境方面将之归结为中国文化和文学转型的必然产物。但是，这些原因并不完全。笔者觉得和余华个人的成长、成熟的关系更大。他的先锋小说《四月三日事件》《现实一种》《世事如烟》《难逃劫数》等作品中血腥的"暴力写作"和残酷的"死亡叙述"是少年不成熟的心态对社会的不信任，对现实的激愤，因此他着力于探讨死亡，营造了整体"死亡"意象，表达他对人生的思考和关怀。同时，西方现代主义文学和后现代主义文学侧重于从死亡角度探讨生死母题的特色对特别喜欢博尔赫斯、马尔克斯、罗伯-格里耶等人的余华的影响很大。但是，随着时间的推移，余华那少年的反叛和冲动逐渐平息，目光中多了温情。相应地在创作上也会表现出来。1991 年发表的《呼喊与细雨》虽然抒发的主要还是无奈的"绝望"情怀，但多少已经有了些温情。一般认为这部作品是余华写作转型的标志。其后，余华"用同情的目光看待世界时"，发现生活的真谛不是其他，是活着。于是，"活着"成为余华《活着》（1992 年）和《许三观卖血记》（1995 年）这两部作品的核心哲学，也是这两部作品的哲学意象。而且，当余华进一步审视"活着"的内在力量时，他不自觉地从西方死亡哲学回归中国传统儒道文化精神；从建构"死亡"意象转向"活着"意象内蕴的探讨；写作风格从"先锋"向"写实"回归。因此，余华的写作转向是一种从形式到内容的复杂的嬗变，是一种必然，这其中有余华对文学的重新理解。在这样的转变中，余华为自己的创作找到了新的文化根基——回归民族精神。当然，莫言、苏童等人在放下先锋的标签之后，都创作出了更耐人寻味的作品，而且这些作品整体上具有走向民族精神史的特色。"……90年代先锋小说走向民族精神史，回归故事，从自恋情结走向社会民族历史，这无疑是成熟和进步的迹象"① 余华的独异和贡献则是在民族精神史的回归中提出了"活着"意象，以此思考民族、甚至人类的生存意义。

二

余华由"先锋"转向"写实"，写下《活着》和《许三观卖血记》这样的作品时，内心才真正地敞开了，如他自己所说的，"自己置身于发现之中，就像日出的光芒照亮了黑暗，灵感这时候才会突然来到。"② 余华所说的"发现"就是"人是为活着本身而活着的，而不是为活着之外的任何事物所活着。"③《活着》和《许三观卖血记》因此而呈现出一种坚毅的具有民族精神史性质的"活着"的内在力量，充满了对小人物苦难命运的悲悯与同情。

《活着》的主人公叫福贵，年轻时家道殷实，但他吃喝嫖赌，输光了家产，父亲气闷而死。不久，母亲操劳成疾，福贵去县城给母亲抓药，被国民党抓了壮丁，差点送了命。回到家时，母亲

① 尹国均：《先锋试验——八九十年代的中国先锋文化》，北京：东方出版社，1998，第60—61页。

② 余华：《活着·前言》，海口：南海出版公司，1998，第1页。

③ 余华：《活着·前言》，海口：南海出版公司，1998，第2页。

已经离世。十几年后，儿子有庆抽血过量而死，又聋又哑的女儿凤霞结婚一年难产身亡，妻子家珍故去，女婿二喜意外致死，七岁的外孙苦根多吃了豆子胀死，老来的福贵只有和那头也叫"福贵"的老牛作伴。《活着》充满了中国道家庄周文化生命哲学的意味。

庄子将人生际遇中个人不能抗拒的遭遇，统称之为"命"。他说："死生，命也，其有夜旦之常，无也，人之所不得与，皆物之情也。"（《庄子·大宗师》）"生之来不能却，其去不能止。"（《庄子·达生》）"死生存亡，穷达富贵，贤与不肖，毁誉，饥渴寒暑，是事之变，命之行也。"（《庄子·德充符》）《活着》中，福贵的亲人一个个死去，以赌博赢走了福贵家产的龙二被人民政府杀了头，作为人民政府县长的春生却也无法把握自己的生死，被迫害而死去。在福贵看来，这一切都是命，是不可把握不可抗拒的。福贵有过痛苦有过惊惧，但他将一切的苦难和悲痛化解在忍耐和对"命"的顺从之中。

人在世界上活着，是一个过程，福贵经历的苦难足以让他失去活着的勇气和意志。但是福贵没有放弃生命，他以顺命忍耐来培育活着的坚韧，到了晚年似乎回到原始的自然状态中。"在这个充满阳光的下午，他黝黑的脸在阳光里笑得十分生动，脸上的皱纹活了似的游动着，里面镶满了泥土，就如布满田间的小道。"[1]他赶着名字也是"福贵"的老牛犁地，唱着"皇帝招我做女婿，路远迢迢我不去"的歌谣，直到炊烟袅袅升起时，在霞光四射中唱着歌归去。这种超然的状态，是用多少绝望、苦痛和忍耐凝成

---

[1] 余华：《活着·前言》，海口：南海出版公司，1998，第6页。

的豁达。它比激烈的抗争苦难和反抗命运更让人心碎。

《活着》的深刻之处在于用福贵的"活着"反映了乡土中国民间普遍的生存状态。《活着》开头说："我比现在年轻十岁的时候，获得了一个游手好闲的职业，去乡间收集民间歌谣……"毫无疑问，这是一种回归民间的叙述立场。"我"见到的乡间生活弥漫着生命的自然状态。在这样的乡间，"我"碰见了福贵赶着牛耕地。与福贵的攀谈中，"我"看到了乡间真正的生存图景，那就是历尽苦难、犹自"皇帝招我做女婿，路远迢迢我不去"的一种本真："做牛耕田，做狗看家，做和尚化缘，做鸡报晓，做女人织布，哪只牛不耕田？"作为这幅生存图景中的主角——"福贵们"这样的民间老百姓可能不知道庄子为何人，有什么思想，只有以顺遂"命"来实践着一种"活着"状态在"为活着本身而活着的，而不是为活着之外的任何事物所活着"的坚韧中，显示出生命力。福贵其实不是一个人的形象，他应该是成千上万忍受苦难、最终顺命而活的中国农民的形象，他的"活着"状态也是乡土中国"活着"状态的写照。所以，作者说："当我望着到处都充满绿色的土地时，我进一步明白庄稼为何长得如此旺盛。"① 这个隐喻是对民间原始纯朴、生生不息的生命力的赞美。可以说，"这部只有十二万字的长篇并不追求浓墨重彩的史诗性展示，还反其道行之而刻意突出了个人命运和细碎生活：就刻画了福贵等几个民间人物，就描述了一些凡俗生活。但于平凡中达到奇妙效果，几近写出了一种民族苦难史和民族生命力"②。

凝眸文学

① 余华：《活着》，上海：上海文艺出版社，2004，第3页。
② 李运抟：《九十年代长篇小说：个人言说与历史浮现》［J］．《文学评论》2001年第4期。

《许三观卖血记》是余华转型后的另一部杰作，同样写人对苦难的承受能力，求生的乐观态度和"活着"的坚韧与力量。不同之处是《活着》更多地以人对苦难的忍耐来表达生命的坚忍。《许三观卖血记》则更多地表现了人对苦难的承受和化解，以及"爱人"的精神光辉。

许三观这个丝厂茧工一生共有12次卖血的经历，从最初学会卖血到老年之后卖血未果，他有9次卖血是为了一个最为原初也最为根本的目的——"活着"。为娶妻成家，为缓解遭人耻笑的精神痛苦而荒唐地报复，为赔偿方铁匠儿子的医疗费，为在全民大饥荒的时期全家渡过难关，为儿子的生活和工作，为给儿子治病……许三观只有以卖血解除一次次苦难，来解决生存困境。

许三观活得那么艰难，特别在那荒谬的年代，他承受的煎熬和蹂躏更为残酷，让人有太多的哀痛和悲悯。但让人更加动心的是许三观对于苦难的担当，以及自损而救人及自救去化解苦难的行动中闪现出的"仁"的光辉，这让他朴质忠厚，甚至近乎麻木的生命体现出一种神圣和崇高。"仁"最简单的表述是：仁者，爱人。这是儒家人际交往、处理家族内和家族间关系的准则，也是种种人际关系的调节器。仁学精神哺育了中国民众的人性自觉和人道情感的本体追求。许三观作为一个小人物，从来没有在理论上系统地接受过仁学思想的教育，却在具体的实践中把"仁"作为"活着"的信条和价值。他关爱周围的每个人：让他受到羞辱做了"乌龟"的妻子，三个儿子（即使大儿子一乐不是自己亲生，他一面为此耿耿于怀，一面却因为一乐卖了6次血，其中后4次是"一路卖血去上海"救一乐的命，却差点搭上了自己的命），荒唐的私情情人林芬芳（为了报复妻子与其有一次私情，许三观用卖血来报答），甚至情敌何小勇（为了能挽救他的性命，许三观不计前嫌让一乐给何小勇"喊魂"）……当他老年卖血卖不出去时，他哭着说："我老了，我以后不能再卖血了，我的血没人要了，以后家里遇上灾祸怎么办……"[①] 这是一种失去了化解生活灾难的能力，相应的爱人的能力衰弱的失落和悲叹。

许三观以卖血来对抗强大的历史、生活的暴力和苦难，这是何其惨烈的抗争？特别是他一路卖血去上海救一乐，又是多么惊心动魄的壮举。生命要承受许许多多的苦难，人在这个过程中应该怎样活着？许三观告诉我们：那就是以执著和坚忍化解苦难，实现个体生存的自救，以"爱人"作为活着的价值。在中国民间，有许多"许三观"。他们不会做惊天动地的事业，亦没有慷慨激昂的豪言壮语，甚至像许三观一样有许多可笑可悲的毛病、弱点。但面对生活的苦难，他们会以执著和坚忍去化解，努力地活着，并且力所能及地去爱人，去奉献，甚至牺牲自己。

余华说："这本书表达了作者对长度的迷恋，一条道路、一条河流、一条雨后的彩虹、一个绵延不绝的回忆、一首有始无终的民歌、一个人的一生。""这本书其实是一首很长的民歌，它的节奏是回忆的速度，旋律温和地跳跃着，休止符被韵脚隐藏了起来。作者在这里虚构的只有两个人的历史，而试图唤起更多人的记忆。"[②] 许三观的一生正是民间活着的回忆，是一首民间生存状态的民歌，是中国儒家的抗争精神和爱人精神在民间生活中的积

① 余华：《许三观卖血记》，北京：北京十月文艺出版社，2003。

② 余华：《许三观卖血记·中文版序言》《世纪藏书集锦》，北京：北京十月文艺出版社，2003。

淀。因此，这部作品也是民族苦难史和民族生命力的抒写。其深刻意义就在于没有停留于对许三观自戕式自救的感伤，或者表达对荒谬时代的悲愤和批判，而是着眼于"活着"的形而上思考，来表达余华对人类生存的终极关怀。

三

《活着》和《许三观卖血记》用富有生命力的语言描述了中国社会底层民众的生存状态。如果回归中国乡土民间和社会底层，你就会看到千千万万个"福贵"和"许三观"就是这样活着，麻木但不乏生命的顽强和坚韧。余华说："'活着'在我们中国的语言里充满了力量，它的力量不是来自于喊叫，也不是来自于进攻，而是忍受，去忍受生命赋予我们的责任，去忍受现实给予我们的幸福和苦难、无聊和平庸。"[1]许三观和福贵的活着，是中国道家文化和儒家文化的"活着"体验，是我们民族文化、民族精神中久已存在的某些共同的心理情感和"集体无意识"的表现，也是特定社会阶段民族精神的集中体现。"这样的理解可以说远离了'五四'以来文学'改造国民性'的启蒙传统，写出了新的文学境界"，"也可以说写出了'理解国民性'的新思路"。[2]

活着和怎样活着，既是人类面临的普遍现实问题，也是现代哲学所探讨的重要命题。这接近海德格尔关于"人生在世"的思考，即追问人怎样"在世界之中存在"。而当活着被看作一个问

---

[1] 余华：《活着·前言》，海口：南海出版公司，1998，第2页。

[2] 樊星：《当代文学新视野演讲录》，南宁：广西师范大学出版社，2007，第204页。

题时，就是活着意识的增强。那么，怎样活着？余华说："我听到了一首美国民歌《老黑奴》，歌中那位老黑奴经历了一生的苦难，家人都先他而去，而他依然友好地对待世界，没有一句抱怨的话。这首歌深深打动了我，我决定写下一篇这样的小说，就是这篇《活着》，写人对苦难的承受能力，对世界乐观的态度。写作过程让我明白，人是为活着本身而活着的，而不是为活着之外的任何事物所活着。我感到自己写下了高尚的作品。"[①] 这是余华写《活着》的体验和初衷。福贵就像这位老黑奴。这两个不同的民族文化环境中"活着"的人，有一个共同之处，这就是"人的共同之处"，"他们就像是同一个人。"[②] 因此，"活着"可以作为具有人类普遍意义的意象去考察，"活着"意象也就有了人类普遍性的意义。"活着"是一种人类记忆的沉淀，一种铭刻，它由无数类似的过程凝聚而成，是不断发生的心理经验的典型的基本形式。这种心理体验作为一种原始意象存在于人类的集体无意识中。因为其表达了人对苦难的承受力和生命的坚韧，带有人类为了生存而承受苦难、消解苦难的永恒心理体验性质。"活着"意象的提出既体现了余华从中国传统文化角度对生命意义的哲学思考，也是对历史上一切饱经苦难的生存状态的诗意概括，是余华总结的一个重要的人类精神文化成果。

应该指出的是，评论界以先锋写作向现实主义的回归作为余华转向的主要标志，并不能完全概括余华转型嬗变的复杂性，况且余华"现实主义"的作品仍然有明显的先锋意味。因此，我认

① 余华：《活着·前言》，海口：南海出版公司，1998，第2页。
② 余华：《活着·英文版自序》，海口：上海文艺出版社，2006，第2页。

为对余华转型，应该加上这样一条看法："死亡"意象向"活着"意象的置换是余华创作转型的精神内涵，也是中国当代先锋小说转向中的一个重要收获。

论《第七天》与余华的文学世界

▲▲

凝

眸

文

学

对一位有实力的作家来说，每一部新作品都意味着作家在其创作基础上有所突破的努力和尝试，也呈现了作家在某一阶段的创作样态。而一部作品的诞生及其当时的境遇更折射出其时的人们对文学和作家本人的期待。不论如何，一部新的作品诞生，我们对其进行的评价，首先应该对与之相关的其他文本有所了解，进而分辨这个作品中哪些是创新，哪些是因袭，这有利于我们对这部作品的判断有一个基本的立足点，从而将其价值的厘定置入该作家作品体系中加以考量。本文对余华的《第七天》的感受和评价，是把它与余华的其他作品相对比，把它与动画影片《僵尸新娘》相对照来探讨余华创作这部作品时的境遇、艺术探索以及当下的读者对时代和文学的诉求。

一

余华的大部分小说有寓言性质，人的受难和生死始终是这些寓言的主题。余华早期的先锋小说远离现实的繁复，着眼于"虚构的真实"，在他编织的怪异的世界里，沉迷于暴力和死亡叙事，进行着形式和语言的先锋实验。其对人的非理性的凸显，对现实否定性的呈现，一定程度的弗洛伊德对死亡本能的精神分析性质，以及历史宿命论的意味，常常使他的先锋小说变成某种发人深省的寓言性描写。而其冷静、简约、节制的语言，精巧的句子修辞，切近对象的古怪而奇妙的感觉描绘，为破败的生存镶上了花边，镀上了一种幽暗的诗意。

余华走出先锋小说之后，第一部长篇小说《在细雨中呼喊》开始呈现温情和感动，其间的悲凉和孤独感人至深。那个在细雨中奔跑的少年孤独得令人心碎，而那些曾在生活的"细雨"中呼喊和挣扎的人们，他们的"呼喊"都是无力的，稍纵即逝，最终的结局都是死亡，隐喻了一个关于人类存在虚无的悲凉寓言。在余华里程碑式的代表作《活着》和《许三观卖血记》中，对死亡叙事的迷恋转向对"活着"的探讨和关怀。这两部作品叙述特定历史时期中国普通人的生活样态，作品中各个人物的"活着"，描绘出实实在在的人生。"活着"表达了人对苦难的承受和生命的坚韧，在深深的、痛人心肺的绝望感中写人对苦难的承受和超越。福贵和许三观的"活着"是对中国底层人民苦难的活着的写照，也是对历史上一切饱经苦难的、卑微绝望的生存状态的文学概括。

这两部作品是余华对艺术极致的追求和表现，它们写苦难和受难，却仿佛用纯净又无法用言语表达的乐曲，谱写着百感交集的人生。余华坦陈音乐影响了他的创作，他在听巴赫的《马太受难曲》时，"我明白了叙述的丰富在走向极致以后其实无比单纯，就像这首伟大的受难曲，将近三小时的长度，却只有一两首歌曲的旋律，宁静、辉煌、痛苦和欢乐地重复着这几行单纯的旋律，仿佛只用了一个短篇小说的结构和篇幅表达了文学中最绵延不断的主题。"① 确实,《活着》和《许三观卖血记》在叙事节奏和风格上,完全没有长篇的芜杂和沉重。它们叙述受难和"活着",福贵的亲人一个个死去、许三观的七次卖血的情节,以音乐般的复沓构成文本叙事的重复和循环,简洁而单纯。小说以苦难和命运为主题,弥漫着痛苦和绝望,同时又不乏一种宁静和光辉相交织的调子,仿佛春日的旷野上忽然升腾起的悲凉的民歌,悲伤痛彻心肺但不凄厉,情感朴素真诚又纯净节制,具有催人泪下的审美效果。在《许三观卖血记》的《中文版自序》中,余华说到自己的叙事策略:"作者不再是一位叙事上的侵略者,而是一位聆听者,一位耐心、仔细、善解人意和感同身受的聆听者。"② 这样的叙事策略意味着作为聆听者的作者虽然强调感同身受,但毕竟与故事中的生活拉开了一定的距离。而对聆听者"感同身受"的强调又使作家尽力将自己置身于"福贵""许三观"们的生活中,真切地感受下层民众的"受难"与"活着"的人生。这样一来,作家能够在小说世界中自由出入,既能入乎其内又能出乎其外,小说就有了丰富的生活、丰厚的内蕴,更多美学的审视和哲思的升华,有韵味悠长的回味空间。

到了《兄弟》（下部）和《第七天》,余华直接将自己投入身边的社会现实,进行近距离的叙事。但这两部作品要区分而论。

《兄弟》显示了余华要写一部伟大的小说的决心。尽管小说饱受诟病,但我认为它的复杂性超越了余华其他所有的作品。余

---

① 余华:《音乐影响了我的写作》,上海:上海文艺出版社,2004,第 9 页。
② 余华:《许三观卖血记·中文版自序》,上海:上海文艺出版社,2005,第 1 页。

华说："这是两个时代相遇以后出生的小说，前一个是"文化大革命"中的故事，那是一个精神狂热、本能压抑和命运惨烈的时代，相当于欧洲的中世纪，后一个是现在的故事，那是一个伦理颠覆、浮躁纵欲和众生万象的时代，更胜于今天的欧洲。"①《兄弟》（上部）延续了余华先锋小说的暴力叙事，审视历史暴力和人性的残酷，同时又将《活着》和《许三观卖血记》下层民众之间的温情和悲悯贯穿其中，既展现了历史的暴力与人性疯狂、邪恶的一面，也写出了人间真情，基本保持了余华小说明晰的风格。《兄弟》下部则风格大变。从主旨来看，余华是把《兄弟》（下部）作为20世纪90年代以来的中国社会全面陷入金钱至上、欲望迷狂的寓言来写，描述中国人浮躁迷狂的欲望化的"活着"。在艺术表现手法上，《兄弟》（下部）力图借用巴赫金的狂欢化叙事来实现对现实的反讽，设置了比如"处美人大赛"之类的很多荒诞粗俗的情节，同时以漫画式的笔法塑造了粗俗、狡猾、坚韧又慷慨的李光头形象。小说对李光头人物形象的浓墨重彩，以及对李光头的"性事"的过分渲染和突出，成为评论家们指责《兄弟》媚俗、粗俗的主要靶标。不过，当年批评家们对《兄弟》义愤填膺的口诛笔伐也难免流于表面化。今天来看，《兄弟》中当年看起来粗鄙而荒诞的故事，不可否认地或者真实地发生，或者寓言性地存在，而李光头的身上又何尝不是集中了暴发户式的中国富翁的一些特点。余华说："一个作家一定要有写一部伟大作品的愿望，哪怕最后不一定完成，但还是应该抱着这样一种愿望。"②《兄

---

① 余华：《兄弟·后记》，北京：作家出版社，2010，第631页。
② 洪治纲：《余华评传·余华、洪治纲对话录》，郑州：郑州大学出版社，2005，第235页。

弟》就是余华写一部伟大作品的尝试，尽管难说这种尝试完成了。关于《兄弟》的粗糙，余华则说："写大的小说，叙述只能是粗糙的……"① 不论如何，《兄弟》仍然是可贵的、深刻的、独特的。它生动地了刻绘了两个时代，娓娓讲述令人印象深刻的故事，呈现时代变迁中兄弟俩戏剧性的人生，以及"恩怨交集地自食其果"，从而烛照出当代中国政治混乱和经济大变革两个时代的狂热和荒诞，而《兄弟》（下部）粗俗的风格似乎也对应着 20 世纪 90 年代以来的中国社会粗俗的一面。《兄弟》大胆地描绘了时代真实的特征，它油滑粗野下面掩盖着严肃反讽，玩世不恭却遮蔽不住愤世嫉俗，有一种荒诞而又震撼的审美效果。

二

　　《第七天》和《兄弟》（下部）都显示出余华将文学对准时代焦点的努力。不过，如《第七天》封面的题词所说："与现实的荒诞相比，小说的荒诞真是小巫见大巫。"② 这句话本来是要为《第七天》的荒诞叙事做注脚和解释，却恰恰透露了小说世界的营造没能有力地承载起对现实乱象的艺术表达的问题。也就是说，当现实世界的芜杂超过了作家构筑小说世界的思考力和叙事功夫的时候，余华把握不住自己与现实该保持怎样的距离，用什么样的叙事手段才是对当下最好的表述。《第七天》以"魔幻现实主义"的手法呈现当下，但这种魔幻现实主义未能达到深刻性的目的。

① 余华：《严锋.兄弟夜话》［J］. 小说界 2006 年第三期，第 43—49 页。
② 余华：《第七天（封面）》，北京：新星出版社，2013。

对比《第七天》与《兄弟》(下部),会发现同为聚焦当下的作品,《第七天》少了《兄弟》的狂欢化,一定程度上也少了被诟病的粗俗。但这并不意味着《第七天》比《兄弟》更成功。《第七天》有两个维度的空间:第一个维度,是阳界,就是主人公杨飞耳闻目睹的社会生活,是对社会生活的反映;第二个维度,是阴间,即杨飞死后的鬼魂看到的阴间世界,有排队等烧的等级化的候烧大厅,更有人人平等、互相关爱的"死无葬身之地"。前一个维度的现实主义表现,已经被明眼的读者直指为"新闻串烧";而对其魔幻的一面——亡灵叙事,我认为具有蒂姆·伯顿的哥特影片的叙事技巧和风格(如本文第三部分所论述)。相比较而言,《兄弟》正面写时代,"正面强攻"的叙事还是蛮有力量的,《第七天》以魔幻手法进行的迂回战术就显得绵软有余而力度不足。《第七天》失去了此前余华小说的哲思和悠长的韵味。

《第七天》延续了生与死、活着与受难这个余华长写不厌的主题。从小说的阳间维度的叙事来看,小说描述的故事颇为触目惊心:暴力拆迁、商场火灾瞒报死亡人数、医院丢弃死婴、"鼠族"生活、杀警案、地下卖肾、自杀、车祸……血淋淋而光怪陆离,身处其中的底层民众受难、死去。但这些故事没有唤起人的同情,不悲怆,不感人。许多读者指出这是近年来新闻报道中和微博上一些吸引眼球的新闻串烧,缺乏小说的艺术。确实,小说不是新闻,现实性并非衡量小说的标尺,小说更需要在审美意义上把握现实,将现实的真切与苦痛转化为文学的真切与苦痛,在升华性的意义上构建文学的世界。余华在谈自己"为何写作"时说:"从我写长篇小说开始，我就一直想写人的疼痛和一个国家的疼痛。"[①] 可以说，《活着》《许三观卖血记》以及《在细雨中呼喊》都是与现实拉开了一定距离的作品，它们对相对遥远的时空中的故事的叙述，积淀着作者对普通民众，甚至人类生存的深切的同情和悲悯。它们在深厚的情感的洪流之上，达成了小说超越性的思考，是写出了"人的疼痛"的作品。《第七天》是余华试图以小说世界来观照社会的病灶和疼痛，寻找"令人不安的原因"的作品。但是，由于余华与现实的距离太近，虽然看到了生活中的乱象丛生，但对病痛的根柢难以把握。而浮躁的时代中，亦缺乏他人深入反思的声音，余华也就难以作为一个聆听者与生活潜心交流而感同身受。小说描述的苦难虽然触目惊心，但作者情感的洪流没有形成，苦难呈现出来还是他人的遭遇，就如新闻事件。也就是说小说没能自现实的土壤之上升华至文学的空间，小说也就缺失了超越之维。

《第七天》达到了余华对社会矛盾和问题的关注，但没有真正寻找到"令人不安的原因"。所以，《第七天》一方面体现了余华的现实主义担当，同时也暴露了面对现实的困窘。此外，小说取名《第七天》，并在首页引用《旧约·创世纪》的语言，但实质上与中国人的人死后"头七"的风俗联系了起来，只充当了一个叙事技巧的功能。记得作家高晓声写过一篇故事叫《摆渡》，言及创作和摆渡一样，目的都是把人渡到前面的彼岸去。这个"渡"就是小说的超越之维。余华踩到了现实的此岸，却不知道彼岸在

① 余华，王侃：《我想写出一个国家的疼痛——对话余华》[J]，东吴学术 2010（创刊号），25–32 页。

凝眸文学

哪里。"彼岸"的隐退，使得《第七天》走完现实的一段，便茫然无措。当然，余华并非不知道这一点，所以，《第七天》最后以"死无葬身之地"是平等之地的表述，来表达一种追求平等的愿望。

可以说，《第七天》从小说的选材和表达的意图来说是一部有现实担当的作品。它承续了余华某些一以贯之的写作特质，比如，受难、活着与死亡主题，对底层民众生存及其命运的深切关注，仁爱情怀，艺术上简约极致的叙事语言，等等。然因作者与现实的距离太近，缺失了艺术对现实的升华，小说内蕴的丰富性削减而技术痕迹凸显。

三

余华是一位阅读量大、艺术学养深厚、并善于学习众长化为自己的艺术手笔的作家。卡夫卡、川端康成、福克纳、马尔克斯、博尔克斯、莎士比亚、拉伯雷、鲁迅……以及许许多多的音乐家都影响了余华的创作。关于文学影响，余华说："这里不存在谁获利的文艺，也不存在谁被覆盖的问题，文学中的影响就像植物沐浴着阳光一样，植物需要阳光的照耀并不是希望自己能够成为阳光，而是始终以植物的方式去茁壮成长。"[①] 从《第七天》可以看到，余华创作风格的新变，呈现出一种蒂姆·伯顿式的哥特风格。好莱坞著名的动画师和动画影片的制作者蒂姆·伯顿 (Tim Burton) 在哥特艺术界享有盛名，他执导的《剪刀手爱德华》《僵尸新娘》

① 余华：《温暖和百感交集的旅程》，上海：上海文艺出版社，2004，第118页。

《圣诞夜惊魂》等影片，对恐怖的、黑暗的、怪诞的、野蛮的并带有宗教色彩的西方传统的哥特艺术进行改造，形成了以奇思妙想的对比结构、错位描绘、阴郁与温暖相伴为特色的蒂姆·伯顿式的新哥特风格。

《第七天》以一个死者杨光的亡灵作为叙述者，通过他对活着时候的回忆描写活人的世界，又以其死后七天内对死人世界的见闻营造了阴间的生活图景。活人世界虽然不乏温情，但大环境是一个充满欲望和不公、乱象横生的社会，小人物之间的相互温暖不堪一击，许多人纷纷走向死亡。反过来，在地下的冥界，原本应该是黑暗而冷酷的世界，余华将它描绘为一个童话般的世界："水在流淌，青草遍地，树木茂盛，树枝上结满有核的果子，树叶都是心脏的模样，它们抖动时也是心脏跳动的节奏……"① 那些骨骼和即将成为骨骼的鬼魅在这里自由地来来去去，相互谅解关爱，这就是"死无葬身之地"，也是至善之地、平等之地。对"死无葬身之地"的描绘，是《第七天》中最为光辉灿烂的篇章，其中有一个情节令人记忆深刻。小说写鼠妹刘梅的男朋友卖肾为她买了墓地，鼠妹的鬼魂可以前往安息之地了。于是，死无葬身之地的人群黑压压地围拢来，来祝福这个即将前往安息之地的漂亮姑娘。这些鬼魅和骨骼们为鼠妹净身，几十个女性骨骼为鼠妹缝制裙子，一位苍老的骨骼带领许许多多的骨骼排着长队双手合拢捧着树叶之碗为鼠妹净身，婴儿们躺在风吹摇曳的树叶里夜莺般地歌唱，身上长满了野草和鲜花的鼠妹和着婴儿的歌声领唱，歌

① 余华：《第七天》，北京：新星出版社，2013，第126页。

声此起彼伏。骨骼们把鼠妹打扮成新娘，隆重地送鼠妹到候烧大厅去了安息之地，然后潮水般地默默退去。这个仿若歌剧舞台的场面描写，在《第七天》中有烛照人心的效果，它烛照出人本性中的善良和同情，它与人间残酷的生存图景形成对照，从而达到一种现实主义的批判。它寄托了余华追求平等的愿望，也是小说中有象征意义的用力之点。

影片《僵尸新娘》亦设置了一个活人世界和死人世界相背反的对比结构。上面的人间世界缺乏生命的活力，甚至人的表情都没有一点笑容。那些暴发户、没落的贵族、投机者甚至牧师个个庸俗卑污、物欲横流，尔虞我诈。反之，相貌怪异的骷髅代表了人死后的状态，他们善良、明辨是非、平淡看待死亡，和周围的世界和谐相处，僵尸们的世界充满关爱、涤荡心胸、净化心灵。《僵尸新娘》中的维克特和僵尸新娘艾米莉的婚礼，是影片的高潮。僵尸世界为一对新人准备婚礼，蜘蛛为维克特缝制西服，僵尸们制作华丽的婚礼蛋糕，他们欢呼起舞，此起彼伏应和歌唱，为等待了若干年终于能成为新娘的艾米莉欢欣和祝福，他们潮水般地又井然有序地进入教堂，为一对新人举行婚礼。影片的这种艺术呈现，也形成了明显的歌剧舞台效果，并且具有探讨何谓生命、何谓死亡这样的哲思性意义。

从《僵尸新娘》和《第七天》对阴阳世界的背反描写的对照中，可以看出两部作品艺术手法的一致性。但是，《第七天》的多样性和复杂性远远超出了《僵尸新娘》。《僵尸新娘》探讨爱情，主题单纯，情节简单，影片结尾僵尸新娘艾米莉放弃自己的爱情化为蝴蝶，道出了爱情的真谛是对爱人的奉献和成全，是一部单纯又荒诞，艺术表现完美的童话式影片。《第七天》是对社会病灶的症候分析，它更多地着力于社会现实批判，比较复杂，在艺术表现上更有难度。不论如何，对阴间的诗意描写赋予了小说艺术韵味，冲减了阳间事件描写的新闻串烧感。

  《第七天》具有一种阴郁与温暖的交织的格调。这种格调延续了余华惯有的风格：对底层普通民众的受难和命运的深切同情，悲剧和喜剧交叠的叙事方法，绝望和温情相交织的动人感受等。在《第七天》中，悲剧感主要表现为小说对残酷而荒诞的现实生活的呈现，温暖感则来源于对底层民众的同情。小说以如泣如诉的笔调倾诉着养父子感人至深的亲情、贫困中坚守的爱情、伟大无私的母亲、小人物的彼此温暖，而那被称为"死无葬身之地"的鬼魅世界，甚至成了底层人们平等互爱的乌托邦。这些形成了小说的仁爱情怀，成为《第七天》能够感人的所在。但是，与之前的作品相比，《第七天》的冷暖交织有新的变化和特点。它的亡灵叙事和对阴间的奇异构想是余华创作中的新元素，这种新的元素给《第七天》增添了其他作品没有的阴郁之感，而且，它对阴郁的表述是精致的，具有蒂姆·伯顿式的阴郁中精致的美感。比如，《第七天》将阴间描绘为有阳光、河水、草地的美好童话之境，令人惊异又给人精致的美感。在这一点上，《僵尸新娘》虽然没有给阴间以明丽的图景，但亦将其布置成充满变幻的光影的童话式的殿堂。此外，《第七天》和《僵尸新娘》中，亡灵鼠妹和僵尸艾米莉最大的愿望都是成为新娘，但她们活着时这个愿望都没有实现。死后的鼠妹穿着自杀时崩裂的衣服，僵尸艾米莉穿着破烂的婚纱，死无葬身之地的骨骼和僵尸世界的僵尸分别为鼠妹和艾米莉缝制婚纱和裙子，把她们打扮成阴间美丽的新娘。这样的情节将残酷与温暖糅合，黑暗和痛苦中不乏美感，都具有典型的蒂姆·伯顿式的阴郁而精致之美。总之，阴郁与温暖交织，并形成精致的审美感受，这些都体现了余华对新的艺术手法的尝试，以及突破自我的努力。

由于在外国文学作品的亡灵叙事中比较多见，当余华用哥特风格叙述中国故事，对于西方国家的读者来说，有既奇异又熟悉的阅读效果。据说《第七天》在国外受到好评和欢迎，我觉得是与这种叙事风格有关系的。

《第七天》的亡灵叙事还有胡安·鲁尔弗的味道，小说中有一个情节写杨光的亡灵和前妻李青的亡灵相遇，一起在出租屋里睡了一晚上的描写，极其单纯又极其丰富，颇有胡安·鲁尔弗著名的小说《佩德罗·巴拉莫》的神韵。还有，我们还可以从《第七天》中读出卡夫卡、马尔克斯的味道。这些都显示了余华艺术储备的丰厚，不过，它们都在某个细节或者某种格调上为《第七天》增添了艺术性。

结语

《第七天》一方面显现了余华新的思考，另一方面，也表露了文学性的情思和艺术表达的衰暮之气。对作家们来说，如何进行持续性的写作，是一个难题，有新的开拓和超越更是严峻的考验。读者们对《第七天》的不满，也恰恰反映了读者对当下文学书写中国经验的期望和诉求。这意味着当下的文学能不能直面现实，在文学的审美形式下深刻地写出这个复杂而汹涌的大时代，写出这个时代的重负，这个时代的爱与痛，这恰恰是当代文学的使命。

凝眸文学

上海文化性格的文学表达

——评王安忆小说《月色撩人》

▲▲

上海，这座近代发展起来的繁华都市，既具有中国特色又自成一派，"海派"的称谓表明一种风格，也形容一种气派和独有的做派，以至于很长时期，上海在中国人的心目中是浪漫的传奇、时尚的风标。而且，海派有海派的表达方式，文学海派书写上海，可谓自成风景、摇曳生姿。清末韩邦庆的《海上花列传》、20 世纪初期的"鸳鸯蝴蝶派"、30 年代的"新感觉派"、40 年代苏青的上海凡俗人生、张爱玲的"传奇"等等。在海派作家的笔下，近代以来的上海令人歆羡而浮想联翩。

新中国成立后，上海经历了新社会的改造。20 世纪 90 年代以来，上海在全球化的进程中快步迈入现代国际大都市的行列。面对上海的变迁，文学原本可以赋予其更多的精彩。然而，仔细回溯，张爱玲之后海派文脉衰弱，能够重新使海派文学重绽光彩还要归功于王安忆。就像张爱玲说的"到底还是上人！"。王安忆多年来书写的"上海故事"最为贴近时代变迁中上海的生活、风貌、文化、神韵。王德威在评论王安忆时说："海派作家，又见传人。"①

　　作为新海派代表作家的王安忆，其创作个性最明显的特征，是她编织的"上海故事"中，无不寄托了哲思。这种哲性思考的持续性使得王安忆的创作也在两类题材上具有持续性：一类是对现代男女情感关系的描述与剖析；另一类是对上海这个城市文化性格的追问和探索。对于后一类题材的创作，迄今为止，我认为王安忆 2009 年的小说新作《月色撩人》与此前的《长恨歌》《富萍》《我爱比尔》在内在精神上一脉相承，分别描绘出了上海在不同时代的不同风貌和文化性格，组成了"上海文化性格四部曲"。鉴于前三部小说前人多有论述，本文主要分析《月色撩人》书写了新世纪上海怎样的城市文化。

一、上海的形：形式与时尚的合流

　　《月色撩人》首先给出的核心词汇是时尚和"形式主义"。围绕女主人公提提的一切都是时尚和形式主义的。提提是一个外乡来上海的女孩子。做过女歌手、售楼小姐、餐厅服务员、画廊促销员等等，到处赶场子忙着生存。她的"一张脸，极白，极小，……平面上用极细的笔触勾出眉眼，极简主义的风格。看起来相当空洞，可是又有一种紧张度，紧张到将所有的具体性都克制掉了，概括得干干净净"②。在 50 年代出生的"老上海"眼里，上海的大街上尽是这样的小女人，"……时尚潮流淹没了它们的个性，连

凝眸文学

---

① 王德威：《当代小说二十家》，北京：生活·读书·新知三联书店，2006，第 16 页。

② 王安忆：《月色撩人》，昆明：云南人民出版社，2009，第 3 页。

气味都是一种，所谓的国际香型。"① 在王安忆眼里，女人和城市之间有着天然的联系，城市的女子就是城市的影子。提提的形貌喻指着国际化大都市上海的形象：一种国际性的开放的姿态，然而这样的"国际香型"也掩盖了城市自身的个性和具体性，这样的上海难免空洞又紧张。

《月色撩人》用了大半篇幅谈论上海的现代艺术，因为艺术往往最能表达一个时代、一个地域的文化品性。在小说中，王安忆对上海的现代艺术反映的上海文化，是以主人公提提在上海的经历来表达的。提提初来上海，在陶普画廊做小妹，陶普画廊里全是形式主义和抽象主义的作品，白天来客稀少，几可罗雀。到了晚上，这里就是"艺术家"的天堂，聚集了一群"艺术家"，表演诸如"最后的晚餐"之类的行为艺术。艺术家创作的题材和灵感并不在生活中寻找，也非沉思和个人激情，多半是某种形式元素、构成、材质以及风格的强调、放大和重复。不过，这样的艺术却最容易被具体生活效仿，成为生活时尚。陶普画廊的主持者潘索是艺术的权威，他的权威来自于80年代对传统的激烈反叛，正好适用于"土崩瓦解"的今天。但他的主要任务是大方而谦恭地和各种画商打交道，特别是向老外出售画作，为投资老板赚钱。聚集在画廊里的艺术家们也是"急煎煎"地向画商们推荐自己和自己的画。小说中这些描写无疑透露了上海现代艺术在追求国际化的过程中，抽象艺术日趋商业化，并变成一种超级时尚的状况。

吴亮曾经描述过上海的现代艺术，他认为：上海的抽象艺术家"仅仅是视觉上持异议者和孤独的探寻者，他们的思考和工作

---

① 王安忆：《月色撩人》，昆明：云南人民出版社，2009，第3页。

基本都围绕着形式展开，而不是通过作品将他们的思考和工作与社会做挑战性的交流"。"它们是抽象艺术中的形式主义分支，在它们那些零碎的、似是而非的、晦涩而模棱两可的自我表述中很难看到清晰而深入的思想脉络和令人为之一震的观念；它们的基本内容至多是一种尝试意义上的文化隐喻和哲学术语，在它们背后很难找到一条特殊的精神线索。当然，这一切和上海这座城重形轻质的文化性格是平行的，这座城市排斥深刻。"① 这个观点与《月色撩人》对上海现代艺术的描绘和阐释是基本一致的，上海艺术家走着国际化道路，风向标是商业化，并把它导入生活时尚。需要指出的是，王安忆与吴亮之间多有对话，应该在这个问题上有过沟通。

无论怎样的形式，包括时尚，都不可能独立存在，形式总是负载着一定的内容和意义。一切形式都是"有意味的形式"。当下的上海，在时尚和形式之下，有着怎样的生活和精神品性？

二、上海的质：现实与虚空的交织

提提与潘索进行了一场恋爱。潘索感受能力超强，思辨能力超强。然而在物质主义盛行的今天，他的思辨能力时刻受阻，只好以感性作为存在的方式。这种感性并非古典的身心合一的愉悦，而是感官的体验，是身体欲望，色、香、味……的享乐。感官的体验替代了思想的焦虑——避苦趋乐就是思想和身体存在的方式。潘索是模仿和批量复制消费主义时代的"骄子"，连思想都

① 朱大可，张闳：《21世纪中国文化地图（第三卷）》，桂林：广西师范大学出版社，2004，第127-128页。

是"二手货"。提提与潘索有一场的恋爱，但很快就结束了。原因是什么？子贡是这样说的：

> 你以为潘索就是你看见的那样？你看见的潘索是你要的那一个，真实的潘索完全可能在你的视野之外另一个，另一个形态，一个超出你掌握的形态；你看到的是实有，他却是一个空洞，大空洞……他只是觉得空虚；他生而带来一些极其空虚的问题：生活的意义是什么？人为什么要生？人生的目的是什么？合起来就是个大空洞，他在里面东碰西撞，抓挠着，想抓挠住什么救自己；你、你们，都是他的救命稻草，短时间里有一点安全感，很快他就发现是错觉，于是松开手，再抓挠，抓挠到的还是同样的东西；说来也可怜，一个人在黑暗中行走——这本来是哲学的命题，……①

潘索生活在思想的世界里，不过他的思想并不明晰和深刻，对现实更是无能为力。对他来说，在虚拟的世界里沉湎于形式本身就是生活的意义。王安忆通过潘索这个人物，表达了上海的，也是现代生活的一种品性，一种世界观——形式主义之下的虚无。从此意义讲，潘索在这部小说中仅仅是这个城市文化性格的隐喻，也是作者对现代生活认知的象征符号。所以，小说指出："潘索从根本上说，不是一个男人，甚至不是一个人，而是，世界观。"②

至于提提，这个来自边远小镇，尚带着生活的激情和粗鄙的

---

① 王安忆：《月色撩人》，昆明：云南人民出版社，2009，第58-59页。
② 王安忆：《月色撩人》，昆明：云南人民出版社，2009，第59页。

女孩子生活得太真实了。在她看来,生活的一切最终要落在"现实"这里,无论你怎样诠释生活,终究走不出这个诠释。潘索必然要与提提分道扬镳,这样才能忽略自己对现实的逃避。

提提的第二次恋爱的对象是简迟生。简迟生成长于20世纪40、50年代,经历了什么都匮乏的年代,却被赋予了正直的气质,高品质的激情,从来都是直面现实。与简迟生同时代生长的情人呼玛丽说:"我们的人生价值在现实里。"对现实生活的激情赋予简迟生一种深刻、一种生活的霸王一样的气质。这种气质正是提提所迷恋的。简迟生对提提的爱类似于对宠物的爱,温情的、柔滑的,缺乏一种严肃性。因为这个提提,在简迟生看来是轻的、柔软的。其实提提需要的正是生命的激情和真实,生活实实在在的意义和价值感。不过,这个时代这些追求都会被淹没。潘索这样的形式主义者不能给予提提。简迟生就能够吗?不,提提体会到了,简迟生只在和旧情人呼玛丽之间才有生活的真实感,"有关性格、遭际、命运等等的暗示,在一碰触之间,崩裂开来"①。而这种生命意义上真正的精神交流不曾在简迟生和提提之间有过。提提为此痛楚,甚至负气出走,在简迟生看来不过是闹小性子,任性而已。

时间在简迟生的身上留下了深深的痕迹,青春的风采已然消逝。简迟生这个曾经实实在在的人,有过青春反叛与血性的人,从禁欲时代走出来的人,现在开戒了,正过着放纵的生活,虽然残存的精神还没有完全涣散,不时地和欲望做抵抗,但已经以追逐感官快乐做为生活的本意,迎合于虚浮的时代。至于生活的激

---

① 王安忆:《月色撩人》,昆明:云南人民出版社,2009,第135页。

情、思索等等都在这个时代走了下坡路，没有精力挖掘了。这样的简迟生也不是提提的归宿，提提走了。

潘索和简迟生有不同的年岁、经历。潘索虚无的世界观是固有的，简迟生空虚的生活观是经历激情时代后转变而来的。在当今这个时代，他们不谋而合地走向生活意义的空虚。直面现实的提提、充满生命活力的提提与他们碰撞，又分离。提提的两场恋爱不是什么爱情悲歌，不是人生悲剧的情感探索，这平淡之极的恋爱仅仅是表达作者对当下上海文化品性的认识，扩而充之，也是对强大的现代性进程中都市文化精神的认识。当然，上海充当了这种都市文化的范本。是否可以说，当下都市文化充满了现实生活的进取与精神生活的空虚之间的撕扯和交织？

三、上海书写：承续中的新变化

纵观王安忆的《长恨歌》《富萍》《我爱比尔》《月色撩人》"上海文化精神四部曲"。这"四部曲"并不以写作时间先后而排列，说它们是"四部曲"是指这四部小说对上海的"纪实与虚构"，勾勒出了20世纪以来上海发展变迁的不同阶段，以及上海在不同阶段的文化特色。"四部曲"之间可以勾勒出一条明显的线索：

《长恨歌》（1995年）中40年代名噪一时的"上海小姐"王琦瑶，不论在上海繁华梦中，还是解放后弄堂家常的生活中，她的素淡和不动声色的平常心，就是老上海的民间底色和精神。

《富萍》（2000年）中的外乡女子富萍，在20世纪50年代选择加入温暖、友善、仁义的"梅家桥"做船工，彰显出一种不同于老上海美人迟暮格调的另一种生活，一种"勤苦、朴素、不卑不亢的'生活'诗意①"。这是 50 年代的上海在"社会主义风尚"的改造中，呈现出的新气息。

《我爱比尔》（1995 年）中的女孩子阿三，因为无法确认的文化身份，也因为对西方身份的渴慕，只在西方男人中寻求情感的或者"性"的买家，实践着第三世界的"自我殖民化"，自然也无法把握自己的人生。阿三的境遇就是 20 世纪 90 年代初第三世界国家在全球化浪潮中陷入文化身份迷茫境遇的隐喻。

《月色撩人》（2009 年）中来自外乡的女子——提提们，用青春迎合上海的形式和时尚，体验着上海的颓废与虚空，同时又以年轻的、盛丽的、精力充沛的活力、全力以赴地在夜色中开放，赋予这个城市逼人的现实力量。当下的上海现实与虚空交织，蓬勃伴随着颓废。

《月色撩人》延续了《长恨歌》《富萍》《我爱比尔》对不同时期上海文化性格书写的主题。但与前三部上海小说相比，《月色撩人》更加理性化、抽象化，更具认知性。前三部小说有很多物质性材料和情节，有具体的生活状态描写和较强的故事性。《月色撩人》的重心则并不在于怎样讲故事，而在于力求一种当代时代感的把握，理念化地对当下上海城市文化的探索和思考。因此，《月色撩人》的语言虽然还算得上精致，但不再细腻刻绘，亦缺乏细致的生活描写，也不再将笔触伸入人物内心，去开掘丰富的心灵世界，而是将人物作为小说思考上海文化性格，表达理念认识的建构性材料。王安忆坦言这样的处理都是用心良苦地设计出

---

① 王晓明：《二十世纪中国文学史论（下卷）》，上海：东方出版中心，2003，第 506 页。

来的。①

美艳的男子子贡是具有国际性跨文化生活和思想背景的含蓄的同性恋者，也是城市游走者，在夜色中游走于上海一个个灯红酒绿、人群聚集的场所。一个个场所就是城市的一个个空间，各种空间提供了城市人不同的生活方式和可能性，也赋予人包罗万象的感受。子贡在各个空间的穿梭中，将各种人物串联起来，完成了不同文化的交流。子贡的形象不鲜明，性格模糊不清。但人物的名字却颇有匠心。子贡这个名字"和孔子的弟子同名。这个名字给他增添一派古风，穿越几千年，忽而又显得很现代，那就是没有局限的意思"。小说这样的解释暗喻当下人们在现代中追逐传统，却更多地注重的是传统的形式。子贡还负载了更多的寓意，"他其实是从非常卑鄙的生活中成长出来的一个全球化的象征，这些都是很隐喻的②"。

提提是从小地方来上海的外乡女子。她是小说的主人翁，但她也是一个类型化的人物形象。小说反复强调，上海满大街是提提这样的女孩子，粗鄙、赶场子忙生存，却具有活泼泼的生命力。上海为她们的生活提供了多种可能性，她们很快融入上海的形式和时尚中，被上海多样的空间所塑造。反过来，她们又以自己蓬勃的力量改造着上海的气质。

《月色撩人》中的人物性格都不丰满，提提先后恋爱的两个对象潘索、简迟生，以及充当了提提精神上的对手、导师的呼玛丽，

---

① 王安忆，王雪瑛：《夜宴中看现代城市的魅与惑——关于《月色撩人》的对话》，《当代作家评论》，2010 年第三期。

② 王安忆，王雪瑛：《夜宴中看现代城市的魅与惑——关于《月色撩人》的对话》，《当代作家评论》，2010 年第三期。

都带有抽象化的隐喻性的认知符号性质，可以视作服从于作品主题和结构需要的，可以分类和排列的叙述因子。王安忆自己也说："我很主观地去配置人物的活动。所以这些人物都有种抽象的面目。"①

王安忆具有深厚的文化学养，《月色撩人》弥漫着一种相对深刻的雅文化的品性，比如津津乐道于理性与感性关系的探讨，对时间、历史的思索以及对现代艺术的揶揄等等。不过，正是由于小说过分理性阐释的意图，使得小说的人物和故事都道具化或者符号化了，小说因此显得比较空泛，阅读美感不足，这些直接影响了小说的感性审美体验。所以，《月色撩人》较难引人兴味。然而，它对上海当下文化性格的深透把握，亦表现了文学对当下生活的介入，文学书写时代的努力和承担，这是非常有意义的。

① 王安忆，王雪瑛：《夜宴中看现代城市的魅与惑——关于《月色撩人》的对话》，《当代作家评论》，2010年第三期。

审视生命的隐疾和悲感的人生

——弋舟小说论

▲▲

弋舟有着过人的创作才华和独特的气质，以强劲的创作风头成为"70后"作家中受到高度关注的代表性作家。弋舟身处西部，原本西部广袤独异的风情和边地人生是西部作家常用常新的资源，也是打造自己文学特色的得天独厚的依傍。但弋舟却不是以西部写作获得声名的作家。他的小说多取材于现代都市生活，多涉及对现代人的精神世界的疾患的揭示，常常在看似冷静而悲凉的叙述中写出生活的不堪忍受和现代人精神的创伤。他有篇小说题名为"隐疾"，这"隐疾"正是揭开弋舟小说文本深意的密码之一。在弋舟的多篇小说中，"隐疾"或者统摄着主题内容，或者成为文本的某一构成层面，这在《龋齿》《黄金》《战事》《隐疾》《我们的底牌》《等深》《而黑夜已至》等作品中皆有体现。在这些小说中，弋舟对现代人的生存困境和精神负累的审视，揭开了生命的"隐疾"，以一种透彻的贯穿感抵达了生存的真实，表达着弋舟对当代生活进行认知和思考的努力。弋舟小说的精神探索涉及到中国当代普遍的心理问题，这个问题也是当代中国很重要的社会问题。而且，弋舟的小说以一种悲切的痛感，触及到人对自我和世界的省思、人性的幽暗与温暖、人存在的本质等问题。弋舟小说对当代人的精神"隐疾"的探索和艺术表达所具有的深刻性和独特性，在当下文学叙事中有不可取代的价值。

一、精神的隐疾与女性的生存

弋舟以精神"隐疾"来关注女性生存困境的小说比较多。《龋齿》写一个离异女人拔牙时，因心脏病发作昏厥前的臆想。这些臆想是女人对自己千疮百孔的生活的回味，从中可以窥见女人的内心世界以及生存状态。对这个女人来说，她可以忍受心脏病带来的流产、吃药、保胎，和担着巨大的风险生孩子这些身体的痛苦，却无法承受加诸在心脏病之上的生活的损害，诸如离异、剥夺孩子的抚养权、丈夫另有新欢等。与身体疾患的痛苦相比，生活的损害才是女人真正的伤痛。因为这些损害负载着生活残酷的评判，女人由此感受到毫无尊严的生活和强烈的耻辱感。这些感觉深深地咬噬着女人，让女人陷入怨怼生活和灰暗的情绪里，在过去的损害中难以自拔。"过去"就像这颗有洞的龋齿，是这个女人身体的一部分，且难以剥离。这样一来，小说中的龋齿这个疾病就负载了过去的伤痛且难以拔除的象征意义，有一种精神的"隐疾"的隐喻性质。可以说，《龋齿》是一部构思精妙的小说，它借生理疾病"龋齿"深入到人的精神创伤的探索，对女性创伤性记忆的心理描写是独特的，令人难忘的。

中篇小说《黄金》和长篇小说《战事》写女性成长的隐痛，少女倔强的爱和憔悴的青春，沉积为女人内心深处的精神疾患和情结。这样的精神"隐疾"支配了女性的生活意识，成为她们坚持自己，并与生活战斗的姿态，也是女性悲剧性生存的根柢。《黄金》中的懵懂少女毛萍，初恋约会时小男友给她一块铜块，说是送给她的"黄金"。而毛萍的初恋很快就被父亲粗暴而卑鄙地斩断了。毛萍长大结婚后，因为不是处女受到丈夫的羞辱，从此毛萍放荡不羁，并且有一种畸形的"黄金情结"——和每个男人发生关系都要索取黄金。不过，小说却并未将毛萍对黄金的热爱定位为金钱的交易，从而凸显出毛萍的"黄金情结"是一种创伤性的精神疾患的意义。《战事》中的少女丛好经历了母亲的偷情和私奔。在这个事件的过程中，丛好的父亲显得那样地懦弱，并日益猥琐。由此，少女丛好对生活中所有的平庸和猥琐充满了厌恶，绝不被生活驯服成为丛好的一种生活的姿态，一种创伤性心理式的精神"隐疾"。丛好对那些"对生活仰起下巴的人"并不进行好人与坏人的区分，只要求他们是生活中的硬汉。于是，电视里海湾战争遥远的战火中，以硬汉形象出现的萨达姆成了丛好的偶像，她坚定地认为萨达姆一定会赢。在生活中，丛好也只喜欢那种独特的、不被生活磨蚀的男人，无论这样的男人是充满劣迹的粗野少年，是执着追梦的文学青年，抑或颐指气使的成功商人。这些人对生活的打破如一副副药剂，疗治着丛好对平庸猥琐的惧怕和厌恶。但是，也因为"绝不被生活驯服"这具有盲目性的执着，丛好与周围的世界相处，与男人的相处，很多时候不明就里无所适从，却以冷漠却又像是从容的姿态表现出来。周围的人都未曾明白，丛好的精神世界中进行着一场持续的"战事"。在这场"战事"中，丛好在和世界作战，更在和自己作战。这样的"战事"使丛好青春憔悴、饱经创痛，经历着一个女人在成长中"漂移、飞升、错落、破碎、归位的状态"①。与《黄金》相比，《战事》的内涵更为丰富，这得益其具有的女性主义文学意识。《黄金》对毛萍的"黄金情结"的叙述是冷静节制的，故事情节的发展跳跃性比较大，留下大量的空白让读者去揣味人物精神的痛楚和"隐疾"。至于毛萍的极端行为，有一种抗争的意味在里头，形成了小说略带凌厉的氛围和尖锐的刺痛感，但毛萍的抗争并不具有明显的女性主义色彩。《战事》的叙述则是绵密的、细腻的。弋舟在这里是一位男性的"女性主义者"，在一波一波的高密度的故事中，将女性的创伤和痛楚铺陈出来，刻画和展示了女性内心世界的波澜起伏以及倔强又盲目的生活。给人以绵长的、与生活一起延绵而无可逃避的痛感。其对人物性格的立体复杂性的塑造，对女性生存精神痛苦的细腻挖掘，以及对两性交往的多重思考，都表现出对《黄金》的进一步深化。

《蛀齿》《黄金》和《战事》都揭示了女性精神的创伤和隐疾，使人也感受到人作为自然的人，也作为社会的人，求得肉身和精神合一的艰辛，在她们的挣扎和创痛中令人不忍直视生命的真实，彰显了在大的社会系统对个体生命感觉的漠视与压抑。

二、身体与社会的双重的隐疾

弋舟基本采取内向化的视角写女性生存状态的精神"隐疾"。而在另一些与疾病有关的小说中，弋舟赋予隐疾以双重的内涵：

---

① 弋舟，张存学：《最好的艺术表现最多的生命真实》，《艺术广角》，2013，第4期。

一方面这些疾病是平常生活中并不凸显出来的身体隐疾，另一方面这些隐疾具有复杂的社会性的病因，使得这些隐疾具有了身体与社会双重的"隐疾"的隐喻意义。

《隐疾》中的小转子患有梦游症，在梦游中会把她丈夫老康当成一只恶心的大蜘蛛去攻击。老康则认为小转子的梦游症是装出来的，甚至将她送进了精神病院。不过，在叙事者"我"与小转子的交往中，小转子的两次梦游症都没有造成攻击和伤害。而小转子和"我"一起看草原的"荒唐"，更像一次长时间的梦游：在宁静辽阔的草原上，两个暂时逃离了生活的人忘记了世俗中的一切，真正体味到纯朴生活的激情，从一只发怒的藏獒身上感受到自在生命的巨大强力。小说中小转子的梦游症的真假，似乎是一个悬疑。不论如何，从梦游的小转子身上，我们看到一个内心纯净的女人对恶浊社会的厌恶。至于仿佛梦游的草原游历，更是一次对生活的对抗。这个被对抗的生活，将它的丑陋集中在以老康为代表的世俗的成功者身上。他们追逐金钱、游戏人生、精神羸弱、冷酷无情、尔虞我诈、行贿受贿……在他们金钱至上的成功背后，是百姓贫病、环境污染、食品安全等社会问题。可以说，《隐疾》对人物的生理疾病梦游症的书写，作为生理学层面上的疾病确实是自然事件，但在文学的层面上，它又负载着一定道德批评和价值判断，映射了当下世俗生活的罪恶和隐藏在光鲜的外表下的社会真正的疾病。

《我们的底牌》是弋舟写得最为悲切的一部作品。一个家族四兄妹都患有的"隐疾"——癫痫。在叙事者"我"看来，大多时候我的兄妹们的癫痫发作是"适时"的，"他们用尊严做牌，打来打去，以此牟取和诓骗生活，被生活暂时豁免，我的生活却因此备感绝望"①。"我"对这种底牌充满了憎恶、羞耻和不屑。所以，"我"老早搬离了家，开了一间小店，勤奋努力地工作，要用自己的双手，正面与生活搏斗。然而，无论怎样申辩，怎样抗争，在极不合理的补偿中小店被强拆了。就在强拆的这一刻，"我"也翻倒在地，口吐白沫打出了自己的"底牌"。这悲痛的一笔穿透了生活，揭示出生活的残酷、尊严的尽失，由此给我们展示了一副无可名状的悲痛人生。《我们的底牌》以癫痫这种作为支点进行小说叙述。一方面，小说对人物身体的隐疾——癫痫发作的描述本身符合癫痫的病理学。在病理学上，受到强烈刺激、情绪激动、生气等容易引发癫痫。小说中的兄妹四人都在受到强烈打击，处于困顿时癫痫发作。另一方面，小说在对人物生存境遇的描述中，让我们看到人们被侮辱、被损害的卑微而屈辱的生活。从而将批判的矛头指向社会，使得癫痫有了隐喻的意义。

《而黑夜已至》也是一篇有身体与社会双重的"隐疾"的隐喻意义的小说。艺术学教授刘晓东患有抑郁症，母亲去世的当晚他在一个女人的床上，更加深了自己的罪感。公司老总宋朗多年前醉酒驾车撞死了一对夫妻，由司机顶包了事。但宋朗始终无法摆脱内心的罪感，也患有抑郁症。酒吧歌手徐果年幼时，她的父母在一场车祸中丧身。徐果在艰辛而芜杂的生活中长大和生存。她说自己就是当年宋朗制造的车祸中的遗孤，委托刘晓东与宋朗谈判，要求宋朗赔偿。事情的真相是徐果对宋朗进行了一场敲诈，宋朗知情却慷慨地给了徐果100万元，只是为了自我赎罪。徐果

① 弋舟：《我们的底牌》，北京：作家出版社，2011，第225-226页。

则把诈骗来的钱用来报答养育过自己的老师，资助男友。刘晓东去和宋朗谈判，也是一种自我救赎和疗治。最后，徐果又在车祸中死去。不过徐果的死才真正疗救了刘晓东，他由此明白：虽然现代的城市生活造就了诸如车祸、婚外情、贫富差距、肮脏的空气等太多的弊病，也使许多无法舒展的心灵患上了抑郁症，但这个时代中的人们，又都在自罪和自赎。《而黑夜已至》写出了抑郁症这个当下城市生活的中的人们普遍的精神"隐疾"，也揭示了这个时代的"隐疾"。

关于《隐疾》和《我们的底牌》中对"癫痫"和"梦游"这两种隐疾的隐喻性质，正如苏珊·桑塔格所说："正是那些被人为具有多重病因的（这就是说，神秘的）疾病，具有被当作隐喻使用的最广泛的可能性，它们被用来描绘那些从社会意义和道德意义上感到不正确的事物。"① 这两部作品对人的"隐疾"书写饱含着对普通人生存的悲痛和现实生活的批判。我觉得是当代文坛中短篇小说的精华之作。构思精巧，饱含泪水又不动声色的批判，凝聚了穿透现实的力量，这些让小说完成的过程和最终形态非常漂亮。至于《而黑夜已至》中以"抑郁症"进行的隐喻，则有更深透的思考。主要是其对时代的"隐疾"持有的是非单向度的态度。弋舟在暴露和审视时代的"隐疾"的同时，又给予它一些"劝慰性的温暖"："时代浩荡之下的人心，永远值得盼望，那种自罪与自赎，自我归咎与自我憧憬，永远会震颤在每一个不安的灵魂

① 苏珊·桑塔格：《疾病的隐喻》，程巍译，上海：上海译文出版社，2003，第 55 页。

里。"① 这表现了弋舟对当下生活把握的进一步深入，以及创作水平的不断提升。这篇小说也读起来更加感人，更加令人百感交集。

三、晦暗与温暖之间的人生

弋舟的小说的底色是晦暗的。小说中的人物的人生经常是残缺的：失去父亲后流离的少年、母亲私奔后孤独成长的少女、被妻子遗弃而变得猥琐的男人、被丈夫遗弃而绝望的妻子、晚景凄凉孤独的老人、边缘人吸毒者、屈辱的底层民众……残缺的人生勾画出幽暗的生存图景。再加上作家大部分时间里采用一种冷静叙事的格调，形成了小说的压抑感。不过，如果弋舟对残缺人生的审视止于对生活阴冷和压抑的展示，那小说的可阅读感和价值就会大打折扣。因为文学是要以情动人的，文学表现的现实不论怎样残酷，本质上却要达到对人的善意的关怀，而且生活本身总是百感交集的。弋舟的生活积累、以及生活的逻辑支配着作品中的生活表现。在弋舟冷静的叙事节奏中，由于对生存的悲悯，会情不由己地流露出一些温情，由此而达致在晦暗与温暖之间悲悯人生的效果。也因此，弋舟那晦暗的小说世界里，从来没有一个愤怒的恨世者。

从对生存的残酷与悲悯的宽宥角度来看，《战事》《而黑夜已至》体现了弋舟在晦暗和温暖之间同情人生的写作情怀。以《战事》为例，主人公丛好在母亲与人私奔后，青春陷入无尽的孤独

① 弋舟：《而黎明已近·＜而黑夜已至＞创作谈》，《北京文学·中篇小说月报》，2013，第10期。

和盲目中。前后交往的两个男朋友，都使丛好受伤而飘零，使丛好的青春孤独而憔悴。后来，丛好嫁给成功商人潘向宇后过上安逸的生活，但长期被丈夫忽视，又被唯一的女友算计，后来又被刑满释放的初恋男友传染了性病并离弃。生活给了丛好多次沉重的创痛，但不论怎样受伤，丛好鲜有不可原谅的恨。在"'战事'一般的爱情乃至生命中，面对近距离掩杀而来的伤痛，和光同尘，这样的人，必定终获全胜"①。确实，忍耐生活所有的创痛，却并不痛恨生活，这就是一个生活的胜者。丛好就是这样的人。而小说中那些伤害过丛好的人，却也并非大奸大恶的坏人，他们也都被生活给过伤痛和不完满，他们也真诚地颟顸地给过丛好温暖。弋舟是用一种满怀悲悯的谅解和宽容去写这部小说的，小说中的所有人在对自身境遇的审视中发现了生活的残缺和哀伤，所有的人在与世界、与自己的搏斗中最终洞悉了生命的底色。可以说，所有的人在生存的大背景上都是悲感的存在，由此而赋予《战事》以哲学意义上对生存之悲的思考。

冷静叙述和悲悯温暖相交织，是弋舟小说的主要风格。小说《谁是拉飞驰》体现了这种风格。少年很小的时候，他的父亲就失踪了。少年在孤独和流离中成长，在网吧里刺伤了被称为"拉飞驰"社会混混，然后在逃跑的途中又被一群自称"拉飞驰"的少年杀死。这样一个描写凶杀和暴力的故事，如果用余华的先锋小说的暴力叙事来表现，就会变成莫名所以的血肉横飞。《谁是

---

① 弋舟：《和光同尘，这样的人，必定终获全胜》，《战事》，南昌：百花洲文艺出版社，2012，第221页。

拉飞驰》也写到暴力和杀戮的偶然性，但以似乎随意的笔调交代了少年捅人的原因是为了帮网吧老板对付找麻烦的人，因为网吧老板从来没收过他的钱，还给他买过盒饭。从而将这个少年的捅人与冷血的杀戮加以区分，让人体会到缺乏关怀的少年内心的善良和情义，对少年产生一种怜悯。后来，逃跑的少年被抢劫杀害，他反抗抢劫的原因是知道身上的这些钱可能是母亲全部的积蓄。至此，在一个面目不清的少年暗淡的人生中，他可贵的善良和温情，给这个残酷的世界涂上了光亮和温暖。这让《谁是拉飞驰》成为一篇感人的杰作。此外，弋舟《天上的眼睛》《赖印》《所有的故事》等作品也经常以一种悲切的感动冲淡了小说的整体的冷静。

应该说，弋舟小说的格调是悲感的，这种悲感来自对人生存之悲苦和存在之虚无的体察，来自生活本身的晦暗难明。其表现为：人物命运的发展经常有一些断裂，一些故意隐掉的情节和缘起让小说描绘的现实世界模棱两可，从而模糊了合理与不合理的界限，也就没有什么大的冲突导致的人物命运的转折。从这个角度看，弋舟的小说是有卡夫卡的味儿的。不过，较之卡夫卡，弋舟小说的故事性要更强，而象征性和多义性又较弱。此外，在艺术表现上，与悲感相适应，弋舟擅长描写荒凉的环境，小说大多以兰城为地理空间，灰蒙蒙的天空、混乱的广场和街道、简陋的生活场所、衰败的草木、工厂废弃的车间、人迹罕至的仓库、投射在人物命运攸关时刻的如血夕阳……这些更加渲染了小说悲感的氛围。

四、隐疾的独特与不同的"先锋"

从作家的代际关系来说，弋舟属于"70后写作"，但是，不管是和"70后"作家相比，还是其他代际的作家相比，弋舟小说的内在精神和艺术气质都有明显的独特性。

首先，弋舟的小说以独特的艺术视角和聚焦方式对人的精神世界进行了深度艺术开掘。弋舟给予个人的心理、精神存在以特殊的地位，并"客观"而又细腻地"微观"其细部，聚焦其深隐层面和精神创伤。弋舟的写作围绕着具体事件进行，却又超越了书写某一特殊事件造成的精神的动荡。弋舟描写了大量的普通人精神世界的波澜起伏，从中观照出复杂人性的各个角落。这意味着弋舟对人的心理情感的本体存在世界（也可能是虚构的个体经验）的深度开掘。这在《时代医生》《桥》《把我们挂在单杠上》《龋齿》《战事》《赖印》《锦瑟》等作品中有明显的表现。而在那些描写身体与社会双重的隐疾的小说中，对人物精神世界的开掘，是建立在对时代精神的深刻把握之上来达到对当代生活和人类生活的思索。本文前面论及的《隐疾》《我们的底牌》，以及《等深》和《而黑夜已至》都是这样的作品。

再进一步，将弋舟小说的"隐疾"书写放在中国现当代文学的文学格局中来看也有一定的独特性。因为中国现当代文学对疾病的书写，很多时候采取了一个二元对立的视角：来自城市的压抑和折磨造成精神的疾患，又在乡村的自然纯朴的抚慰中得以释放与恢复，由此将城市与乡村置入病态与健康的对比隐喻之中，来对现代文明进行批判。弋舟摒弃了这个长期的传统。他的小说大多写城市人的精神"隐疾"，但很少在二元对立的视角下针对城乡文明进行某种明确的褒贬判断，弋舟说：

> 如何以小说的方式，以今天的方式，来呼应文学伟大的精神传统？毋庸置疑，这个时代可能爆发的问题势必格外凶猛，给人造成的痛苦也会势必格外强烈。但是，如果我们认同城市化在今天已经是一个无可逆转的方向性趋势，也许我们的小说就不该过分沮丧于这个大势。人类必须得往那个方向去，你说它好也罢，坏也罢，那个方向都是无可避免的。而对于一个无可避免的事实，进行过度的描黑，除了徒增人的悲伤，究竟意义几何？作为一个小说家，有没有这种自觉，能不能在意识中比较清醒地让自己的写作与时代相勾连，并且以符合文学规律的创作，给予这个时代某些劝慰性的温暖，都是值得我思考的。在这个意义上，这个中篇以'而黑夜已至'为名，毋宁说是在呼召'而黎明将近'。因为，我从来相信，时代浩荡之下的人心，永远值得盼望，那种自罪与自赎，自我归咎与自我憧憬，永远会震颤在每一个不安的灵魂里。我这般相信，理由其实同样如此简单——人类度过了无数的黑暗时期，迄今依旧绵延不息。[1]

这是弋舟在《而黑夜已至》的创作谈中的一段话，它是弋舟对文学在新的时代中如何书写城市的独特体悟，其实也是弋舟的写作立场，那就是真正的文学应该与时代相勾连，写出时代中的

凝眸文学

① 弋舟：《而黎明已近·＜而黑夜已至＞创作谈》，《北京文学·中篇小说月报》，2013，第10期。

"人"。应该说，弋舟把住了时代的脉搏，体察到在不同时代的裹挟中，人的精神痛楚的具体原因可能不同，但永恒存在生存之悲，从而把自己独特的"隐疾"描写得深入人心，也使他的小说有了一定的超越性。

弋舟小说的独特性还表现在其源于"先锋小说"又另辟蹊径形成的艺术氛围和生活镜像。从艺术渊源来看，弋舟小说的叙事表达和精神气质可归入中国先锋小说一脉，比如若即若离的叙事圈套，幽暗人生的格调，以及各种出人预料的犯罪和凶杀都与 20 世纪 80 年代的先锋小说有渊源关系。不过，以余华为代表的先锋小说因强调"虚构的真实"而远离了生活的真实。与此相区别，弋舟的小说以悲悯的眼光审视生活，有一种贯穿始终的主体情绪，从始至终地"干预"故事并生成一种属于自己的艺术格调，将生活的细节和氛围渲染在叙事骨架上或者隐喻的形式中，从而将作家关于生活的主体镜像逼近生活的"本真"。弋舟对人物精神世界的深入探索，将人的孤独感、人对尊严的捍卫、人对世俗生活的对抗、人的自罪与自赎、人的存在之悲等都描写得丝丝入扣，摒弃了早期先锋小说"不真实的假想"之弊。同时，相对于余华等人，弋舟又将先锋的姿态保持得更久，最典型的表现是他小说中的人物，都有一种不与世界和解的姿态，这本身就是"先锋"的精髓。在艺术表现上，弋舟小说的精妙构思、简约语言、叙述圈套营造出的意外的情节、外冷内热的情感基调等等，也显示出弋舟对"先锋"的精致化的艺术水准的不懈追求。应该说，弋舟的小说在"先锋"与"不先锋"之间有一种张力，并达成了独特的艺术表现。

此外，弋舟的小说显示了作家统摄和整合平凡的破碎的生活的艺术功力，具有一种穿透性的力量。小说多书写小人物，从传统的叙事学视角来看，其叙述有人物性格平面化、生活平淡化和破碎感的问题。有论者指出这个问题在"70后"作家中具有普遍性。"可能与'70后'的世界中只有历史终结的平淡，生活中缺乏非常大的悬念和奇迹有关。碎片化的生活导致认知、思想与审美上的支离破碎。但是，更可能与他们已经'我已不再与世界争辩'的'纯粹'、'中性'和'客观'的写作姿态有关。总之，他们还是很可能缺乏一种具备统摄和整合平淡破碎生活的强大力量。"①其实，这可能也与深受西方现代主义文学影响的"70后"作家的现代性美学的追求有关。实际上，现代主义文学大师们的作品，如果说有问题的话，这样的问题表现得更明显。而对于"70后"作家来说，现代性的美学追求到底在作品中起到了什么样的效果，是要区分来看。它对平平摆放着的生活是否有瞬间的感悟和比较深入的言说冲动与小说的文体意识，它的破碎感是会奇妙地开拓作品阐释空间而成为读者填空、对话和兴味的思想及其艺术魅力，还是沦为琐碎平庸的小情小调和零碎无聊的自言自语。这些都取决于作家的创作功力，即能否统摄和整合平淡破碎的生活的能力。应该说，弋舟是有这种能力的，阅读弋舟的小说就是感受弋舟由破碎的生活，有时甚至是将表面完整的生活击碎后进入到现代人片片撕裂的精神世界，去统摄和整合它们来审视人的存在的本质，由此而显示出文学对生活的深入体察。

① 马明高：《平面，过度与破碎——读"70后"作家几部长篇新作有感》，《文学报》，2014，第23版面。

总之，弋舟小说的"隐疾"意义和小说艺术的独特性，使弋舟成为70后作家中的佼佼者。弋舟小说的影响在当前也是广泛的，屡次获得各种文学奖项，这表明了文学界对他专业性的赞许，而在各种读者阅读排行榜上名列前茅，也表明了弋舟小说的良好声誉和口碑。

混沌之境中的终极价值探寻

——评雪漠小说《西夏咒》

▲▲

凝
眸
文
学

　　雪漠的写作一直在追求伟大。备受赞誉的"大漠三部曲"(《大漠祭》《猎原》《白虎关》)追求的伟大是"真实地记录一个历史时期的老百姓如何活着"。① 三部小说写活了当代中国西部现代化进程中农村生活的变动与农民精神的震荡。苦难意识和在日常生活中解释历史的现实主义笔法铸成了"大漠三部曲"的真切和厚重。

　　"大漠三部曲"追求的伟大是明晰的,具有可以触摸和掌控的实在感。《西夏咒》追求的"伟大"与前者相比,有很大的转变,体现出一种新的创作追求:在超越性或者人类性的意义上进行价值探寻。与之相应,在艺术表达上,《西夏咒》打造了一种多元因素交杂,整体隐喻的混沌化文体。可以说,"大漠三部曲"是现实主义笔法下"凉州"农民生存的镜像,《西夏咒》则是混沌的寓言,它的"凉州"故事超越了具体的现实生存,在混沌之境中试图探问人类生命的终极价值。

① 雪漠:《大漠祭·自序》,兰州:敦煌文艺出版社,2009,第9页。

一、混沌之境

《西夏咒》在带有浓厚的宗教色彩的文学书写中，形成了一个混沌的寓言。它在时间上穿越西夏至今的千年，空间上以凉州为地域，又超越了凉州，来传达对世界的意义及其缺陷的感受。

《西夏咒》的叙述者身份是模糊的，时空是不确定的。小说设置了3位叙述人，我（雪漠）、阿甲和琼。我交代这部小说的叙述内容是"我"在西夏岩窟金刚亥母洞中发现了一部书稿，书稿共八本，大部分为西夏文，总称为《西夏咒》。我对书稿的阅读和翻译就是书稿的内容。阿甲是这部书稿的主要叙述者，然而阿甲的身份并不确定，一会儿是千年前在西夏兵复仇的箭雨屠杀下的幸存者，一会儿又是一位修炼又不能证悟的和尚，大多时候又是传说中凉州的守护神，然而这样一位小护法神又能与"我"进行交流和辩驳，甚至常常被"我"调侃。琼的身份也不确定，有时候是一个从远方来到"金刚家"的和尚，一会儿又似乎是金刚家族暴虐的头人谝子的儿子。而作者"我"又说琼就是"我"真实地见过的那个穷和尚——凉州最高贵的人。

叙事者身份如此模糊，叙述的故事更有许多断裂、矛盾和缝隙。故事多涉及"金刚家"和"飞贼"雪羽儿，"金刚家""似乎是个家族的名字，但内涵又远远超过了一般意义上的家族，其寓言色彩极浓"。"'金刚家'存在的年代也很是模糊，似乎是西夏，似乎是民国，又似乎是千年里任何一个朝代。"① 雪羽儿是凉州人心中的金刚亥母的化身，金刚亥母的信仰早在西夏时期就在凉州兴盛，而故事中雪羽儿生活和受难又似乎在"文化大革命"中。

---

① 雪漠：《西夏咒》，北京：作家出版社，2010，第5页。

《西夏咒》叙述的混沌还体现在复调叙述上。"我"和小说设定的叙述者阿甲、主人公琼，琼和阿甲之间经常进行跨时空的交流和辩驳。应该说，阿甲、我、琼都是"我"灵魂的不同侧面，他们的叙述声音，也就是自我灵魂的辩驳和呓语，由此呈现出一个丰富的心灵世界。

　　《西夏咒》还引入了大量有宗教色彩的故事和传说。历史、现实、梦魇、传说交织在一起，有魔幻的味道。然而，这些神秘、魔幻的书写都可以找到现实的因素，它是与凉州的地域文化声息相通的，是凉州民间文化的一部分。比如：小说饿死鬼的嚎哭，饿死鬼阿番婆吃人的情节，在小说中寓意了生存的苦难对人性的考验。这样的情节也反映了凉州民间的一种观念：凉州乃至甘肃土地上，人们认为饿死的人，死后灵魂会化为饿死鬼，纠缠于人间久久不散，到处找吃的。又比如，小说多处有关于狼和驱狼的描写，也体现了西部民间文化的特色。在凉州乃至甘肃大地上，山神、土地神是信仰人数众多、最为普通的神。狼是山神和土地神的看家狗，碰见狼的时候自然要尊请山神或者土地神出面干预最为有效。狗也可以威慑狼，因为狗是狼的舅舅，等等。至于小说中与金刚亥母相关的各种宗教故事早就流传在凉州大地上。所以，小说中神秘玄幻的东西也是西部文化的表现。

　　《西夏咒》亦糅合了诗歌、散文、小说的文体特色，汇成含糊混沌的艺术特征。《西夏咒》每章皆以精美隽永的诗歌开头。内容上在营造小说故事情节的同时，又有意识地淡化情节。语言富于激情和抒情性，经常形成一段一段的散文体。

　　可以说，叙述者身份的模糊，故事间的矛盾、断裂和缝隙，故事人物身份的不明确，以及西部文化的神秘玄幻色彩，再加上诗歌、散文、小说文体的融合，共同营造了《西夏咒》的混沌之境。

《西夏咒》体现了新世纪以来长篇小说在文体上的一种重要变革：混沌化。用雷达先生的话说"它们既非现实主义，亦非现代主义，把最洋的和最土的结合，那最传统的和最现代的结合，逐渐形成新的本土化叙事风格①"。而从小说持有的认识论来看，这种混沌并非因为对世界认识的混乱，恰恰是文学表达哲学的一种方式。如德勒兹所说："哲学需要一种理解它的非哲学，就像艺术需要非艺术，科学需要非科学。""艺术家从混乱中带回一些变样，它们不再是可感物在器官中的复制，而是在一个无机组合而又能够重新给出无限感觉的平面，塑造一个质感的存在，一个动人的存在。"②如弗莱所说："这是一个整体的隐喻的世界，其中每一事物都暗指其它的事物，仿佛一切都包含在一个单一的无限本体之中。"③雪漠在当当网的访谈中表达了《西夏咒》中隐喻意义：小说中西夏是所有人类的过去的文化的全息，琼和雪羽儿代表的是当下。雪羽儿的形象具有出世脱俗之美，是超越与升华后的美，是"形而上的图腾"，表达了人类超越和升华自己的理想之境。《西夏咒》表达这种理想之境就是一个"动人的存在"，一个"单一的无限本体"，即人类终极价值。

---

① 雷达：《当代审美趋向辨析》，《光明日报》，2004 年 6 月 30 日。

② G. 德勒兹、F. 伽塔里：《从混沌到思想》，关宝艳译，《世界哲学》2006 年第四期。

③ 叶舒宪：《神话—原型批评》，西安：陕西师范大学出版社，1987，第 175 页。

二、终极价值探寻

《西夏咒》是一部悲悯之作。小说名为"咒"，宗教色彩非常浓厚，它告诉我们"世上最坚韧的护轮是慈悲"。"世上最黑的咒语也叫'慈悲'"。①《西夏咒》的故事情节也充满宗教神秘性，但其题旨超越了任何一种宗教教义，用雪漠的话来说就是已经打碎了制度化宗教的枷锁。《西夏咒》中，菩萨、金刚亥母就在身旁，耶稣会出现，哥白尼、布鲁诺、伽利略、鲁迅也时时在场。《西夏咒》为人类寻找生存的终极价值和终极意义，寻求灵魂的归宿。这也是小说在内蕴题旨上的超越性之所在。在这个大题旨之下，还涉及到非常丰富的命题：比如人性的贪婪，人性的黑暗与明亮，比如饥饿对人性的考验，比如历史的暴力……

这里只谈谈终极价值关怀。阿甲是一个修炼的僧人，他一直追问生命的意义，寻找自己信仰中的怙主。阿甲的追寻有两层意义：一层是对某些制度化宗教的怀疑，也可以说是对人类世俗欲望支配下所有"信仰"的诘问。阿甲追寻信仰的神——怙主，最终发现怙主并不完美，而且是人造出来的，许多人的恶行恰恰打着怙主的幌子。从此意义上来说，小说揭示了人类造神运动的迷信与僭妄。对制度化宗教的质疑，并非意味着怀疑所有的信仰。恰恰相反，小说中阿甲还在追寻真理。"别管民族，别管国家，别管人种，至少，用人类的尺码去衡量。那真理，至少渗透着一个字：善。"② 善才是人类的终极价值，无论在怎样黑暗、残忍、暴虐的世界，有对善的信仰，就有世界上最好的人，就是人类的

① 雪漠：《西夏咒》，北京：作家出版社，2010，第 5 页。
② 雪漠：《西夏咒》，北京：作家出版社，2010，第 5 页。

光明。雪羽儿和琼用"善"成就了生命的意义。飞贼雪羽儿偷了公家仓库里的粮食拯救了濒临饿死的族人，因此母亲屡次受到残酷的迫害，最后竟被惨绝人寰地煮食。雪羽儿被"金刚家"打断了腿，又被判了刑，后来差点成为制造宗教法器的"皮子"。在恶的环境中长大，但一心向善的琼救了雪羽儿，逃出"金刚家"。他们逃到偏远的"老山"与狼群、狗熊、大蟒相处，他们的慈悲感染了野兽们，野兽亦能证悟得道，可见野兽比人还要"好"。这种对比对人性恶的揭示是触目惊心的，也是令人震惊的。雪羽儿经受了"金刚家"各种惨烈的迫害，但她从未因此而失去慈悲之心。在"老山"修炼之时，还将"金刚家"纳入护法范围，这样的大慈悲成就她为凉州人虔诚信仰的"空行母"。不过，"金刚家"不能自心向善，也就无法得到拯救，毁灭成为必然。所以，个人心中的佛性，心中的慈善才是自我救赎之道。在这层意义上，小说中将人类的终极价值确立为"善"。

　　阿甲的追寻还有另一层意义，那就是对人生意义的探问。阿甲虽然意识到生命最终归于尘埃，明知人生的虚无，但仍要在虚无中为人生存在找到理由，哪怕人生的意义仅仅是这样一个寻找的过程。阿甲在寻找中勇敢地选择直面惨淡的、血淋淋的人生，为那"不敢正视人生"，苟活在充满了"瞒"和"骗"的世界中的人们发出警醒的呐喊。小说中的阿甲就是这样一位启蒙者、时代的先驱者和真理的追求者的形象。他以"反抗绝望的哲学"发出"铁屋子的呐喊"，结局当然是被民众捏造罪名杀害。阿甲用吐出的黑血完成了对真理的坚守，抵御千年的庸碌对自己的同化，他"偏激"的声音也成为警醒世人的泣血之音。阿甲在内在精神上具有鲁迅的气质。阿甲的命运是鲁迅的，也是人类历史上一切寻求真理的启蒙者、先驱者命运的写照，比如哥白尼，比如布鲁诺。不过，小说中的阿甲同时是凉州的守护神，意味着像鲁迅般深邃探索和守护人类精神之永恒不朽。小说中有这样一段话："按久爷爷的授记，在其所有传承者中，作家最有大力，有文化承载精神，便能将真理传向法界，证悟者犹如天上的群星。"[1]这也是小说对知识分子的文化使命之思考，知识分子应该解释人类生存的真相，以真理的追寻为民众拂去人生的雾霭。

中国当代文学久已沉浸在后现代大潮虚无主义情调的营造中。在阅读了太多世俗化、欲望化、理想虚无、价值解构的作品之后，我们禁不住要问："在这样一个万物皆流，一切俱变，事事只问新潮与否，人人标榜与时俱进的世界上，是否还有任何独立于这种流变的'好坏'标准？善恶对错、是否好坏的标准都是随'历史'而反复无常？如果如此，人间是否还有任何弥足珍贵值得世人长存于心，甚至千秋万代为人敬仰的永恒之事、永恒之人、永恒之业？"[2]《西夏咒》以阿甲不屈的追寻，"雪羽儿"历尽苦难，超越怨恨、超越自我的利益众生的情怀和境界，对此作出了明确的回答。在人类历史的长河中，无论久远的过去还是现实的当下，善恶、好坏总是存在的，可以区分的，否则人类就没有了生存的价值。而且人类也一定会有人以大无畏的利众精神，去探寻人类生存终极价值——利益众生之善。这样的利众精神就可

① 雪漠：《西夏咒》，北京：作家出版社，2010，第380页。

② 甘阳：《政治哲人斯特劳斯：古典保守主义政治哲学的复兴》；列奥·斯特劳斯：《自然权利与历史》，彭刚译，北京：三联书店，2006，第96页。

能有精神层面上的相对永恒。因此,《西夏咒》表现出布道般的启蒙和悲悯情怀。

三、超越与困惑

《西夏咒》体现出雪漠创作的一个新变。在"大漠三部曲"之后,《西夏咒》在艺术上进行了一次新的探索,裂变与创新,在内蕴上进行了一次精神之旅的探险与登攀。"大漠三部曲"以逼真写实的现实主义笔法呈现西部农民平平常常的生活画面,写活了真正的历史画卷,真切地体现了传统现实主义文学逼真性和再现性的特色。雪漠曾说过"大漠三部曲"的写作笔法是以托尔斯泰的小说和《红楼梦》中的日常生活书写为艺术资源的。"大漠三部曲"要为当下中国西部农民"立此存照",因而成为这个时代中国西部农民的生存镜像。

《西夏咒》是灵魂的驳诘和追问,是对超越性命题的思考。如何超越生活的外表去构思人性的复杂和混乱?什么样的笔触才有足够的表现力来喊出人类的原罪和救赎?怎样才能将感受到的、认识到的世界用文学构造出来?雪漠以混沌化的寓言书写,将历史、现实、梦魇、传说交织在一起,进行了一次艺术创新。它是一种混沌化的文体,复杂多元,包含现代主义、现实主义、中国传统与古今中外的多种艺术因素,这些艺术因素彼此交融,形成了一个有机的艺术整体。在这样的混沌之境中,《西夏咒》以灵魂的辩驳进行了一次生命本相的正视和生存终极价值的探问。将我们的目光引向头顶的星空,思索亘古宇宙中人类的价值和意义。而且,《西夏咒》融入了世界多样文化,并进行了思考。

它表现了中国作家在书写中国时，转化和融合人类优秀文化，表达人类性命题的努力。

但是，《西夏咒》缺失也是明显的，它会使读者产生一些困惑。首先是内容过于庞杂，小说内涵理念化较重，以及表达手法的恣肆，使得读者在审美接受和对小说内蕴的理解上有一定的困难。另外，小说在表达"善"这个终极价值的时候，对于历史的评价也有需要商榷之处。比如小说中对南宋偏安的看法，对陆游、秦桧和岳飞的评价，等等。这些历史评价以"善"为标尺。然而，作者对于"善"的认识是否过于简单？人类社会的发展、历史的发展是不是"善"能够完全主导的？人的天性中是否天然地存在"恶"？善是不是一定能感化恶？善怎样拯救堕入恶的人类？有时候惩恶必然要引起的杀戮是否就是"不善"？对于这些问题，小说也充满困惑，无力作出明晰的回答。所以，小说对终极价值——善的解释，不同读者对其理解和认可度应该是有差异的。此外，较之"大漠三部曲"，《西夏咒》在生存的真切感、命运的悲剧感、生活的鲜活感方面有所不及。不过，我们也能体会到，"大漠三部曲"与《西夏咒》之间始终贯通的是氤氲在作品中，令人感怀的生命悲凉感。

爱与美的探寻：论严英秀小说的现代女性书写

▲▲

一般来说，少数民族作家擅长书写本民族的生活和风俗文化，对母族文化的书写已经成为少数民族作家身份认同的标志。少数民族创作的民族性与地域性也往往在创作中会获得意外的效果，因为它本身的新奇和独特就能吸引人。但是，如果过分依赖于这些内容却往往会将特点变成局限。因为，一方面在世界全球化进程中，少数民族生活必然受到现代性的冲击和改造，少数民族文学也必然在民族性与现代性的张力中具有了新的特性。另一方面，知识全球化也必然影响少数民族作家的心理文化结构，母族文化、现代生活及知识必然赋予少数民族作家双重文化身份。在少数民族文学创作的主客体都发生变化的今天，就像藏族女作家严英秀指出的："完全无视实际上已经发生着的现代性对民族性的席卷和渗透。这样的文化守卫立场，虽出于执着的民族情感，但实际上对民族的发展有害无益。"① 确实，少数民族文学如何实现民族性的借重与超越，是每个少数民族作家必须思考的问题。

① 严英秀：《论当下少数民族文学的民族性与现代性》，《民族文学研究》2010 年第 1 期。

在自觉思考少数民族文学的民族性与现代性的创作意识之下，严英秀的小说创作已引起了文坛的广泛关注。严英秀擅长写在现代文化教育的熏陶下成长的女性，在对现代女性情感世界的书写中执着于爱与美的精神追求。这是一个常见的主题，但她的小说呈现出了一种鲜明的独特性。这种独特性在于：严英秀的小说不依靠地域和民族题材来支撑和取胜，而是从普通的生活和日常中发现爱与美，将它抽绎、凝练、提升并加以艺术升华和审美转化，在当代平常生活中感悟不平常，这是一种创作的功力，也是对于地域和民族的超越。严英秀小说所表现出的少数民族文学创作的新面貌，如叶梅所说："体现了当代少数民族文学的多样性。"[1] 这是与少数民族文学创作者应该有当代意识紧密相关的。严英秀的小说对现代女性书写所体现出的爱与美的探寻，显示出独特的价值。

一、失落与坚守同在的爱与美：一代女性在社会变迁中成长的印痕

严英秀前期的小说书写校园、青春、爱情与成长，可以称为一种"女性成长小说"。《纸飞机》《沦为朋友》《1999：无穷思爱》《自己的沙场》《苦水玫瑰》等作品写出了 70 后这一代女性成长的轨迹，她们在成长中追寻爱与美，在爱与美的失落中充满了透彻的伤痛。这种伤痛感既是面对 90 年代以来现代性的挺进，女性在社会变迁中生存境遇的伤痛，也是植根于藏族文化精神内核之爱与美，在现代性进程中烟消云散的文化乡愁。

[1] 叶梅：《她的家乡在甘南》，见《文艺报》2011 年 11 月 9 日。

严英秀的小说是真正有女人味的，有鲜明的女性主义特色和立场。但她的女性主义是温和的，是对女性气质和独特的女性经验的表达，她对男性的失望是对男人本身的失望，而不是从女权主义的角度表达对男权社会的愤慨，或者对男权文化的挑战和鞭挞。严英秀的小说不以如椽之笔塑造女性的史诗，也不会以愤激之语塑造对男权具有杀伤力的女性。小说的女主人公往往对男性充满了失望，同样充满了向往。所以，严英秀的小说是女性生存和生命的真实境遇，是女性那纯情唯美的浪漫之花盛开和衰落的声音。

《1999：无穷思爱》写发生于 20 世纪 80 年代后期大学校园的一对师生恋。女学生栗崇拜老师桑，全身心地爱上了老师桑，爱情让栗在桑面前是学生，是女友，也像小母亲。桑才华横溢却是个自私可耻的伪君子。作为栗的好友的"我"，见证了他们的恋情，体验到面对充满欺骗的男人，女人对爱情的执着和坚守。然而，桑最后还是抛弃了栗。而且，在无尽的岁月中，"我"看到大学的女友个个在爱情中挫败。在新世纪来临之际，"我"将这段十年前青春的纯情与至美充满无穷思爱地呈现出来。在今天的时光中回味，纯情的过去充满了伤痛。"我"于此探问，对于女人，什么是真正的爱情？"我们已然走过伤痛的花季如今踟蹰在成熟的果园里的女人，到底需要什么样的男人和幸福？"[1] 答案并不清晰。对于女人来说，关怀可能在能够相互理解女人之中，归宿仍然在对爱情的追寻之中。

---

[1] 严英秀：《1999：无穷思爱》，《纸飞机》，北京：作家出版社，2011，第 268 页。

《沦为朋友》以细腻的语言、对人物心理的深透把握、写现代都市中纷繁复杂的情感状态和心灵图景最见功力。梅沁与女友的哥哥结婚，女友对哥哥极端热爱，不断地制造矛盾破坏梅沁夫妻的和谐，最后女友嫉妒自杀。在背负着这样沉重的情感包袱，梅沁十年的婚姻只能散了。现在，梅沁爱上了评论家、教授于怀扬，以为能够重新来一次真正的爱情了。可是，当梅沁内心已将于怀扬作为终身之托，并告诉于怀扬之后，于怀扬马上淡漠了梅沁。而梅沁也恍然发现，于怀扬与年轻美丽的女子相处，处处是逢场作戏。他们于此而"沦为朋友"。

严英秀的小说以爱情写女性的生存与生命。她的小说带有非常明显的代际色彩，写出了一代人——70后女性的成长与疼痛，这是严英秀小说突出的特色和独特的价值。读严英秀的小说，可以让人想起流逝的时光，想起 20 世纪 80 年代，这段 70 后女性成长的青春年华时期。严英秀的小说将那个富于鲜活生命的时代，那个已经渐行渐远的时代，呈现在今天。那个时代，是"张爱玲热"首次在大陆形成巨大影响的时代，是张洁那爱情神圣的时代。所以，青春的教育沉淀在严英秀的心底，打造了她小说主人公的爱情观——单纯浪漫女性的爱情观。往远，应和着张爱玲"女人要崇拜才快乐，男人要被崇拜才快乐"的爱情构想；往近，呼应着张洁那"爱，是不能忘记的"的精神之恋。

然而，严英秀小说的意义不止于这里。她在书写青春、爱情的时候，也写出了 20 世纪 90 年代后半期以来社会的变迁，借用马歇尔·伯曼在论述现代性时引用马克思的话来说，"一切坚固的东西都烟消云散了……"

凝眸文学

在 20 世纪 80 年代和 90 年代初期，在 70 后女性的青春中，她们相信理想，相信爱情，甚至理想和爱情就是生命的一切。于是，《纸飞机》中，大学生阳子恋上了年轻的男老师剑宁。阳子因为看到剑宁一家幸福的家庭生活，而将自己的爱深埋心底。呵护着自己的初吻，呵护着别人的美丽，也呵护着心灵深处最深沉的爱情。十二年后，阳子见到剑宁，剑宁却背叛了自己的妻子，阳子在与剑宁的初吻中杀了剑宁。《自己的沙场》中的苏笛，因为大学时代一场刻骨铭心、凄美悲情的初恋伤痛，生命从此充满了黑暗和冰冷。她需要一个人来重新照亮自己。她爱上了一个在文字里认识了五年的男人陶一北，一位作家。陶一北的文字温暖了苏迪，生命因此有了光彩。然而，苏笛最后发现，对她来说生生死死的爱情，对陶一北来说"不会有太大的价值"。

爱情令人悲伤，但无论如何在 70 后的青春中，它是最为坚固的东西，坚固地影响了一代人的情感世界，左右了她们的现实生活。然而，70 后的女人们，步入人生成熟的花园时，不得不直面令人困惑的现实：爱情，这个曾经以为可以纯美、坚守的东西在这个时代烟消云散了。而这个现实最为无情之处是：70 后在80 年代到 90 年代形成的人生观，在世纪末正是被那些曾给予 70 后启蒙的师者、长者这些启蒙者所击碎。而他们正是被"我们"崇拜着的，甚至"我们"的爱情就是源于对他们的崇拜。"一切都烟消云散了。"现代性就这样无情地击碎了古典的爱情，击碎了爱与美，击碎了古典理想观、价值观。就像飞机寄托着理想，但它是纸的，飞不上蓝天。朋友是可贵的，"沦为朋友"却多么悲哀。这是严英秀小说最为深刻和尖锐之处。不过，无论怎样悲凉的现实,严英秀小说中的女主人公绝对不会因此而妥协于世俗,每个女子都在坚持着自己精神世界的纯净,坚守着对爱与美的追寻。

二、幻灭与温暖交织的爱与美:百感交集的人生悲悯情怀

2010 年以来,严英秀的小说体现出一定程度的转型,这些作品包括《玉碎》《一直对美丽妥协》《夜太黑》等。转型表现在两个方面:一是开始将笔触从女性的青春、爱情和成长中转向对当下女性及周围世界平实生活的书写,开始超越女性自我的单向叙述,走向一个更开阔的写作境界。二是写作风格由唯美转向厚实,将爱与美的幻灭与爱与美的温暖相交织,更为切近生活的内蕴。如果说,她前期的"女性成长"小说具有唯美之哀婉格调的话,转型后的小说则具有百感交集的人生之悲悯情怀。当然,所谓转型的作品与前期作品之间仍然有内在的连贯性:在写作手法上,严英秀的小说还是以描写女性细腻的情感世界见长,在写作风格上,严英秀的文字也依然是细腻优美的,在作品内在的精神气质上,也依然坚守着对爱与美的追寻。

《玉碎》《一直对美丽妥协》《夜太黑》等相比前期的作品,更有容量,现实性和厚重感有所增加。这是一个非常值得肯定的变化。女性作家一旦突围了女性自我,她们将会写出更为贴近生活的作品。按照女性主义文学批评的一种观点,这是因为女作家更容易进行双性同体写作。所谓双性同体写作,按照法国女性主义理论家埃莱娜·西苏的看法,女性作家解构了固定的男性和女

性本质上二元对立关系，一方面以女性独特的感悟力写女性经验，另一方面在创作中也可以进入男权文化内部进行沟通和对话性的写作。严英秀对此是有自觉意识的。她说："我深信将女性写作的目光投注到男性关怀这一层面，是中国女性主义文学接受更新的女性观念的表现，是文化多元的标志。和解不是妥协，关怀不是无原则的让步，不是再去重复古老的历史，而是更高意义更深层面上的达成共识，平衡互补，共荣共存。"① 应该说，双性同体是女性（甚至可以说所有作家）创作的最佳状态，是一个消除性别对立的概念。无论如何，在女性主义文学理论家看来，双性同体是女性作家写作的优越性所在。因为，女性作家创作更多差异性。女性作家不但了解自我，而且了解了自我的不同之处以及别的世界与我的差异。反过来看，男性作家大概都不愿意进行女性写作，在他们看来那是一种降低。而实际上正是这种轻慢，往往遮蔽了对生活、对人性秘密的洞悉。当然，双性同体写作也只是女作家们的一种理想，但理想并不妨碍走向理想。双性同体也是一个有许多争议的概念，但这个概念所具有的启发意义可以观照当代中国女性文学的繁荣。女作家在中国当代文坛的辉煌很大程度上也在于她们更容易贴近人生，这与女作家有意无意的双性同体写作意识是分不开的。

　　严英秀的《玉碎》《一直对美丽妥协》《夜太黑》等小说，就是突围了女性自我之后，直面更为广阔的生活，更贴近人生的写作。其作品对爱与美的探寻，也就包括了对爱情、亲情、友情等人性所有的温暖和暗淡进行的开掘。

---

① 严英秀：《论女性主义文学的男性关怀》，《当代文坛》2007 年第 4 期。

《玉碎》关注底层生活，关爱小人物的人生。郑洁因为对小姑男朋友"大学生"的憎恶泯灭了自己上大学的梦想。和小姑的爱情一起破碎的玉镯也成为郑洁的心结。人到中年的郑洁，夫妻俩都下岗了，在粗粝的生存环境中，过着艰辛的日子。但这并没有磨灭郑洁对爱与美的追求和幻想。四十岁生日的那天，郑洁走进大商场，只是想看看一只绿色的玉镯。然而，价格是天文数字的玉镯又一次碎了。两次"玉碎"都是郑洁人生的劫难。小说以"玉碎"为象征写女性追寻爱与美的幻灭。前一次"玉碎"是中国古老的土地上，亘古上演着的痴情女子与"走向新生活"的负心汉之间爱情的破碎，是对中国文化痼疾的鞭辟；后一次"玉碎"是理想在金钱面前摔得粉碎，是美好向往的破碎，是对当下社会生活的愤激。"玉碎"表达的爱与美幻灭的精神内涵比起前期的"女性成长"小说厚重多了。《玉碎》对生活的贴近还表现在，郑洁生活中的温暖不再是前述"女性成长小说"里多少有点"姐妹情谊"的温暖，而是来自于相濡以沫的丈夫。严英秀的笔下，第一次出现了一对在人间烟火中执子之手、相濡以沫的夫妻，在实实在在的生活中打拼的男人和女人。而《玉碎》的成功之处更在于将女性的命运放到社会大环境之中，写生存之艰，它同情小百姓的命运，饱含着对女性以及对人生的同情与悲悯。

　　《一直对美丽妥协》是一篇"打工小说"。写美容院一群打工女子的艰难的生存境遇。其中最感人的情节是美容院的姐妹们拿出自己微薄的收入，共同筹资为一个被主人打死的保姆打官司的情节。这篇小说的主要价值并不在艺术层面，而在于它对社会现实的愤慨，以及深厚的同情心，甚至一点点朴素的阶级意识。在《一直对美丽妥协》中，因为人性的美好光辉，才使惨烈的现实不至于完全沦为黑色的绝望。小说于此凝视生活，流溢于笔端的正义感和悲悯感，表达着作者的情感态度和价值评价。底层人民的团结协作正是"劳苦人"人性的光辉所在，虽然不无理想主义色彩，但这样的光辉也表明了严英秀对当下生活的介入和思考。

《夜太黑》探讨家庭伦理，非常敏锐地提出了当今老年人生活困境的问题。小说以乔月的视角回忆父母年轻时给予所有子女的无微不至的关怀，怀念那童年、少年时期大家庭温暖的生活。然而，今日，年老的父母却分居了。父亲独居，母亲不管到哪个子女家都是寄人篱下，过着谨小慎微又难免讨人嫌的日子。可是，这该责怪谁呢？如何改变父母的生存状况呢？没法让父母晚年过得欢愉，也无法责怪父母的子女们。小说指出老年人生活的困境的形成，一方面源于现代社会人人都对别人的精神世界极端冷漠；另一方面也由于老人自己的精神困扰。乔月的父母就在这样的困境中。而这种困境的形成，并不能用中国传统伦理中的"孝顺"去解决。严英秀敏锐地捕捉到现代社会生活与中国老年人传统生活之间的冲突，并以女性的细腻和丝丝入扣的剖析给我们以沉重的思考。这篇小说更为难得的是作品的悲凉情调贯穿着对人存在的孤独本质的关怀，蕴含的一种体察人类性的悲悯情怀。

在《玉碎》《一直对美丽妥协》《夜太黑》体现了严英秀超越女性自我，敞开胸怀扑入世界后开始具有的大气。她以对人生的贴近之切，体察之深，写出了光辉与暗淡映衬，爱与美的温暖与幻灭交织的人生。体察鲜活的生活，贴近人生的不完满，于此而飞扬精神的旗帜——探寻爱与美，达至超越世俗的精神维度。

三、以爱与美的理想探照女性知识分子的精神困境

严英秀生性温雅又敏锐，她的文字也有这样的气质，优美的语言常常带有刀锋般的锐气。前几年严英秀的小说多写纯洁美好又难逃磨蚀消隐的或者意外的悲剧结局的爱情，这里面就投射着一种理想主义的色彩。在近两年的小说中，严英秀又拓展了她小说的表现空间，令人瞩目地提出了一个非常有意义而又值得重视的课题：在当下的芜杂生活中，她们——女性知识分子有怎样的生存状况？她们又怎样安顿灵魂？《一直很安静》《仿佛爱情》《雨一直下》《芳菲歇》这些作品，吸引人们关注和思考女性知识分子的困境，这个困境既包括现实生活的困境，更指向精神世界的困境。

《一直很安静》真实地揭示了近年来高校教师鱼龙混杂的状况。中文系年轻教师高寒不顺应高校的规则去评职称，也不去巴结领导。他是诗人，坚持写诗而被讥为不务正业，受到其他老师的奚落和嘲笑。与高寒的境遇截然不同的是，历史学博士吕鹏海耍尽心机，欺骗学校谋取了学院院长职位，兼任学校学术委员会委员，升任教授，又以蝇营狗苟的手段巴结校领导而升任人事处长，可谓呼风唤雨，极尽能事。女学生刘丹和老师高寒谈恋爱，同时也和另外三个男人交往，因怀孕流产，毫不知情的四个男人都为她掏钱打胎。女教师田园则是传统的女知识分子，十几年在

校园里读书教书、生活成长，是教学业务骨干，深得学生的喜爱。她也乐于自己的教育事业，过着"一直很安静"的生活。然而，田园现在也不能"安静"了。各种行政行为在打扰着她，她要应对教学检查、领导听课。为了评职称，她还要面对各种各样的课题，要做精品课程，而且还遭遇了吕鹏海的拉拢和骚扰。愤怒失望的田园陷入了困境，遗憾地调离了高校。然而，这是解决精神困境的出路吗？田园知道不是，也许离开高校要面对的世界更加鄙俗复杂。但无论如何，理想主义者田园接受不了高校的世俗化。她离开高校的选择既是理想的破灭，也是对理想的坚守。

《仿佛爱情》重点以女博导朱绵和她的女博士娜果的感情世界为中心，讲了四个情感故事。年近四十、经历悲苦的单身妈妈娜果考取了女博导朱绵的博士，朱绵出于同情全力提携娜果，从各个方面照顾她，但内心里并不喜欢这个长得像猫的女人。娜果将读博作为她逃离悲苦生活的唯一选择，但这并不能完全让她的人生安好。最后，娜果意外地嫁给了丧偶不久的年长她十多岁的博导张教授，解决了留校、房子、孩子的户口等重大现实问题。可是，娜果的精神寄托呢，她要往哪里去？这让她的导师朱棉百思不得其解。而朱棉最终得知自己怕猫，竟然是父母这上一代知识分子感情惨烈破碎留给她的童年阴影，但父母的一生看起来相敬如宾。《仿佛爱情》多角度地表现了暗流奔涌的大学校园生活，揭示了知识分子严峻而普遍的生存和精神境遇。小说对女性知识分子心理刻画绵密深入，伤痛锐利中多了惨烈感。朱绵的身上，寄托着严英秀对知识女性的理想。她有爱心、有才华、敬业、宽容正直、有担当。可是，朱绵是孤独的，她的力量是微乎其微的。

她尽力要散发出明亮的光辉，但如那灰暗天空中的暗月，被周围的灰云遮蔽了光华。在她的周围，是知识分子对理想追求的放逐，对现实生活的屈从无奈，和人性的软弱幽暗。

《一直很安静》和《仿佛爱情》对知识分子的精神困境的同情之下是深深的忧虑。当一个时代的知识分子大多沦为世俗的合谋者，少数坚持理想者也在孤独逃避或者无奈地颓败的时候，我们就该审视和追问根源在哪里。除了强调时代恶劣的文化氛围这个无法回避的原因之外，我觉得拷问一下知识分子自己也是必要的。有多少人受过完整系统的高等教育进入知识分子阶层，他们却并不具备独立思考的思想，也不具备对现状持有批判态度和反抗精神。而且，他们常常在冠冕堂皇之下媚俗得更为彻底且那样从容。严英秀敏锐地看到了这一点，所以，她在小说真实地呈现了一批知识分子的各种媚俗，既有吕海鹏式的迎合和钻营，也有娜果式的在生存困境压抑下的弯腰投降。而田园、高寒和朱棉这些真正的知识分子对世俗的抵抗和自省，严英秀在为他们的弱势和溃败扼腕叹息的时候，理想的光华照亮了光彩的情怀。

严英秀是大学教授，因为对知识分子生活的自省，她不依不饶地思索和想要认同一种理想的知识分子的形象。小说《雨一直下》写藏族女医生龙珠旺姆，情深义重的爱人在一场突发的泥石流灾难中被掩埋。龙珠旺姆沉湎在怀恋中一直无法走出。但在生活和工作中，龙珠旺姆却勇敢地履行着自己的职责，以高超的医术和责任感赢得了所有人的尊敬，并在青海玉树地震后，主动申请去灾区医治伤者，烛照出一位知识分子的社会担当和情怀。最终，龙珠旺姆却因为一起医患纠纷，被闹事的病人家属误杀。小说许多片段写龙珠旺姆对爱人的怀恋和思念非常细腻而感人。但是，像龙珠旺姆这样的女知识分子形象，与当下的生活似乎有点隔膜。在小说《芳菲歇》中，女教授魏锦素应该是严英秀心中女知识分子的标杆，不过多少有点小资情调的幻想意味。魏锦素是女科学家，是一所高校重金引进的高级人才，美丽从容、冷静内敛、清高和温雅完美地融合在一起。小说还写了高校几个女教师的婚恋，都是容貌美丽、才华横溢的女知识分子，但都在婚姻问题上难以完满。不过她们有自我独立的身影，强大的内心世界少有孤寂的顾影自怜。应该说，这是一种理想化的写作也延续着严秀英对爱与美的追求。

总之，读严英秀的小说，让人意识到，也许理想主义在渐行渐远，也许爱与美的境界无法最终完成，"没有一种人生不是残缺不全的"。但正因世俗欲望汹涌牵坠于红尘负累，心灵的坚守和相对的超越才弥足珍贵。正因为现实与理想之间的冲突造就了人生暗淡背景和斑驳的光明，所以理想之光和悲悯情怀对于探照人生会更可贵。

结语：严英秀小说的独特性与意义

作为一个少数民族作家，严英秀一方面以写现代女性的感情世界，涉及到婚外恋、多角恋中的情感波纹，来思考和揭示现代人的情感世界和人性；另一方面以源于她的藏族文化血统的精神立场，坚守着对爱与美的探寻。这种写法既传统又现代。说传统，是其中有珍惜留恋失去的真情，爱与美的探寻，这是现在很珍贵的精神向往。说现代，是其对现代女性情感世界的深透把握，还有对现代性症候的准确把握和诊断，将美好的事物毁灭给人看的悲剧意识。这是严英秀面对少数民族文学的民族性与现代性的课题时，以对本民族文化朴素真挚的热爱之情为出发点，投身于当下的生活洪流，深切地感受民族文化在现代化进程中的变异和生长，创造出既具有独特的民族意味和表达，又能融入现代性主流文学格局的作品的努力。一种渴望突破地域的束缚和民族局限，使创作不受局限的超越性写作之意指。严英秀以创作实践对少数民族文学如何处理民族性与现代性做出的尝试，体现出的少数民族文学新的面貌，对重新认识少数民族文学的发展和格局具有重要价值。

文学要深入生活，必须要以真诚的态度凝视并用心灵感悟和发现现实人生。现在的文坛，热心热点题材，比如商场、官场、情场、以及隐私揭秘等等。这种热衷当然有道理，因为生活本身提供了这种素材。问题是，素材本身并不是小说中的"写什么"，对素材的重新发现才是"写什么"的内容。一些作家在商场、官场、情场，或者自我暴露中营造种种现实人生时，却怎么也难以遮掩为作品设定"隐含的读者"时的功利之心，这才是文学对生活的最大的冷漠。严英秀说过："在现如今这样一个尘埃迭起的时代，女性作家对精神、信仰和美的追寻更加执着。"这是严英秀对自己写作立场的定位。她对现实人生的发现，她安静地凝视这些问题并作出的艺术思考，她的唯美主义格调，都使我们感受到她对生活的情感态度和价值评价，也感受到文学弘扬真善美，对生活真正的关怀。

如果说有一种抒情小说的话，我认为严英秀的小说就是抒情小说的典范，是诗化了的抒情乐章。首先从语言来看，小说语言情感非常饱满，能直透人心遂，很少用长句，干净利落，充满诗意。抛开小说的内蕴和情节，语言就能给人以美的感受，确确实实体现了文学是语言的艺术。应该说，严英秀的小说语言糅合了中国现当代文学史上相当多女作家的风格，如黄庐隐的伤感哀怨、凌淑华的含蓄蕴藉，甚至张爱玲的冷峭严峻，还有张洁对爱情失望后的怨愤情绪表达的些许影子。但最终，是严英秀自己的语言风范。其次，自然天成、行云流水般的结构。严英秀小说以情感线索结构故事，以心绪的波动安排情节。小说故事在平实、日常中常出现突发事件和偶然转机，但突发中有逻辑，偶然中有必然。这种有意为之又了无雕饰的结构安排，既是严英秀唯美主义小说风格的形式因素，也是与小说内涵对爱与美的探寻融为一体的。再次，对于爱和美的坚守，使严英秀小说基本是浪漫主义的，一种包含了悲悯情怀的感伤浪漫主义。这些共同打造了严英秀小说艺术风格的独特性，对于现代汉语文学写作如何实现艺术美具有启发意义。

从池莉《绿水长流》看"新写实小说"的爱情观

▲▲

凝
眸
文
学

池莉是 20 世纪 80 年代后期兴起的"新写实小说"的代表作家之一。"新写实小说"总体上有一个明显的特征，就是立足于当下生活，走近个人生活真实，描述世俗人生的日常化写作。"这种'日常生活观'看上去是反形而上学和反本质主义的，但实际上它还是沿袭了形而上学的思维方式，对'日常生活'做了一种本质新规定：日常生活只是物质化、平庸化和欲望化的生活。只有这种生活才是我们唯一的存在，是我们可能拥有的真正世界和真实人生，而理想、崇高、诗意和爱情等精神价值纯粹是虚幻的泡影，是传统文学编制假象掩饰生活本质状态的代码。"① 从此角度讲，琐碎的日常化写作有了哲学意味的表达。

在池莉的日常化生活写作理念下，池莉曾郑重其事地宣布："说爱情是文学创作中永恒的主题，我不这么看，我的文学创作将以拆穿虚幻的爱情为主题之一……。"② 确实，池莉的小说中不认为日常生活中存在爱情。

① 李杨：《文学史写作中的现代性问题》，太原：山西教育出版社，2006，第 290-291 页。

② 池莉：《请让绿水长流》［J］，《中篇小说选刊》，1994，第 1 期。

那么，池莉是怎样在小说中表现爱情与日常生活呢？她的各篇小说人物不同，故事不同，表现角度方式也有差异，但总体上来看，她在20世纪90年代中期以前的小说，常常在展示凡俗人生的"原生态"生活图景时，将爱情婚姻作为必不可少的生活元素，但爱情从来不是美丽动人的，而是凡俗的、实用的、虚无的和不可靠的，粗粝生活的砥砺，消解了爱情神话，只好"不谈爱情"。这样的情绪氤氲在池莉的小说中，更加增添了"烦恼人生"的悲凉和无奈。1994年，池莉发表小说《绿水长流》，从爱情是否存在，爱情本身是什么这样的本体论角度来思考爱情，拆穿爱情。但《绿水长流》在池莉的小说中并未得到人们的足够的关注。但是通读池莉的小说，就会看到这篇小说实际上在池莉的小说中有重要的意义，是"新写实小说"爱情虚无观的总纲性的小说。《绿水长流》描写世俗生活对爱情的侵蚀，从而将美丽纯洁的爱情神话拉下"神坛"，进行了世俗的、污迹斑斑的展示。

《绿水长流》以作家"我"与陌生人"他"在庐山的邂逅交往，产生好感但最终又未发生任何事情的故事作为叙述的主线，穿插讲述了另外五个男女故事，总共六个故事来指出真正的爱情是不存在的、虚无的。

第一个故事，在"我"的知青时代，"我"的女同学李平平和男同学方宏伟初恋了。两个年轻单纯的少男少女春心萌动，打情骂俏，最终在柴房里发生了关系。"我"看到的是李平平和方宏伟发生关系后的不洁的情形，让"我"对初恋的美好荡之无存。若干年后，都已长大成人了，李平平与方宏伟也并未走到一起。李平平说到她的初恋时说："初恋是被你们文学家写得神乎其神了，其实狗屁。不过是无知少年情窦初开，又没及时得到正确引导，做了些傻事而已。"于是，"我"对初恋的看法是，"初恋是两个孩子对性的探索，是人生的第一次性经验。初恋与爱情无关"。我们一直认为初恋是最纯真美好的爱情，但在这个故事里，被毫不犹豫地否定了。

第二个故事，"我"在工厂工作时，与美女兰惠心住一个宿舍，认识了兰惠心的男朋友工程师罗洛阳。罗洛阳是有妇之夫，风度翩翩，能说会道，多才多艺，可谓女孩子的偶像。除了兰惠心，还有许多女孩子钟情于他，连"我"都多多少少有些迷恋他。后来，兰惠心为了罗洛阳自杀未遂，罗洛阳也离婚了，但也离开了兰惠心。"我"见到罗洛阳的妻子，她是那么的美丽而光采照人。经过"我"和她的交谈，我知道了罗洛阳更想要的是与"我"这个外貌平平、读书写诗的女子相知。"我"明白了，风流才子样的男人是令人心动的，女子的美貌也是好感发生的条件，然而风流却是婚姻的死敌。于是，人们津津乐道的，男才女貌的古典爱情也在这里遭到了幻灭。这个故事说明了虽然外表的美丽和魅力是男女相悦的因素，但爱情还需要相知，问题是人与人的相知也是不可得的，所以爱情这个词非常陌生。

第三个故事，1946 年蒋介石陪宋美龄上庐山避暑，两人看起来那样情深意笃。鲁迅先生早在《伤逝》中就告诉我们："人必生存着，爱才有所附丽。"池莉首先认可爱情附着于现实，她说："在我们看来，爱情在这儿。一个郎才，一个女貌，一件礼物便是一座价值连城的花园别墅。说实在的，穷人有什么爱情？贫贱夫妻百事哀，最好的结局不过是不吵不闹相依为命罢了。人与人出于人怕孤独的本性结伴过日子这决不叫爱情。"接下来，故事却又一转，几天后马歇尔夫妇也上了庐山。马歇尔夫人要游泳，宋美龄也想去，蒋介石以在中国第一夫人赤身露体不像话为由制止了宋美龄。而且，这次上庐山表面的说法是因为夫人在南京怕热上来避暑，实际上并不是为了避暑或者休假，更不是因为爱情，而是蒋介石出于一种政治上的需要，因为"元首非常相信风水。当初他在庐山下令全面抗战，结果抗战胜利了。这次拟定全面进攻共产党的军事计划，举足轻重啊！当然要上庐山这个吉祥的地方"。宋美龄简直成了蒋介石政治交易和政治迷信的工具。这样一来，即使有极其雄厚的物质基础和极权为爱情提供坚实的保障，爱情就能固若金汤吗？不是，他们夫妻的风雨同舟、钟情不渝仿佛是爱情，但内涵不是爱情。"显然，政治吞噬了爱情。"

第四个故事，"我"姨母和姨父一见钟情，在战乱的年代被迫分开。两人苦苦思念互相追寻，再见面时姨夫已经是身经百战的共产党高官，由于姨母是资本家小姐，两人的婚姻受到党组织的考验。姨夫毅然选择了仪态万方的姨母，因此被降级。"文化大革命"时，姨母的父亲去世，姨夫坚决地阻止了姨母看父亲最后一眼的要求，并抱怨姨母断送了他的锦绣前程。两人大吵一架并分居。之前"我"一直将姨夫姨母的感情作为爱情的典范，之后"我"想和姨母探讨爱情，姨母说："婚姻其实就是人品、才貌、性格及家庭背景能否相处合宜。婚姻不谈爱情。"

理想的爱情是"只要你要，只要我有"的伟大而慷慨的奉献。姨夫和姨母之间最初确实是有过彼此奉献。但是，后来彼此却有了计较，有了怨悔。这里提出了一个爱情能否永恒的问题。答案当然是否定的，即使看起来那样令人向往的爱情，走入婚姻最终也就是相处是否合宜的问题，这与爱情无关。

第五个故事，一个娇美的四川女人为寻找她心目中所谓真正的爱情，离了五次婚，最后做了暗娼，患上了性病，却一直没有找到真正的爱情在哪里。在这里，池莉对是否存在爱情发出来了追问，结论是，"上天好像并没有安排爱情。它只安排了两情相悦。是我们贪图那两情相悦的极乐的一刻天长地久，我们编出了爱情之说"。

为了进一步指出男女之间仅仅存在两情相悦的一刻，不存在爱情。小说的主线设置了叙述者"我"与"他"在庐山的故事，也是小说的第六个故事。从庐山理发店的偶然邂逅到孤男寡女被反锁在庐山的一栋小别墅中，一系列的交往过程，许多时候"我"感觉到我们相处很舒服，彼此几乎是心意相通，我们甚至在傍晚的如琴湖遇上了浓雾，感受到传说中天作之合的爱情神话。但是我故意隐瞒自己内心真实的感情，把自己对他的好感和心动掩盖起来，最终也只是将两个人的关系确定为好朋友。而且因为是朋友，"我非常感谢你对我的理解和你带给我的快乐，在我这一生里，我会怀念你，温暖地怀念你"。就这样，池莉将爱情作为不可靠的东西摒弃了，也许男女之间保持友谊才能"绿水长流"。

《绿水长流》中的这六个故事是作者对爱情本身是否存在的思考与评判。从中可以发现，池莉完完全全地解构了古典的、世俗的、荣耀的、执着的、相知的，甚至初恋等种种爱情的形式和观念。也让《绿水长流》成为池莉小说悲观爱情观的总纲和爱情虚无的宣言。在这个宣言之下，再来审视池莉的小说，就会明白为什么在池莉的笔下，从不会给男女之间的婚恋给一点浪漫神圣、温暖感动和忘乎所以的冲动，而是全部交付与琐碎、粗糙、毫无诗意的生活。

《绿水长流》否定爱情的存在，却没有指出什么是真正的爱情。当然，有过一段话："有一种办法可以保持男女两情相悦的永远。那就是两人永不圆满，永不相聚，永远彼此牵不着手。即使人面相对也让心在天涯，在天涯永远痛苦地呼唤与思念。我想唯一只有这种感情才适合叫做爱情。"这段话让人想起张洁的小说《爱，是不能忘记的》。这似乎表明池莉的爱情观依然是二十世纪八十年代时期人们所信奉的浪漫的、超越世俗生活的，柏拉图式的精神欣赏与共鸣。然而，她"清醒地"意识到大部分人活在世俗之中，所以这样的爱情是不存在的，世俗琐碎的生活才是真正的存在。其实，在"新写实小说"中，不仅爱情，其他理想主义的、意识形态的诸如终极真理、神圣人生、浪漫爱情、历史规律等等几无存在的可能，都会消融在琐碎世俗的日常生活中。他们倡导的所谓日常生活的"原生态"，"其实是被日常生活化写作者'看'出来的，与其说是日常生活的原生态，不如说是一种日常生活观。本质上亦是一种价值观。因其如此，日常化写作者才可能强行取消生活的丰富性和复杂性，解构理想、诗意和爱情在日常生活中的位置，把一种平庸琐碎的日常生活解释乃至最后规定为我们的全部世界"①。这确实是一语中的的评价。这也是为什么"新写实小说"到后来越来越琐碎，越来越给人庸俗索然无味，当代许多

---

① 李杨：《文学史写作中的现代性问题》，太原：山西教育出版社，2006，第290页。

小说也被读者认为格调不高而失去读者喜欢的一个原因。毕竟，生活虽然琐碎世俗，文学的职责却是对生活的诗意超越和理想光辉的烛照。不然，文学何为？

凝
眸
文
学

论北乔的小说

▲▲

平静的河缓缓地流淌在一望无际的平原上，自然浑成中氤氲着清雅淡远的气息。走近河流，就会感受到它的丰富：它有温柔的抚慰，有砭肤的痛；有涤荡的舒爽，有裹挟身心的暗流；有静谧平和的诗意，也有凄凉神秘的气息……北乔的小说像这样的河，清新通脱的文字写平淡、平常的生活形态，却流淌着对人的悲苦的柔和爱怜，深蕴着丰富的内涵并导向温暖的忧伤这样一种生命态度。与之相应，小说的格调则体现出清丽淡远的美学韵味。而将北乔的小说置入文学地理学的视阈中，也许更能深入地理解北乔小说的生命意识和独特风格。

文学地理学主要是一种空间诗学，首要宗旨是研究文学生产的语境，核心主要包含两个维度：一是不同地理空间的文学作品会流淌出一种独特的生命意识和生活态度。二是不同地理空间的文学作品也会体现出独特的审美情趣和文学风格。在北乔的小说中，前一个维度表现为小说体现出温暖的忧伤的生命态度，后一个维度体现为清丽淡远的文学风格。

一、温暖的忧伤：一种生命态度

不同地理空间的文学作品中，会表现出独特的生命态度。这是因为地理环境和气候会影响到人们的生命意识，并进而形成人们的精神气质和文化心理，相应地，在文学艺术作品中体现出来时，也会呈现出一种独特的生命态度。就像丹纳分析古希腊审美文化时讲到的：希腊是一个半岛，有各种美丽的树木，终年吹着温暖的海风，物产丰富，在这样的温和气候中长成的民族，会是一批苗条、活泼、生活简单、饱吸新鲜空气的民众，他们走在阳光下，永远感到心满意足，既不耽于神秘的默想，也不堕入粗暴的蛮性。此外，希腊的自然环境还有一种宁静光明、和谐纯净的特点。希腊境内一切都大小适中，恰如其分，就是大海也不像北方的大海那么凶猛可怕，而是像湖泊那样宁静、光明。正是这样的天然景色，也形成了希腊人醉心于追求生动快感、活泼的个性、开朗的心情，力求恬静和愉悦。希腊人的这种精神气质和生活态度，在艺术上表现为荷马史诗和柏拉图对话录中那种恬静的喜悦。艺术家写生命的感受时也避免写肉体的残废与精神的病态，而是写心灵的健康和肉体的完美……①

北乔小说中的故事都发生在一个地名确切的地方：江苏省东台三仓乡朱湾村。这也是作家现实中的故乡。这片地域属于里下河平原，是里河和下河合拥的一片浅洼之地，主要有东台、高邮、江都、兴化、泰州等城市。北乔描述里下河的地理环境时说：

> 里下河这个地方，地理环境相当有意思。一是与大江大

---

① 丹纳：《艺术哲学》，傅雷译，南京：江苏文艺出版社，2012，第238-264页。

海为伴，一片大平原，水网密集，大河小沟比比皆是，小桥
流水也随处可见。这里的河水不是风景，是人们生活的润泽。
大河的澎湃，小河的柔韧，小沟的闲适，终究会内化为人性
的元素。水作为生存的特殊特质，以及由此而来的水文化，
对于人性的特殊滋养是显而易见的。①

　　北乔的小说世界中温暖的忧伤的生活态度，与他的这番描述
也是符合的。他小说的故事，都发生在一个叫朱湾村的乡村。朱
湾村是北乔为自己建构的纸上故乡。这个"故乡"里的人们如水
一样柔韧，生活里多有悲苦，却也以和质朴柔顺稀释着苦涩，让
生活多少有点滋润和暖意。

　　中篇小说《朱湾村往事》中一个乡村巫医铁匠奶奶。她为村
人接生治病之前先拜神求佛，然后诊治，一般病患都能解除，村
里人十分敬重她。到了文革时期，铁匠奶奶被作为牛鬼蛇神受到
批斗。批斗时，经常有村里人用政治语言批斗她，又接着说她搞
迷信都是为了大家，大家要感谢之类。而铁匠奶奶该到被批斗的
时候就带好帽子站好台子任由批斗，批斗结束依然从容地过日子。
小说中还有一个情节，一次正批斗铁匠奶奶时，一个孩子生了病，
急坏了的家长来找铁匠奶奶。那么，批斗停下，铁匠奶奶举行迷
信仪式看病救人。救完人，接着再批斗。整个过程里铁匠奶奶不
计嫌怨，村里人也没觉得有多大不妥。这个有点荒诞感又意味深
长的情节，将政治活动与乡人本真的日常生活放在一起，在二者
的冲突中，沉淀在人们心底那种质朴的自然生活才是本真的，并

---

① 北乔：《温暖的忧伤》，《小说评论》，2015，第 6 期。

流露着一种豁达的人生态度。

《朱湾村往事》采取了一种轻盈、节制而沉静的叙述笔调，在生活的河流中，苦难的漩涡一直在打转，但没有掀起剧烈的浪涛，从而给人以惊心动魄或者悲愤绝望的感受。这片乡土地上的人们以豁达顺应的人生态度，自然而然地在苦难中融入了温暖，小说也呈现出温暖的忧伤之格调。

小说《香稻》《香米》都以女性为主人公。这三部小说中的女人都曾有一个幸福的家，不幸的是，年纪轻轻的她们，丈夫都意外地死去。《香稻》中的香稻在守寡后的一个晚上被蒙面人拉进芦苇丛强奸，但香稻似乎并不憎恶甚至有时会回想。生活中有两个男人对香稻有好感，香稻内心里希望哪一个都可以嫁的。但羞涩本分的她既不敢也不会表达和争取。她的生活会怎么样呢？《香稻》没有站在道德的立场去看一个年轻寡妇该怎样生活，而是遵从人性的自然流淌，把一个本性淳朴的乡村女人的性心理描绘得丝丝入扣，从中可以体味到对生存的同情和痛。小说《香米》中，香米的丈夫活着时，她是全村人的偶像，因为她漂亮衣服多，还会穿裙子。丈夫死后，她的穿衣就成了问题，女人们防备她诋毁她，男人们觊觎她。最后，她剪碎了所有的漂亮衣服。她要怎么办，可以想象到，从此会成为那些衣着脏污邋遢的妇女中的一员。《香米》写乡土中一种难得的美的凋零，清淡的文字里迷蒙着雾气般的悲伤和叹息。

《桥头有条狗》《尖叫的河》《金色裸女》《泡在阳光里的芦苇》是以童年视角叙事的成长小说，是北乔小说中最为打动人的作品。在这些作品中，孩子们的童年不是单纯的欢乐，更多的是残缺和孤独，生命就像那条汩汩流动的河，表面的平静里，深潜着多少暗流和忧伤。但毕竟流向远方。曾经的少年长大后，在远方回望乡土，回望成长，温暖的忧伤是那样刻心铭骨。

《桥头有条狗》是成年后的一次返乡，小说一开始以从容徐缓的笔调描绘出朱湾村的地理形貌和自然风景的一幅幅画面，自然而然地引入村头的那座桥和桥头那只叫大黄的狗，那与狗相关的童年往事就汩汩流淌进人的心田。在这篇小说中，桥头那条叫大黄的狗是朱湾村淳朴仁义乡情的寄寓者，也是对这片乡土美好人性的守护者。然而，时光荏苒，大黄死了，现在的大黄是她的孩子。这只大黄竟然领"我"去了先前的大黄的坟前，对着坟头孩子般地呻吟和倾诉着。不久，这只大黄也死了，仿佛是乡村衰败的象征，乡土文明的美好也随之消散。然而，往日的温暖和美好一直回味在"我"的心中。这篇小说有散文式的身临其境的亲切，有着乡恋的、挽歌的美和忧伤。

《尖叫的河》中，朱富贵的母亲在他还是婴孩时意外坠河，不知所踪。朱富贵的父母情深意浓，母亲坠河时是坐在岸边看丈夫在河里捕鱼。父亲和村里人都疼爱和呵护着朱富贵，但没有了母亲的童年毕竟是孤单的。他经常去河边倾诉心中的话，那条河就像他的朋友，什么都能听懂。有一天夜晚朱富贵听到村口的河发出一声尖叫。他弄不清楚河要说什么，然后守望在河边，捡到了一个顺河而下的弃婴。朱富贵捡了个妹妹十分欣喜。有一天，朱富贵下河给妹妹掬水洗手，他听到寂静的河又发出一声尖叫。然后，他走向河中央，不知所踪。这篇小说描写的是令人心碎的命运，然而小说中所有的人和事都是温暖的。小说也应该思考了自然和人之间的关系，自然既能给人带来美和抚慰，也会剥夺生命和美好。小说中关于河的尖叫的描写有点诡异，这样的尖叫可能正是对那平静的大自然与人的冲突的昭示和象征。

《金色裸女》中的阿夏是个天生的残疾儿，面容丑陋，腿有残疾，母亲生他时难产而死。阿夏从小成为村人逗乐的对象，当然也不是恶意欺辱。阿夏这个卑微的孩子，却有着丰富的内心世界，有善良的心，有自己的尊严和对美的向往追求。他不过是孩子，却救了别家落水的孩子。他敢于打破为尊者讳去质疑铁匠奶奶的"说古"。他还写一笔好字，过年时为村里人写对联，收到人们的好话赞扬。他鄙夷父亲偷偷摸摸地和寡妇混在一起，劝父亲要正大光明地娶。到了他该娶媳妇的年纪，他还嫌村子里丫头丑，不肯将就亲事，这就像是异想天开。有一天，阿夏在黄昏的霞光里，看到河边的一座小屋里出来一位美丽的裸女，霞光照在她身上，全身散发着金色的光芒。阿夏被这样的美震撼了，落荒而逃。此后，阿夏一再寻找却再也没找到那个金色裸女，仿佛一切只是幻境。其实，金色裸女在小说中可能只是一个美好的事物象征。而阿夏对它的向往和追寻，是对人的尊严和权利的肯定，卑微的人，也有一颗阳光朗照、万物美好的心。

《泡在阳光里的芦苇》是北乔的成长小说中的佳作。"我"的童年里，先看到梅丫的奶奶的丧事，感兴趣的是羡慕梅丫可以戴有红条子的帽子（丧帽）和敞开肚皮吃席。死亡好像就是老人沉沉地睡了。然而，童年的时光里，与死亡的事在生活里频频出现。外婆家停在明间的大棺材，爷爷对自己的棺材的呵护都在昭示死亡的临近，在孩子的心里种下了死亡的恐惧。接着，外婆去世了，爷爷也去世了。"我"在想为什么大人们一会儿说他们"老了"，一会儿说"走了"，有时又说"死了"，还会说"睡了"。孩子目睹一次次的死亡而懵懂地思索着。小伙伴们打了一只野鸡，准备煮了吃，最终也没敢，把它埋葬了。孩子们面对被伤害的生命，本能地满怀害怕和歉意。小伙伴细鸭踩着大雨后芦苇里的土坎回家，不想被淹死了。细鸭的妈妈又生了小细鸭，悲伤的大人们又变得满怀欢喜。孩子们小心翼翼地谈论这件事时，轻描淡写地说成不过是失去了一个小伙伴。北乔以儿童的视角描写这一次次的死亡事件，平静的叙述笔调下深隐着痛和忧伤。特别是细鸭的死，给孩子们的心灵烙下深深的伤痕，只不过孩子们下意识地逃避着强烈的痛、震撼和害怕，表现出天真懵懂的样子。十多年后，"我"再回到家乡，坐在细鸭的坟前，乡村的景象呈现为当年繁盛的生命在衰败，而死去的更是一片狼藉。这篇小说是描写人在成长中如何面对死亡的命题。细腻的描写，从容平静的笔调，让人心灵战栗的故事和味道，感人至深。

在北乔的小说里，温暖的忧伤是一种生活的本质，也是一种生活态度。忧伤是人生中的贫困、苦难等许许多多的苦涩，还有生命的凋零，美好的逝去。温暖则来自人对悲苦相对平和的顺应承受和本性里的柔韧向善，它让悲痛的人生不会绝望。温暖的忧伤这种生命态度，可能就与北乔所说的里下河平原地势的平坦，以及多水对人性的滋养有关，"在这里生活的人们，既有开阔的胸怀，又有细腻的情感。生活中苦难不少，但他们善于把日子过得有滋有味。人生有大起大落，有悲伤有幸福，但似乎又不那么极端，或者说他们天生擅长把那些极端进行了适度的软化"①。

二、清丽淡远：一种文学风格

北乔的小说有一种清丽淡远的韵味。从文学地理学的视角来看，这种风格的形成与作家成长的地域地理环境有关，是一种文学地理学的典型体现。

地理环境和气候会影响到文学家的气质，进而影响到审美情趣和文学风格。梁启超早就论述这个问题，他举例说："燕赵多慷慨悲歌之士，吴楚多放诞纤丽之文，自古然矣。自唐以前，于诗于文于赋，皆南北各为家数。长城饮马，河梁携手，北人之气概也；江南草长，洞庭始波，南人之情怀也。散文之长江大河一泻千里者，北人为优；骈文之镂云刻月善移我情者，南人为优。盖文章根于性灵，其受四围社会之影响特甚焉。"② 这里，梁启超概略讲到南人北人之性情差异造成的南北文学之差异，究其实质是因不同的地理环境养成了南北作家不同的个性气质，并表现出文体选择与文学风格的差别。确实，"文体的选择与地理位置相联系：空间对风格发生作用……空间与形象彼此交织"③。这是文学理论家的共识。当然，梁启超也讲到"大抵唐以前，南北之界

① 北乔：《温暖的忧伤》，《小说评论》，2015，第 6 期。
② 《饮冰室文集》卷十一《中国地理大势论》，转引自叶朗：《美学原理》，北京：北京大学出版社，2009，第 155 页。
③ 弗兰克·莫莱蒂：《欧洲小说的地图册（1800—1900）》，巴黎：瑟伊出版社，2000，第 52 页。转引自米歇尔·柯罗：《文学地理学、地理批评与地理诗学》，姜丹丹译，《文化与诗学》2014 年第 2 辑，北京：三联书店，2016，第243 页。

凝眸文学

最甚，唐后则渐微，盖'文学地理'常随'政治地理'为转移"。也就是意味着决定文学风格的因素不仅仅取决于地理环境。然而，不可否认，地理空间对作家的精神气质有莫大的养成作用，在文学作品中呈现出来时，就形成文学作品一种独特的美学风格。

北乔小说的清丽淡远的风格，作为一种鲜明的可辨识性的美学韵味，是与北乔的里下河的地理空间相适应的。

里下河是一片大平原，面向大海，辽远开阔，平原上水网密布、河道纵横、水鸟翔集、天蓝水清、空气清新，是名副其实的水乡。北乔小说描绘的自然景象也是这江南的平原、水田、麦田、河水、芦苇、水鸟组成的疏淡清丽的江南水乡画卷，空气里"水气"弥漫，清新灵动。《金色裸女》中的描写：

> 村子的前头是一条大河，又宽又长，两岸的芦苇密密匝匝的。这里是鸟儿、野鸡、野鸭的天堂，它们的鸣叫是一首首婉转动人的歌谣。阿夏时常蹲在岸边看它们飞来飞去，看它们觅食淘气，看它们互相啄羽毛。有时候，他也扔块土块想让它们飞走，飞得老远老远的，最好飞向了蓝了又蓝的天边。可它们在空中打个旋儿又钻进了芦苇丛中。水里的鱼儿，有青的有白的有黑的还有红白相间的，阿夏看着那轻轻的草鱼发呆……①

这段清新简练的文字，勾画出一幅多么旖旎明丽而生机勃勃的水乡。而这样如诗如画的文字在北乔小说里常常出现，描绘出

---

① 北乔：《金色裸女》，《小说林》，2002，第 3 期。

正午的、夕阳中的、月色下的、雨天的、晴天的平原水乡不同的姿态。

河与芦苇是北乔小说中出现最多的自然环境和景象。特别是河，它们在小说中律动着自然的变化，也是人们喜怒哀乐、生生死死的场域和见证者，那一条条流动的河构成了江南地域特征，也波动着人物生命流动的灵魂。北乔小说里的人物内心的生命感受经常与河的变幻紧密联系在一起，在河的节律中，亦呈现了生命言说不尽的丰富。

小说《泡在阳光里的芦苇》里，有几处都写到了河与芦苇。梅丫的奶奶去世了，小伙伴泥巴去梅丫家吃完丧席，走在回家的路上，小说写到："芦苇在晚霞的映照下，浑身上下红通通的，落在水面的河沿上的影子也是淡红的。浸着阳光的芦苇仿佛在燃烧，发出豆荚爆裂时的哔叭声。整个河面都成了一片火海，我有点担心这样下去会把鱼烧死。我老是在这火红中望见梅丫奶奶那苍白的熟睡了的脸。"[1] 这段文字描述的通红的河与燃烧的芦苇，既是黄昏的景象，也意味着老人的去世在孩子的认知里尚未形成悲伤的感受，但芦苇那哔叭的响声，应该是一个孩子在第一次看到死亡时内心震颤的声音，所以他的眼前老闪现着死去的梅丫奶奶的脸。

而小伙伴们在河里嬉戏时，这时的河是明亮的，水里恣意游动着鱼，"我手枕着头翘着二郎腿，躺在踏倒的芦苇上，天空像块纯蓝纯蓝的玻璃"[2]。细鸭被河淹死之后，埋在了河对岸的坟场，

① 北乔：《泡在阳光里的芦苇》，《北京作家》，2009，第 1 期。
② 北乔：《泡在阳光里的芦苇》，《北京作家》，2009，第 1 期。

凝眸文学

泥巴和小伙伴们也不敢去河里玩了。然后，那河和芦苇再出现的时候，是夜晚雨中的河与芦苇。小说写到：

> 河里的水涨得很高，要我想，要是全村的小孩都下河洗澡，这河水就要爬上岸了。水中的芦苇只露出个头，早被雨浇得半死不知了。到了晚上，风更大雨更大，闪电照亮了天空，我的眼前全是煞白的。那雷声怪怪的，我一听浑身就缩成一团。我好像听到河对过的坟场里有许多人在小声地说话，听起来像刀捅进猪里的噗噗声。①

这样的河与芦苇，与死亡的气息浓烈地缠绕在一起，它表达的是一个孩子在他的小伙伴死去之后，对死亡的恐惧和担忧。

北乔对于河与芦苇的描写中，混合着他敏感而忧伤的内心生活的诉说。这两者的融合，也意味作家的主体个性与表现对象的契合，也即北乔的个性气质，与他要表达的对象——"朱湾村"的地理空间，以及身在其中的性格温和的人们的契合。而这些都以简练、清新、淡远的语言来表达，这意味着文学风格必然要由语言形式来表现的原理。

北乔小说的自然淡远，也体现在小说的结构上。北乔小说的叙事结构和节奏也恰如江南水乡汩汩流动的河水，不急不缓，自然蜿蜒流动。小说《与鳗鱼有关无关的故事》，以一个儿童泥巴在村庄里随意见到的人和听到的话，勾勒出一副乡村原生态的生活图景。疤眼王因偷寡妇而脸上落下了伤疤，平时邋遢腌臜，有

---

① 北乔：《泡在阳光里的芦苇》，《北京作家》，2009，第1期。

时又衣冠楚楚，因为走私贩卖鳗鱼秧受到追捕，坐着飞驰的摩托逃跑途中被电线割了头。村里的国华家生了第五个丫头，然后就莫名失踪了。可是泥巴曾经见过被遗弃的女婴，还有被父母埋到树下的女婴，村里人对此似乎也不怎么介意。铁匠家毛色完美的黄狗被村长看上了狗皮，铁匠的父亲也只好杀了这条救过铁匠的命的狗。香麦寡妇是村子里最漂亮的女人，男人有心气为她盖了新房后，不久就死了。香麦不用做农活，和村子里的男人们鬼混，就连疤眼王给她东西她也让进门……小说没有主线，但这些就像一条条小河，汇聚成生活的大河流，表面平静，水面下暗流丛生，蜿蜒流淌。

总之，北乔的小说以流畅简练淡远的语言、河流般自然流淌的叙事节奏，以及在自然环境与人的命运的关联里，写出了江南水乡里下河的风光和神韵，也凝结成了北乔小说清丽淡远、含蓄节制的美学风格。

这种美学风格具有鲜明的区分性特色。如果将北乔的纸上乡土——"朱湾村"与典型的南方文学的中地理相比，比如与苏童的"枫杨树街"相比，苏童描绘的是迷乱的散发着植物腐败气息的南方，北乔描绘的是清新疏淡的江南，稻花河水的江南，而非草木茂盛、繁花似锦的南方。作为一种乡土叙事，与中原作家以及北方作家笔下的乡土相比，中原作家和北方作家的乡土经常是沉重的、丰厚的、冷峻的、苍凉的，有时甚至是黑色的浓涂重抹。北乔的乡土是轻盈而沉静的，丰富又委婉的，有着平原的河流流向远方的那种宁静淡远却也暗流丛生的味道。

它也让人想起里下河最著名的作家汪曾祺的作品，以及汪曾祺说过的一句话："为什么我的小说里总有水？即使没有写到水，也有水的感觉。这是很自然的。我的家乡是一个水乡，我是在水边长大的，耳目路之所接，无非是水。水影响了我的性格，也影响了我的作品的风格。"① 这种风格是就是一种灵动的、清丽淡远的、富有意境的文学韵味。从文学地理学的角度来说，不论汪曾祺还是北乔，他们小说的味道应该与里下河那洼地的平坦以及多水的地理环境对作家的性灵滋养有关，当然也与里下河地区沿海文化与平原文化的交织叠现对作家审美趣味的涵泳有关。

这种现象也揭示了为什么不同地域的作家的美学风格会有差异。至于文学史上之所以出现各种以地域为特征命名的文学流派，也意味着流派内作家风格的趋同性，以及流派整体创作的共性风格有区别于其他文学现象的辨识性，并达到了较高的创作成就。

小结

在当代作家中，北乔的小说是有汪曾祺味儿的。首先，这表现在小说温暖的忧伤的生命态度上。汪曾祺对人生的苦难和无奈，经常以举重若轻的叙述方式，含蓄的语言进行叙述，在平和从容之中浸透着忧伤和同情。北乔所有的小说里也都萦绕着丝丝缕缕的悲伤和痛感，但他没有采取激烈的叙述方式，也不在作品里进行跌宕起伏的渲染，以温暖的忧伤书写生活的原色。这种"温暖的忧伤"的生命态度是受汪曾祺的影响吗？我宁愿把它看作是里下河文学地理的一种表现，即里下河的自然环境的熏陶，形成了作家有共性的生命意识。其次，在具体的小说故事里，北乔小说

① 汪曾祺：《汪曾祺散文·我的家乡》，北京：人民文学出版社，2005，第1页。

的普通人物身上体现出的平凡人生的尊严和傲然的人生态度，也有一种汪曾祺的味儿。汪曾祺的《陈小手》《岁寒三友》《异秉》等小说，写平凡的人，也写有异秉的人，他们都有一种生命的尊严，或者说一种心气儿，认认真真地做活儿做事儿，容易满足也不怨天尤人。他们用这种坦然和自足的态度面对生活，让生命有了光彩和尊严。北乔《朱湾村往事》中的铁匠奶奶，《金色裸女》中阿夏身上也都有这样的意味。再次，北乔小说如水般的自然灵动和清丽淡远的风格，以及对小说意境的追求，也延续了汪曾祺小说的风格。当然，北乔的小说也缺乏汪曾祺的文人味儿，在民俗风情描写的丰富性上也是不及的。

最后，要提及的是，本文是在文学地理学的视阈中观照北乔的小说，并进行文学批评。而在今天看来，虽然文学地理学的核心思想仍然来源于丹纳、梁启超等人的论述，但要清醒地认识到这些理论的局限性。这些局限性表现在"如此构想的文学地理学表明一部文学作品如何嵌在一个地带之中，但它忘记表现如何转化这个地带来建设自身的空间。"[1] 这意味着，优秀的文学作品不是为了反映一个地理空间，而是需要建设出自身的空间。那么，这个需要建设的自身的空间是什么呢？"这正是想象与书写的空间，我们只能在文本中找到，而不能在任何世界地图上报道。这样一种地理学使人可以研究文学生产的地点，而不是地点的文学再现。"[2] 所以说，文学中的地理不过是依照美学的间距来界定和

① 米歇尔·柯罗：《文学地理学、地理批评与地理诗学》，姜丹丹译，《文化与诗学》2014年第2辑，北京：三联书店，2016，第238页。
② 米歇尔·柯罗：《文学地理学、地理批评与地理诗学》，姜丹丹译，《文化与诗学》2014年第2辑，北京：三联书店，2016，第238页。

凝眸文学

规限的。那么，不论汪曾祺还是北乔，他们小说中的文学地理学内涵，是基于里下河的地理，却又进行了文学转化的空间，它不是里下河地理的文学再现，而是作家以想象来书写建设的艺术空间。

将灵魂安放于风中

——评次仁罗布小说《祭语风中》

▲▲

初读次仁罗布的小说《祭语风中》时，也是把它作为一部史诗性的小说来看待的。但是，当读完这部小说回味之时，就发现并非如此。小说确实描述了西藏的当代史，小说的时间跨度长达六十余年，对西藏民众在这段历史过程中的生活境遇有真实而生动的描写。但是，历史描写不代表这部小说的主要价值。当然，这并不影响小说的重要成就。它的价值更多地体现在以西藏六十余年的当代社会变迁作为小说的社会背景，写一段广阔的时空里身在其中的人的命运，以藏族文化精神观照人，更多地凝聚了生命之思。它启迪众生如何在历史飓风的裹挟下安放自己的灵魂。所以，它是灵魂的对话和呓语，是一部灵魂之书。它在灵魂书写和生命之思，以及藏族文化精神的表达这两个层面所具有的高度，真正显示了文学本身对人的关怀、对人的生存和命运的思考，从而有了优秀的文学作品感人肺腑的审美感染力，以及丰富人的心灵、提升生命认知的深刻性和超越性。而小说对于西藏当代六十多年来历史的呈现，则引人思考和重新审视史诗化小说。

一、人与历史：身在风中的隐喻

《祭语风中》作为一部灵魂之书，对于人与历史的关系，小说给了我们一个"身在风中"的隐喻。

当小说的叙述者晋美旺扎在自己生命的最后阶段，以回忆来讲述一生时，历史已经成为往事，正所谓往事如风，历史如风。在他的回忆中，西藏的每一段往事如一场场飓风掠过，掀起人们心中的波澜，裹挟和撞击着这片土地上的人们去选择人生的道路及其与之相应的命运。西藏社会的众生，贵族、僧人、平民被一场又一场的历史飓风吹来吹去，改变着生命的轨迹。然而，在晋美旺扎看来，人在历史中不论经历怎样的艰辛，怎样的沧桑，最重要的是对内心的皈依，对生命灵魂的安放。所以，人的存在与历史之间形成了一个"身在风中"的隐喻。小说中的人们的命运，一方面身在风中而身不由己，另一方面小说在对个人生命轨迹的描述里，把灵魂的安放作为人生存在的意义，把它作为不能被风完全裹挟的存在之根来进行"身在风中"的思索。由僧人还俗了的罗扎诺桑，紧跟着政治形势进行人生的选择，也许这并没有错，但他没有了心灵的慈悲和感恩，辜负了自己的导师希惟仁波齐的托付，还在"文化大革命"中揭发和批斗有恩于自己的瑟宕二少爷。这必然意味着放逐了自己的灵魂，最终在藏人最为看重的生死轮回的生命之思中，留下悔恨和遗憾而辞世。努白苏管家曾受到贵族努白苏家族的恩遇，从叛乱之后贵族受到牵连和打击直至"文化大革命"的几十年时间里，他自甘承受污名、放弃自己的幸福不离不弃地照顾孤身一人的努白苏老太太。努白苏管家备受苦难的折磨，在深深的苦海里不曾泯灭感恩和慈悲之心，"文化大革命"结束后又不顾年老投入利益众生的事情，这些让他的灵魂得以安放，生命因此而有了光彩和价值。贵族瑟宕二少爷始终坚持自己的政治信仰，在西藏贵族上层反动分子叛乱开始时，他就旗帜鲜明地站在共产党和解放军的立场，从来没有考虑过自己所属的贵族阶层特权利益的损失。他真心喜欢新社会，拥护人民的翻身。但瑟宕家族也在历史的风中生活坎坷，备受磨难。瑟宕二少爷在"文化大革命"中遭受迫害被批斗，并被剥夺了在《西藏日报》工作的权利。在"文化大革命"结束后，瑟宕二少爷恢复工作，他仍然站在一位知识分子的理性立场拥护党的领导，并为西藏的发展而操心。所以，瑟宕二少爷在历史的飓风中以坚定的政治信仰安放了灵魂，是一位发自内心希望众生平等的人，他有一颗善良而高尚的心灵。小说围绕晋美旺扎的生活还写到了众多的形形色色的人物，其中希惟仁波齐活佛是一位智者和仁者，他以慈爱和利益众生的教导，将藏族宗教文化里的苦难与救赎，自省和修持作为人生的向导照亮了晋美旺扎的心灵，师生的灵魂都安放于历史和尘世的风中，成为小说中耀眼的光亮。

这样一来，我们就理解了作者为什么对所描述的西藏六十多年来的历史没有表现出明显的个人看法和立场。因为它是一部以人的关怀为立足点的小说，它写到了叛乱士兵滥杀无辜、抢劫钱财的凶残贪婪，揭示了叛乱贵族的坏和对他们的憎恶，也写到了好的贵族的仁慈和情义，及其在历史的过程中承担的悲惨命运，并因此而满怀同情。它写到了翻身解放的贫苦民众的新生活和喜悦，也写到了其中一些人的无赖和贪婪。小说始终以人如何安放自己的灵魂这样的视角来写作，以藏族文化的慈悲对所有人都心怀悲悯。因此，小说不以历史和人性的反思为重点，而以生命的意义和价值为核心。这样，小说也就脱开了当下以当代史和"文化大革命"为背景的同类小说常见的写作模式——对历史和人性的反思，而更加具有超越性的质素。

基于此，可以说在《祭语风中》这部小说中，人和历史之间的纠缠是"身在风中"的隐喻，凝聚生命之思，有深入灵魂去观照和澄澈生命价值的意义。这是一部关于灵魂安放和生命之思的小说，它令人感动，悟觉人生的价值，这种形而上的超越性让读者的心灵受到洗涤，精神得以提升。

二、藏文化与生命之思

那么，小说形而上的超越性让我们从中觉悟出了哪些生命之思？也就是说，人的生命过程都不一样，而人们怎样安放灵魂呢？

《祭语风中》是次仁罗布这位藏人在本族文化精神的滋养下的文字凝思，小说的主人公晋美旺扎起先是一位僧人，后被迫还俗然后又出家为僧。僧人身份的特殊性和他在僧俗之间辗转的命运，让晋美旺扎能够广泛地接触各阶层的人，而且本人也具备一定的知识和宗教文化修养。他的精神世界可以抵达藏族文化的核心，能够阐释藏族的宗教信仰，因此在他的生命之思里看到了芸芸众生的凡俗，也有形而上的超越。

晋美旺扎的人生态度深受希惟仁波齐活佛的影响。小说里有一个情节，希惟仁波齐圆寂之后，晋美旺扎看到他留下来的信：

他在信里这样告诫我：晋美旺扎，无论世道怎样变化，你都要具足慈悲的情怀和宽容的心，这是我们学习佛教的终极目的。今后你会遇到很多在寺庙里不曾遇到的问题和难事，不要逃避，这些是你今生必须要面对的。在你经历人世的幸福和痛苦时，把世间当作你修炼的道场，让心观察和体悟世间的善变无常，这样你无论遭受怎样的苦难，都不会沮丧和灰心。心唯有具足了慈悲，仿佛披上了坚实的铠甲，任何挫折都不能损害到你……①

这段话应该是《祭语风中》这部小说的文眼，指出了关于慈悲和苦难的生命之思。而从小说人物故事和命运的叙述中，我们也得到了相应的悟觉。

《祭语风中》给人的悟觉首先是关于人生的苦难和救赎。苦难是许多小说都会描写到的，我们从中常常看到人承受或者抗争苦难的坚韧与勇气。《祭语风中》却不能简单以承受和抗争来论述苦难。更多的时候，它作为人的救赎的必由之路，在磨难中以自省和修持去实现精神的升华和证得生命的圆满，这是来自于藏文化和藏族宗教信仰的人生态度。希惟仁波齐告诫晋美旺扎要将尘世作为修炼的道场，将利益众生作为人的救赎，他本人也以自己的言行起到了作为晋美旺扎人间的实实在在的导师的作用。而小说中贯穿的圣者米拉日巴的历史事迹，提供给晋美旺扎以宗教信仰的精神力量。晋美旺扎是把米拉日巴作为灵魂的信仰和依靠，用他面对苦难的态度和最终的救赎作为榜样进行生命之思。圣者

---

① 次仁罗布：《祭语风中》，北京：中译出版社，2015，第 295 页。

米巴拉的事迹作为小说的另一条线索，一方面提升了生命之思的深度和高度，另一方面增加小说的文化内涵并引领人们深入理解藏族文化精神的核心。至于晋美旺扎的一生，他目睹了周围人们的种种苦难，自己也经受了父兄离散、爱情失落、抄家投监、孩子胎死、家庭破碎、妻子背叛、下放劳役等苦难的折磨，但晋美旺扎经常以米拉日巴为榜样来自省和修持，他的命运和生活态度诠释了在苦难中修持和救赎的意义。

《祭语风中》更让人感怀生命的慈悲与人生的意义。小说一开始写在叛乱时希惟仁波齐告诫弟子们不能碰武器，他说一旦拿起了武器，"潜意识里烙上了夺人生命的念头，夺取别人生存权利是最大的罪孽①"。希惟仁波齐还说："我们是普度众生的僧人，不能让战争的轮子裹挟着走。"② 就这样，因为对生命的敬畏和慈悲，希惟仁波齐决定带着弟子们出逃。出逃路上，由于多吉坚参被叛军逃兵杀死，以及一个偶然的机缘，希惟仁波齐闭关隐居。晋美旺扎和师兄罗扎诺桑重新回到拉萨，过上世俗生活。罗扎诺桑积极投入社会政治生活中，心灵中的慈悲和感恩之花凋零，甚至去诬陷和批斗曾有恩于己的瑟宕二少爷。晋美旺扎则参悟了希惟仁波齐活佛的教诲——心怀慈悲利乐有情众生，以此为人的生命的真正意义。在俗世的生活里，他一方面与周围善良热情的平民邻居打在一起，为他们翻身解放平等后的日子喜悦，也深深地同情着倒霉了的贵族凄惨的命运。而随着一波又一波的政治变革，晋美旺扎看到，无常的命运和死亡经常降临在人们身上，不论他

①　次仁罗布：《祭语风中》，北京：中译出版社，2015，第30页。
②　次仁罗布：《祭语风中》，北京：中译出版社，2015，第45页。

是平民还是贵族。这让他深深地悲悯人世的艰辛，对所有的人心怀同情，也谅解所有人的过失。他随身带着圣者米拉日巴的史书，给自己给人们讲述米拉日巴的故事，从中汲取精神力量为自己也为别人求得灵魂的安放和救赎。由于藏人极为看重死亡，超度亡魂是非常重要的事情。晋美旺扎便常常自觉地去为死者的灵魂做牵引和超度，让他们的灵魂承载善恶的果报，风一样清扬而去。晚年的晋美旺扎又出家做了僧人，并成为一名天葬师，在天葬台上为亡魂指引中阴的道路，给活人慰藉失去亲人的苦痛，来利益更多的人也救赎自己。小说没有把"天葬"渲染为多么奇异的风俗来吸引人的眼球，而是以一种平常自然、严肃尊崇的语言，描写晋美旺扎在天葬这个为死者完成的最后的仪式中，心灵经受的洗礼和灵魂的安放。

可以说，苦难与救赎、生命的慈悲这两个方面是藏族文化中人生态度和生命之思的核心。所以，小说《祭语风中》具有观照一个民族的文化精神的意义，在领悟和收益这种文化对人的启示的同时，我们也感受到其文化精神的核心也指向人类存在永恒的价值和意义：人在历史的飓风中往往身不由己，但不论经历多少沧桑苦难，都要以慈悲之心去利益众生，在苦难中救赎，安放自己的灵魂。由此，《祭语风中》这部灵魂之书也具有了超越性意义和人类性的情怀。

三、史诗化小说的再审视

次仁罗布在他的访谈中说："我创作这部小说是为了完成一个心愿，之前没有一位藏族作家全方位地反映过这段历史，反映巨大历史变迁中最普通藏族人经历的那些个体命运起伏，来表现整个民族思想观念是如何发生转变的，是将一个世俗的西藏画卷呈现给读者。这样的叙写也是为了给读者一个交代，给自己一个交代。人们常说文学就是一个民族的心灵史，我希望《祭语风中》也能成为表现藏民族心灵史的一部作品之一。"①

但按照史诗化小说的要求来看，把《祭语风中》作为史诗化的小说是需要讨论的，主要原因聚焦在《祭语风中》是否达到了史诗化小说的评价标准。其实长篇小说的价值不一定由其是否具有史诗的性质来决定。但如果把它作为史诗化的小说，那么，具有宏阔的视野，描绘历史和现实社会生活的广阔画面，并揭示了历史发展的规律就是评价史诗化小说的思想性和艺术性的一个准则。

关于史诗和小说之间的关系，著名的有黑格尔、巴赫金、卢卡契、保罗·麦线特等人的观点。由于巴赫金和卢卡契直接论述了现代小说的史诗化且触及到重要点，所以直接以他们的观点为参照。巴赫金说："恢宏的史诗形式（大型史诗）（其中包括长篇小说在内），应该描绘出世界和生活的整体画面，应该反映整个世界和整个生活。在长篇小说中，整个世界和整个生活是在时代的整体性切面上展开的。长篇小说中所描写的事件，应能在某种程度上以自身来代表某一时代的整个生活。能够取代现实中的整个生活，这是长篇小说的艺术本质决定的。"② 卢卡契最初认为现

---

① 次仁罗布、徐琴：《关于次仁罗布长篇新作＜祭语风中＞的对话》，西藏文化网 http://www.tibetculture.net/2012wxcz/zx/201507/t20150716_3539307.html（2015-07-16）

② 巴赫金：《小说理论》，石家庄：河北教育出版社，1998，第258—259页。

代以来历史发展"将世界的面貌永久地撕扯出一道道裂纹","在此情况下，它们把世界结构的碎片化本质带进了形式的世界"①。在这支离破碎的时代里，史诗是不可能出现的，其相应的文学的形式就是小说。"小说是一个被上帝遗弃的世界的史诗。"②这些观点似乎都在说，由于现代社会的整体性、有机性不复存在，所以人们难以以历史整体性来观照社会，也就没有了史诗。小说的史诗化就像是一个伪命题。卢卡契也确实说自荷马史诗之后，千百年来没有能与荷马史诗比肩的史诗。不过，卢卡契也同样提到作为作者的主体可以以"心灵的史诗"的形式对破碎的客体世界进行修复、建构和超越，来反映广阔的社会时空现实，表现历史的真实规律。而卢卡契后期深受马克思主义的影响，发展和修正他前期《小说理论》中的观点，指出可以"将民族国家意识、阶级意识赋予现代小说形式，从而将现代小说的'宏大叙事'性，推到'现代史诗'的极致高度③"。

从长篇小说本身来看，外国文学史上被确定为具有史诗风格的现代小说以巴尔扎克、司汤达和托尔斯泰等 19 世纪现实主义小说家创作的长篇小说为代表。中国当代文学中被确定为史诗化小说首先是"17 年文学"中的《保卫延安》《红日》《三家巷》《创业史》《红旗谱》《红岩》等。这些小说虽然不能像国外的史诗化小说达到了人文关怀与历史理性的统一，但它们提供的统摄历史

① 卢卡奇：《小说理论》，载《卢卡奇早期文选》（总序），南京：南京大学出版社，2004，第 14 页。

② 卢卡奇：《小说理论》，载《卢卡奇早期文选》（总序），南京：南京大学出版社，2004，第 61 页。

③ 房伟：《论当下小说创作中的史诗性倾向》，《艺术广角》2012 年第 4 期。

本质，揭示历史发展的必然这样的内在要求却成为现代史诗小说的重要特征，并长期成为衡量中国当代长篇小说的思想性和艺术性的一个重要参照。此后的陈忠实的《白鹿原》，王旭烽的《茶人三部曲》都得到了史诗的赞誉。它们超越了"17年文学"中历史描写图解意识形态和政治生活的弊端，小说中的历史既是个人的心灵史也深入到民族集体无意识，并且揭示了民族国家的历史命运和必然的走向，"民族秘史"的美誉也是名至实归。

从《祭语风中》来看，次仁罗布是意识到了史诗小说的宏大叙事和诗性地揭示历史发展的规律的特点的。他在访谈中谈到小说选择"晋美旺扎个体命运的沉浮来构织那个大的时代，以及人们错综复杂的情感，尽可能地给读者还原那个时代和那个时代的人们所思所想 ①"。次仁罗布应该意识到以晋美旺扎一个人的叙事和个体命运的沉浮难以对社会生活和历史变迁做宏阔的观照，也难以达到对历史发展规律的揭示。所以，小说还安排了希惟贡嘎尼玛作为晋美旺扎讲述历史的听众，并适时地将希惟贡嘎尼玛的声音引入小说中，意在补充总结西藏社会当代历史的史料，并以概括性的议论口吻来指出历史发展的必然趋势。不过在与小说情节的融合上生硬了一些。此外，《祭语风中》虽然在描写西藏当代社会变迁过程中不同时期的日常生活非常鲜活，舒缓生动的笔调很吸引人，给人带来阅读的美感，但在表现生活的深广度上还不够，小说因此不能提供史诗那种撼人心灵的恢宏之美。

《祭语风中》在个人的史诗，心灵的史诗上是有高度的创作，

---

① 次仁罗布、徐琴：《关于次仁罗布长篇新作＜祭语风中＞的对话》，西藏文化网 http://www.tibetculture.net/2012wxcz/zx/201507/t20150716_3539307.html（2015-07-16）。

第二辑／小说批评

在"民族的秘史"方面，从藏族宗教文化精神的这个层面上也可以看做藏族的秘史，但是我觉得在中华人民共和国成立至今的社会发展的进程中，藏族民族精神也是会有所发展，小说几乎没有展现和思考过现代化进程对于民族文化和民族精神的影响，我觉得是有所缺失的。

虽然当代历史小说以民间视角讲述历史，或者说以普通人的命运来进行历史的叙述已经成为书写历史常用的方式，大家也提倡多元化和多角度地去看待历史，但如果不能上升到历史哲学的视野，基于无数的个人史同时也超越个人史之上的对历史的整体性把握，那就意味着历史理性的缺失。因为历史不仅仅是过去，它也与当下紧紧地纠葛在一起。当下有许多以民间视角讲述历史，或者说以普通人的命运来进行历史叙述的小说，经常也贴上史诗的标签。与它们相比，《祭语风中》严肃的书写姿态，努力营造历史长河中一个民族绵延的生命图景的努力是非常值得肯定的，其成就也远远地超出了许多"个人史""心灵史"（张承志的《心灵史》另当别论）小说的水平，是近些年在史诗格调上有所超出的优秀佳作。这里仍然感觉不足，是对史诗化小说走出疲弱的一种期望。

最后，值得一提的还有，《祭语风中》以舒缓的笔调对藏地不同历史时期日常生活的鲜活描写，及其从中流淌出的生命景观，具有较高的艺术价值和文化价值，是值得重视和研究的。

审视儒家仁义道德的现代困境

——评范文长篇小说《红门楼》

▲▲

　　甘肃作家范文的主要作品是长篇小说《雪葬》和《红门楼》。两部小说以开放的现实主义笔法，高扬的历史意识和人文精神，显示出作家比较深厚的艺术功力，和文学对现实生活应有的价值与担当。

　　《雪葬》以"文化大革命"和改革开放为背景，"是一部揭示商品经济时代人性与天理、利益与道德冲突的小说"，其"对西部农村生活中的'变'与'常'进行的思考，体现出作者自己的历史哲学观"[①]。《红门楼》则饱含着忧虑和眷恋，为儒家仁义道德近百年来的衰落唱了一曲挽歌。

　　小说以《红门楼》命名，何谓红门楼？在中国古代社会，门楼是一户人家贫富的象征，所谓"门第等次"即为此意，又是主人的"门面"，直接反映主人的社会地位、职业和经济水平。故名门豪宅的门楼建筑特别考究。小说中的红门楼坐落在西北边地金州城。它是清末山西商人傅世圆在金州经商成功，效仿老家富

---

① 程金城：《地域性的借重、突破与超越——论长篇小说〈雪葬〉》，《飞天》2003 年第 8 期。

商大贾，模仿乔家大院、王家大院而兴建，以此来光宗耀祖和表达自己做一名儒商的雄心壮志。因门楼建筑古色古香，精雕细刻，煜煜生辉，有别开洞天之气数，被金州人称为红门楼。红门楼第一道门楼正中央的牌面上镶着四个大字"孝悌忠信"，第二道镶着"礼义廉耻"。傅世圆以此来着意张扬孔孟文化情愫。"红门楼"因此在小说中是一座象征儒家道德精神的丰碑。围绕巍巍红门楼，人世沧桑、社会变迁、人性正邪在这里一幕幕地上演，描绘出清末以来儒家仁义道德在百年历史变迁中轰毁和衰落的画面与轨迹，从中可洞观民族道德精神建构的文化基础和秘密。小说从儒家仁义道德以自律来规范的可行性和儒学封建主义对仁义道德的破坏性这两个方面艺术地思考了儒家道德的衰落。

一、以自律来规范仁义道德的可行性之质疑

传统儒家文化是伦理文化、道德文化和政治文化。在道德文化这一层面上，以仁为道德原则，以孝、悌、忠、信、礼、义、廉、耻为具体化的道德规范。二千多年来，传统儒家"仁学"在中国社会具有强大的力量，保持了它的教化作用，也在一定程度上塑造了中国的民族文化心理。但是，儒家"仁学"道德体系是靠人的良知来建立，靠个人的修养和人格力量的影响来维持的。它强调人的自我约束性，对人的本能欲望则有所忽略甚至刻意压抑。然而，在现实生活中，只要有利益纠纷，许多人就会将仁义礼智信孝悌等道德原则和规范置之脑后，出现欲望支配下道德的滑坡。所以，儒家"仁学"道德大多时候只是知识精英们的道德准则，对普遍的民众，包括统治者来说，这种"道德自律性"是相当脆

弱的，缺乏可操作性和普遍可行性的。由于这种局限，在漫长的封建社会里，即使儒家思想受到极大的尊崇，在儒家的外衣之下，仁义道德从来不是纯而又纯的，它要融合各种更具实用性的思想和行为方式以达到现实目的。儒家思想经常被改造、被误读来满足现实的需要。近代以来，中国传统的社会结构被破坏，中国社会必须向现代民族国家转型，以实现民族的独立和解放。在这个历史过程中，儒家仁义道德日益式微，除了社会变革的复杂因素外，其儒家仁义道德自身的局限性也是一个重要的原因。《红门楼》虽然主观上对儒家仁义道德带着无比的赞美和眷恋，仍然提倡以仁义来建立一个好的道德体系，但客观上却以现代性的视角，思考了儒家道德这种依靠个人修养的自律来进行社会实践，有多大的可行性这个命题。

晋商傅世圆在红门楼落成之日，宴请宾客，时任知府不请自到，搅了宴会，令傅世圆心惊肉跳。知府意在官商勾结，借傅世圆发自己的不义之财。傅世圆的"儒商"梦破灭了，从此息了进取之心，专心治学，任家业衰败，也不做有违"孝悌忠信"之事。实际上，晚清成功的商帮在一定程度上都有官商勾结的背景，清代著名的晋商里边，官商关系也是其成功的秘诀之一。傅世圆与知府的不合作显示出一个纯粹的儒者清白的人格。他在儒家道德学说"君子喻于义，小人喻于利"的义利之辨中，选择忠于"义"，其后半生的人生轨迹只能是修身养性，颓然对世。傅世圆一生恪守了君子清白的人格操守，做到了仁义待人。然而，且不说君子难以建功立业，家业兴旺，甚至于难以保全自身。

傅世圆死后被盗墓，盗墓者是李德仁。李德仁在穷得几无活路时，傅世圆收留了他，并给他娶了妻。傅世圆明知李德仁生性贪婪残忍，亦用"恕"道宽容于他。最终，李德仁以恶报德，不仅盗了傅世圆的墓，还勾结土匪抢劫并杀害了傅世圆的两个大儿子。傅世圆的三子傅敬儒在巨大的悲痛中去报仇，看到李德仁的幼子和恐惧的妻子，心生怜悯，反倒拿出银两资助母子谋生。"文化大革命"中，李德仁那个受傅世圆资助长大的儿子李彪，带着红卫兵拆毁了红门楼，砸掉了"孝悌忠信，礼义廉耻"的牌匾，抢走了红门楼中的银元。红门楼坍塌时砸死了几个不明就里的红卫兵年轻娃子。可以说，傅世圆和傅敬儒父子共同用仁义滋养了的李德仁父子的贪念和狡诈，让自己备尝仁义道德带来的苦果，令人思考仁义之途在现实生活中的可行性。

傅敬儒在小说中是儒家仁义道德的化身。他饱读诗书，恪守父训。新中国成立后，傅敬儒以拳拳爱国心，将自己的铁器铺公私合营，并入红旗机械厂，自己也做了一名普通劳动者。铁器铺的几个学徒潘增福、吴永发则进入红旗机械厂当了工人。傅敬儒写下"孝悌忠信、礼义廉耻"八个字送给学徒们，期望他们以此作为立身之道，好好做人。然而，"文化大革命"前到"文化大革命"中的历次政治运动中，傅敬儒被作为资本家、剥削阶级而受到批斗，潘增福、吴永发等这些当年备受傅敬儒恩惠，现在仍然住在红门楼大院的人，受政治帮派斗争的操纵，也为了一己私利，成了揭批傅敬儒的急先锋。

小说以红门楼的命运和红门楼大院的生活图景和人性展演，昭示了儒家仁义道德的衰落。傅世圆和傅敬儒一生阐扬孔孟之道、儒家仁学，认为"孝悌忠信，礼义廉耻"是老百姓实用的道理，并把它作为自身行为准则，以身垂范，希图以此教化人们恪守道德良知。然小说中的知府、李德仁父子，以及潘增福等人，只要有机会都暴露出贪婪、卑劣的本性，追风随雾，伤天害理。如果说，清末民国社会的动乱和"文化大革命"的荒谬是造成人的道德良知堕落和轰毁的重要的社会因素。那么，荒谬的时代过去了，人是否重新以仁义道德约束和规范自己的行为？不是。小说中，那个"文化大革命"中利欲熏心，贪婪狡诈的李彪，在"文化大革命"结束以后，又成了金州城里呼风唤雨的大人物。他掌握着红门楼大院的开发，他贪污腐化，生活堕落。其罪恶即将被清算之时，李彪心虚地觉得红门楼像一座镇妖塔，镇住了自己内心的魔障。看起来李彪要用儒家仁义道德来反省了，然而戏剧性的是，他又一次金蝉脱壳，将罪恶让情妇顶替了，自己逍遥法外。这说明儒家道德约束力在当今社会实践相当乏力。

　　小说大半篇幅以"文化大革命"为叙事背景。"文化大革命"中，傅敬儒将毕生珍爱的儒学经典托付给热心实在的农民田福元。"文化大革命"结束后，傅敬儒索回这批儒学经典时，这些经典已经散佚了。经历"文化大革命"之后，在农民田福元眼里，如今世风日下，忠义不存，"孝悌忠义，礼义廉耻"早已无用，甚至成了害人的东西，他就自作主张毁损了。傅敬儒也深刻地意识到儒家道德的现实困境，只好认可这个结果，这意味着儒学文化传承的断裂。傅敬儒内心的悲哀无以言告，站在父亲的坟前，感到自己没有资格与父亲埋在一起。小说写到"此刻夕阳西下，血红色的光芒像一只千年怪兽，张开血盆大口，好像要吞没大地……大地一片血色的苍凉"。儒家道德精神的代表傅敬儒的悲哀，亦宣告了儒家仁义道德的衰落。那血色的残阳，岂不影射着儒家道德衰落的命运和悲凉的结局。

《红门楼》对儒家道德思考是相当深刻的。它是一部小说，不是要建立一套思想体系和进行学术讨论，但小说对以自律作为道德约束的儒家仁义道德的可行性之反思是独到的。相对于中国现当代思想史上，将儒家思想宗教化，来弘道的"新儒学"来说，《红门楼》对儒家道德的认识更具有现实性，特别在当今社会，"一方面儒学已越来越成为知识分子的一种论说（discourse）；另一方面，儒家的价值却和现代的'人伦日用'越来越疏远了。"①

二、封建主义对仁义道德的破坏性之审思

伴随着儒学光辉的一面——仁义道德的衰落，儒学思想中的一些糟粕却在"文化大革命"直至当下大行其道。

儒学的弊端主要是封建主义。儒学以仁学作为原型，然而，在历史的发展中，后代的人们由其现实需要出发，各取所需，来解释、建构和评价它，以服务于当时阶级的、时代的需要。当然，这些偏离和变异，尽管仍然没有脱离那个仁学母体结构，但在长期的封建社会中与封建主义的各种内容混为一体紧密不分了。五四新文化运动要打倒孔子，就是要肃清儒学中君主专制主义、禁欲主义、等级主义等封建意识形态的余毒，来改造中国民族的文化心理。然而，如李泽厚所说："从五十年代中后期到'文

① 余英时：《中国思想传统及其现代变迁》，沈志佳编，桂林：广西师范大学出版社，2004，第 214 页。

化大革命'，封建主义越来越凶猛地假借着社会主义的名义来大反资本主义，高扬虚伪的道德旗帜，大讲牺牲精神，宣称'个人主义乃万恶之源'，要求人人'斗私批修'做尧舜，这便终于把中国意识推到封建传统全面复活的绝境。"[①] 虽然作家和学者使用了不同的话语系统，但两者异曲同工。《红门楼》在广阔的背景上展示了"文化大革命"至今，封建主义盛行在中国城乡社会的逼真面貌，也揭示了儒家仁义道德衰落的另一重要原因：儒学封建主义对仁义的轰毁。

小说以田根旺这个人物形象串连起城乡各类人物，展开"文化大革命"中社会生活图景。田根旺是个孤儿，流落到金州在傅敬儒的铁器厂当学徒，深受傅敬儒的熏陶和教诲，解放后做了工人。由于田根旺以"孝悌忠信、礼义廉耻"为做人之本，并时时保持了内心道德生活的警醒，在"文化大革命"一系列政治运动中，一再受到各派别的拉拢和利诱，他也没有与荒诞的时代一起疯狂，保持了做人的良心、体面和尊严。从小说的叙事技巧和结构安排来看，田根旺是小说中穿针引线的重要人物，但并非主要人物。他的重要性在于看傅敬儒为代表的少数人身上仁义道德的光辉性，也看一个个只有封建社会才有的人物飞扬跋扈，一幅幅封建社会的画面重新上演，看封建主义怎样轰毁了仁义道德。

田根旺是劳动模范，与部长胡基民合过影。造反派批斗傅敬儒，田根旺闹了批斗大会，但因为"他是胡基民部长树立的劳动模范，他出问题就是打胡基民部长的脸"，造反派们竟然把这个

---

① 李泽厚：《中国现代思想史论》，北京：生活·读书·新知三联书店，2008，第33页。

"把天戳了个窟窿的事"当成人民内部矛盾来处理。在搞个人迷信、个人崇拜的时代，领导人所做的一切都是对的。唯上是从，维护领导的颜面这样的封建意识救了田根旺一命。田根旺的幸运不是由于他的仁义道德，相反，是革命者的封建意识。儒家思想中仁义道德和封建主义何者更有力量，不言自明。

战斗英雄焦抗美因为夸耀自己在抗美援朝期间与彭德怀握过手，被判定政治上有污点，被打为右派，做人抬不起头。这何不是封建社会株连制的上演。

胡基民主任看上了厂花郑玉娥。路争夕以组织决定和改造世界观的名义破坏了郑玉娥的自由恋爱，并使尽威逼利诱的手段，想把她献给胡基民，为自己捞取政治资本，加官进爵，最终逼死了郑玉娥。这难道不是一出封建社会"选美进贡"的惨剧。

田根旺的养父田福元在旧社会勤俭发家，老实做人，收养孤儿田根旺，具有仁厚之心。后来遭兵匪打劫，却因祸得福，在土改中划定为贫农。解放后因此成了苦大仇深的革命力量，当上了村长。这个曾经热心老实、慷慨的农民越来越自私自利，世故圆滑。还成了官迷，原因除了"官"可以"犁把不摸，不摸锄把"，和上级干部白吃白喝的特权外，还有村民的仰视和顺从。田福元还以自己的经历总结出了当官的秘诀——虚报浮夸和走好上级路线。可见封建主义的"官文化"已深入中国政治骨髓。

路争夕以革命的名义发泄私怨，一心向上爬；潘增福、吴永发等人打着社会主义反资本主义的旗号，讲着牺牲个人情感的无产阶级精神来造傅敬儒的反。当革命的外衣之下隐藏着个人的阴暗欲望时，孝悌忠信、礼义廉耻根本不存。

小说还活灵活现地描绘了表忠心、背语录、贴大字报、献宝、放卫星，不同政治帮派之间的争权、混战……这中间虽然也有正义、温存、良知的绝响，但更多的是狂热、背叛、偷情、阴谋、黑白颠倒。正义者被批斗，被打倒；邪恶者在扬威，在升迁；弱小者被利用，被欺凌；仁德者被侮辱，被迫害。封建主义借着革命的名义轰毁了孝悌忠信、礼义廉耻。

　　"文化大革命"结束了，社会秩序得到恢复，在反思和总结中也拉开了新时期的大幕。封建主义是否也会随着"文化大革命"湮灭？《红门楼》的后记中交代了这样一个情节：二十年后，田福元的儿子三娃成了万川河套"半仙"级的人物，中医治病兼算命看风水看前程被许多达官显贵和开发商争相邀请，名气冲天，财源广进。民间传说田福元祖上传下药书相书，实际上是当年田福元私吞了傅敬儒的一部分儒学典籍。儒家传统文化留给当今社会的竟然是中医治病兼算命看风水看前程？此外，李彪之类在新时期的又一次发迹又表明什么？

　　《红门楼》是一种满含着疼痛感的写作，其对儒家仁义道德在近代以来中国社会的衰落之反思是深刻的，其诚恳和鲜活的"文化大革命"叙述也显示出真正的现实主义文学对一种文化规约的挑战。"回顾上一世纪最后二十年的文学创作，在反思和描写'文化大革命'这样一个巨大历史现象方面的成就几乎微乎其微。这里当然有客观上的限制，但作为创作主体缺乏明确的思想理论武器也是一个不可推辞的原因。对'文化大革命'反思的第一个理论突破是关于忏悔，以巴金为代表的老作家曾经为后人的'文化大革命'叙述提供了一个高贵人格的榜样；而阎连科关于恶魔性的'文化大革命'叙述在忏悔的立场上更加推进了一大步，这是毫无疑义的。"①阎连科"文化大革命"叙述的"恶魔性"主要指人性原欲"恶"被诱发的精神疯狂。巴金的"忏悔"和阎连科的人性恶之"恶魔性"这两个概念都来源于西方文化，而范文的"文化大革命"叙述的以儒家道德这个取自中国本土文化的概念作为切入点。而且《红门楼》的主旨不在于反思"文化大革命"，而是在"文化大革命"的背景下，反思封建主义这个沉淀在民族文化心理中的痼疾的巨大的危害。在小说中，"文化大革命"作为中国当代儒学仁义道德的轰毁和儒学封建主义糟粕泛起的社会历史阶段，显示出中国现代化进程的艰难和中国人的道德建设的困惑。也正因为此，小说在当下东西方文化的碰撞和"国学热"的倡导之中，提供了一个反观中国传统文化自身之不足的视角，也提出了当下思想道德体系建设的难题。

三、《红门楼》的艺术特色与价值

《红门楼》在主旨上表达了对儒家道德衰落的思考，作为一部文学作品，这种内蕴必须以艺术的手法来传达。司马长风在评价钱钟书的《围城》时指出衡量文学作品的三大尺度："一是看作品所含情感的深度与厚度，二是作品意境的纯粹性和独创性，三是表达的技巧。"② 这里暂且借用这些尺度来衡量《红门楼》：

首先，《红门楼》具有饱满的情感和思想内蕴的深度厚度。

---

① 陈思和：《中国现当代文学名篇十五讲》，北京：北京大学出版社，2003，第431页。

② 司马长风：《钱钟书的＜围城＞》，雷达、李建军主编：《百年经典文学评论》，武汉：长江文艺出版社，2004，第368页。

小说主要通过塑造傅敬儒这个人物形象来体现。傅敬儒饱读诗书，胸怀坦荡，一身正气，心忧国事，敢于担当，教化民众，真可谓"有情义有担当"，身上闪耀着人性美好的光芒，体现出儒家仁义道德滋养的儒者光辉的人格力量。小说对这个人物的赞美之情溢于言表的同时，又以清醒的现实主义精神书写了傅敬儒悲剧性的人生轨迹。傅敬儒由此成为儒家道德的最后一个代表。赞美与批判相融合，眷恋与失落相交织，导引人对儒家仁义道德投以深切的关注和思考，让人掩卷深思，扼腕叹息。作为一部现实主义文学作品，小说的内蕴往往要通过人物形象来传达，在傅敬儒人生的轨迹中，小说对儒家道德命题的探讨既饱含激情，又显得非常深刻和厚重。

其次，小说在表达技巧，主要在地域化的书写上相当成功。小说中描写的金州是以兰州为原型的，生动地传达出兰州地区城乡的日常生活画面和生活习俗，具有民俗学、语言学以及人类学的文化价值。比如田福元花样繁多的麻雀拳、青蛙拳渗透着豪爽风趣的西北酒文化；又比如招待女婿要吃荷包蛋、油糊旋，冬天的酸菜，日常的油泼辣子面，出门带炒面等生活习性，活泼泼地传达出陇原生活的神韵。小说还用简洁的笔触写意出富有特色的地域状貌和特征：诸如："一夜春雨，南北两山绿色初染。空气突然间湿润了，结束了金州城冬日干燥的气候。沙枣树开满了银色的小花，散发着淡淡的清香。"[1] "一场秋风过后，黄河两岸的柳树叶子一夜间枯黄了。"[2] 在人物语言表达上，小说让不同身份的

---

① 范文：《红门楼》，上海：上海文艺出版社，2008，第 120 页。
② 范文：《红门楼》，上海：上海文艺出版社，2008，第 285 页。

人说不同的话，声口毕肖。小说中还有大量的民间俚语。这些俚语既是地道的地域语言，又经过细心的、不留痕迹的处理，使其脱掉粗陋，恰到好处地表现出兰州方言质朴而传神的特色。以上两方面是《红门楼》在艺术表现上的成功之处。

《红门楼》的不足则在作品意境的丰富性和创造性方面，其在造境上不够丰富空灵。小说设置了"红门楼"这样一个具有浓郁的传统文化特色的意象，但意象的象征含义过于明晰，缩小了对小说主旨多重解读的可能。此外，小说虽然具有史诗化格调，比如在时间跨度上长达近一个世纪，空间上遍及城市和乡村生活的广阔画面；但过于拘泥于现实主义文学的写法，尽管在细节描写、生活真实上达到了栩栩如生之效果，然因其过于本真，小说留给人的审美想象空间不足。又比如描写的人物多达三四十位，涉及商人、学者名流、地主、农民、共产党高官、工人、干部、知识分子、土匪、贼娃子、混混儿、各类女性、官员等，但过于拘泥于现实主义文学的写法，尽管在细节描写和生活真实上达到了栩栩如生之效果，然因其过于本真，留给人的审美想象空间不足。在人物形象塑造方面除了傅敬儒形象鲜明之外，其他人物的塑造似乎着力不够而没有令人难忘的人物。另外，小说的结构和叙事线索的穿插略微平淡，影响了小说造境。

总之，《红门楼》是一部坚守文学精神、潜心写作的作品。没有对甘肃大地的深入体察，难于写出这样生活气息浓郁的作品；没有对传统文化的深入思考，也难以达到小说所具有的丰富内蕴和深刻思考。应该说，这是甘肃长篇小说的一部力作，也是西部小说中值得关注的一部作品。

叩问人性和命运

▲▲

　　张存学的小说《轻柔之手》以深刻的思想和先锋写作成为西部文学中的异数。

　　小说以"文化大革命"作为背景，写史成延家族的悲惨命运。在十年动乱中，史成延的儿子——拉池中学最好的教师被批斗、关押，最后上吊而死。史成延的儿媳妇程红缨是拉池城医术最好、善良美丽、热爱生活的女医生，却惨遭凌辱而投河自杀。史家的大孙子离家出走不知所踪，小孙女失踪，只剩下二孙子史雷和爷爷史成延延续着严苛的生活。如果小说止于叙述这样一个悲惨的故事，那么，它的话语还在 20 世纪 80 年代初期反思文学的范畴内控诉着历史的罪恶。然而，《轻柔之手》并不止于这些，它更大的着力点是书写创伤下的人心。小说中的人不仅承受着外部世界的魔鬼——历史的折磨，而且需要与自己灵魂中的魔鬼搏斗。《轻柔之手》因此而呈现出力透纸背的深刻，它观照着历史，亦透析着人心和人性，以此去触及那难以言说的命运。

　　《轻柔之手》像一把解剖刀，它要在人类生活丑陋的疮疱之下，去找寻罪恶的根柢。小说中的人们之所以将灾难加诸于史家，人们有理由有动力去迫害史家，不过是史家的儿子儿媳都是大学生，工作干得好。史家庭院整洁，有琴声歌声和欢笑，不像拉池人那腌臜的生活。这些在人们的心里种下了祸根。而当政治的极权与社会的混乱为嫉妒的人心提供了释放的空间的时候，灾祸向史家扑面而来。

那么，施恶者真的可以肆无忌惮吗？人性之恶的花朵真的可以自由开放吗？不，不论向善还是向恶，人性都需得到拯救，也就是在某一个点上所有的灵魂需要以某种方式得到安放。所以，作恶者也难以逃避内心的恐慌和罪责感的折磨。于是，在美好的女医生程红缨蒙冤而死的第二天，拉池城的人们就构造出了程红缨的鬼魂。这个鬼魂在十年中出没于拉池城，杀人放火，招兵买马，已然成为"程营长"。在"程营长"率领的几百鬼魂浩荡的脚步声中，拉池人陷入了恐慌之中。有真正的鬼魂吗？拉池人真的怕鬼魂吗？不，它不过是拉池人对自己恶行的惧怕。于是，十年之后，早年出走的史家大孙子史克回到拉池城为自己的父母复仇。他以法师的假面具诱导那些昔日趾高气扬的拉池人跪倒在他的面前，将丑行和罪恶一一昭示出来。但让史克始料不及的是，他的复仇竟然在葬送了仇人的时候也让他当年失踪的小妹妹赔上了性命。

硬气了一辈子的史成延无言地承受着这残酷的、不可捉摸的命运。至此，小说将人性恶的审视深入到对命运的思索。那么，命运又是什么？这是《轻柔之手》诘问的又一个命题。小说经常从人物心理活动的描写中来叩问命运。从小说中人物的命运来看，命运的走向是人心和时势的耦合，难说这其中何为主宰。人心的恶耦合了恶的时势，好人的命运就会走向悲惨的结局。史家遭遇

凝眸文学

的劫难就是人心的阴暗与特定动乱时代的耦合造成的。但是，命运之手并不只攫住生活的一个阶段，命运也不会将其意旨永驻于人心中某一种意愿。命运之手揉搓着每个人的生活。在历史的变迁中，在幽暗的人性与潜在的良知谴责中，施恶者为自己的行为付出代价，承受了命运的恶果。不过，小说关于命运的思索也没有停留于此。张存学是一位热爱"思"的思想者。小说一直写一团白光反复出现在史家二孙子史雷的房间。在史雷的眼里，这团白光就是母亲的灵魂，是一种悲伤和慈爱，绝不是拉池人构造的程营长。这团白光又是一个美好的象征，她是母爱、是温情、是光明、是劝导孩子放下仇恨热爱生活的力量，是轻柔之手抚慰着苦难中孤独成长的孩子。所以自小经历了家破人亡、在欺辱和冷眼中成长的史雷承受了严酷的命运，并在阴郁的日子始终能仰望天空飞起的鸽群。史雷脆弱过、抗争过,但最终洞悉了生活的真谛：热爱生活，永葆心中的光明和希望，而这也是一种命运。海德格尔说：

> 如果思的勇气源自那存在的严苛，
> 命运的言词将骤然绽放。

原来，人类生存的严苛和罪恶，也揭示了这样的一种认识：内心葆有光明和希望，就是对人性的拯救、对命运的拯救。由此来看，《轻柔之手》中引入了一种"思"，它在叙述故事的基础上，有一种关于思想的召唤，那就是照亮人的存在。从这个视野再看，《轻柔之手》审视的不是现实，而是存在，是人类的可能性。

《轻柔之手》对人性思考的深度和人存在的命运言说都是深刻的。把它放在现代主义文学思潮或者先锋小说一脉中来看，是一部当之无愧的杰作。

凝

眸

文

学

警察价值和生命的凝思

——评张策小说《无梦生涯》

▲▲

大多数人只喜欢听和看那些关于生活和命运的曲曲折折的故事，至于这些故事内核的奥秘，他们是不去思索也不能言说的。可以说，不深入人世的沧桑而拥有透彻的智慧，不以真诚的同情去倾听生命的律动，就不会发现不同生命样态的秘密。优秀的作家是智慧而多情的人，是阅览人生，并能透析人生暗流和奥秘的思想者。他们对自己描写的对象有切身的爱和痛，由此将自己写作的航程抵达一片迷人的地域，也为人类精神开启一扇新的门扉。

张策长期工作在公安系统，从其系列警察题材的作品可以看出，他是警察生命世界的体验者，更是警察生命的思考者。张策深深地懂得人经常被自己的社会角色所塑造并赋予人生的价值感。所以，他写警察的作品，经常将警察的人生遭际、精神世界与警察的社会角色相联系，在警察职业的悲欢离合中来使警察的生命内涵得以澄明。张策作品对警察人生的理解，并不意味着警察的生命表现就是轰轰烈烈的人生和令人激情澎湃的铁血警魂。张策善于从普通警察近乎庸常的生活的观照中，进行一些警察文化的超越性思考。他的小说《无梦生涯》真实而丰富地写出了警察的生命内涵，以及人类精神世界的某些奥秘。

《无梦生涯》写从旧社会走入新中国的四个警察王世才、赵忠普、冯贵和贺正荣的人生史。这四人在旧社会结拜为兄弟一起做警察。在解放后的新政权下，旧警察成为他们的历史污点。他们内心敏感惶惑，命运坎坷动荡，在没有梦想的现实中，在顽强地进行着自我价值的确认。

老大王世才在旧社会入警是由于穷人生计的不得已。他痛恨自己的警察身份，甚至对家人隐瞒了自己的职业。但实际上工作能力很强，是一名优秀的警察。新中国成立后，王世才被列入转业人员，他选择在出警时故意深入险境，以自杀式的牺牲避免了转业的难堪，成为烈士。

老二赵忠普一身旧警察的痞子、流氓习气。转业之后，走出警察队伍的他依然一身臭毛病，不过在关键时刻，警察意识的觉醒使他不至于堕落为一个坏人。在老三冯贵蹲大狱而家庭离散的时候，他收养了冯贵的女儿茄儿，并将茄儿送进警察队伍，支持她成为一名优秀的警察。无论如何，赵忠普这个人内心有着警察的情怀是真的。正是这种警察情怀可以洗涤他身上的臭毛病，最终成为一个好人。

老三冯贵幸运没有转业，他满怀感激，全心全意地在责任区为人民服务，受到局里的表扬和老百姓的认可。他很有原则，从来不利用自己的警察身份谋利，即便在全家身处饥荒，岳父即将饿死的时候也不徇私枉法。"文化大革命"中，冯贵被打成现行反革命，自杀未遂，受到批斗并投入监狱，妻子此时才知他曾做过旧警察，绝然地和他离婚了。

凝眸文学

老四贺正荣在旧社会被拉进警察队伍，短暂地当过旧警察。在新社会，他铁下心跟定共产党，当一名人民的好警察。他紧跟政治形势，变得不近人情。为了显示他与旧警察的决裂，对犯了错误的二哥赵忠普从严办案，将其投入监狱。在"文化大革命"的疯狂中，贺正荣受到侮辱迫害，他违心地揭发大哥王世才的死是自绝于党的自杀。疯狂过去之后，贺正荣在深深的反省中，终于意识到自己所做的一切源于不舍得离开公安局，舍不得警察这份工作。可是，从警察的职业价值来看，这恰恰是一种私心。在旧公安局长老宋的点拨下，贺正荣认识到了警察的价值和生命内涵：无私和责任。

由于历史和社会的原因，不管四兄弟在旧社会怎样做警察，进入新中国后，旧警察就是被定性化、一定程度上也污名化了的不光彩的角色。四个人的心理因此经受着折磨，生活遭受了创伤。但他们都深深地热爱警察这个职业，不自觉地对自己的警察角色进行着自省，以及价值和尊严的维护。也就是说，他们都在内心深处进行着警察价值和生命内涵的确认。这个过程满含艰辛甚至难免误入歧途。但最终，四兄弟的人生和心路历程，揭示了警察以无私和责任为人生价值和生命内涵的文化思考。

此外，《无梦生涯》还写出了个人的创伤性经验与人生的关系。小说一开头就写和平解放的炮声刚停，四兄弟就目睹了一个旧警察在警局里狞笑着自焚而死的情节。这个情节放在小说开头，非常具有艺术匠心。因为那个旧警察的自杀，昭示和凸显了四兄弟人生的最大危机，以及深刻的创伤性心理的缘起。此后小说的发展就自然地深入到人物创伤性的精神世界，合情合理地呈现了四个人令人惋叹的人生。在他们生命的时间纵向链条上，过去已经成为过去，但在生命横向的容度中，过去始终以现在进行时的状态，与他们的生命和灵魂对峙着而存在。一个人的过往，似乎常常预示了他的未来。这里面有社会历史的因素，更主要的是过去留下的创伤性阴影也在支配着个人的社会行为。由此，四个人的人生呈现出一种难以摆脱的过去与无梦拼搏的现在并存交织的状态。由此可以说，《无梦生涯》似乎还提出了人与过往、人与时间这个深刻的命题，牵涉到人与自己生命足迹、生命印痕的关系的思考。

　　总之，回味《无梦生涯》这篇小说，不禁要问，小说描写的这四位警察何以生涯无梦？其实，他们不是无梦，他们一直在追梦，做一个好警察的梦深深地烙在他们的心中。只是在历史的大境遇之中，微小的个人扛不过捉弄；而在生命的足迹中，一个人生命的内核常常埋在遭遇危机的地方，人脱不开过去对未来的预支。所以，他们的警察生涯里追不到梦而无梦。《无梦生涯》这篇小说的深刻就是既写出了以无私和责任为内涵的警察生命的样态，同时在"思"的层面上，为我们认识人类的精神世界打开了一扇门。我想，这是张策小说的超越性所在，而这为公安文学赋予的超拔意义是非常值得重视的。

第三辑

与诗同行

岂独文章焰　还推忠爱长

——论杜甫"同谷诗"三篇

▲▲

　　唐乾元二年（759 年），杜甫弃官举家自长安西入秦州（今甘肃天水一带），又南下成州（今甘肃陇南一带），在成州治所同谷县（今甘肃陇南成县）寓居月余。之后，由于同谷生活艰辛，杜甫离开同谷渡嘉陵江去了四川成都。这就是杜甫一生中非常重要的入蜀之行，历时共五个多月。杜甫在过秦州、经成州流寓期间写下了一百一十七首诗，一般称之为"杜甫陇右诗"，原因是秦州、成州均属唐陇右道。陇右诗描述了陇右奇崛苍莽的山水，诗人艰辛的旅程和悲苦的生活。这些诗，为陇右山川立传，也是时代生活的镜子，更是诗人高境志操的展现。陇右诗在杜诗中具有重要价值，一般认为是杜诗超越前期的转型时期。冯至说："在杜甫的一生，七五九年是他最为艰苦的一年，可是他这一年的创作，尤其是'三吏''三别'以及陇右的一部分诗，却达到了最高成就。"①

　　杜甫在陇右的大部分时间深陷困窘之中。成州同谷县作为杜甫入蜀的中转站，诗人在此留驻的月余，更是他一生最为凄惨悲苦的时期。然"中正之士不以穷达易志操"，诗人在此写下的

---

① 冯至：《杜甫评传》，北京：人民文学出版社，1980。

《积草岭（同谷县界）》《泥功山》《乾元中寓居同谷县作歌七首》《凤凰台》《万丈潭》《发同谷县》等诗篇，表现出杜甫困窘而不废真诚之性，穷迫而无厌世之思，饥寒而怀济世之心的崇高思想境界，也体现出生动传神的描绘与浩荡淋漓的抒情相交融，悲愁却不沉沦的沉郁顿挫之艺术风格。本文选其中三篇诗歌作以观照和探析。

一、困窘之途真性情，情境毕肖如眼前

《积草岭（同谷县界）》写诗人步入同谷县界的积草岭时行路艰辛和对同谷生活的美好期望。

凝

眸

文

学

积草岭

（同谷县界）

连峰积长阴，白日递隐见。飓飓林响交，惨惨石状变。

山分积草岭，路异明水县。旅泊吾道穷，衰年岁时倦。

卜居尚百里，休驾投诸彦。邑有佳主人，情如已会面。

来信语绝妙，远客惊深眷。食蕨不愿余，茅茨眼中见。

诗歌见物见人，融情于景，情境毕肖。前两联描写积草岭地貌。第一联写积草岭层峦叠峰，山峰连绵不绝，阴云在山顶缭绕，几乎不见天日，这是描写积草岭远景，粗加勾勒却逼真白描出山峰之险峻。第二联近写积草岭之阴晦。积草岭林间寒风飓飓作响，地气阴湿，山间光线昏暗，山石形状变化多端。这两联描绘

出一幅既雄伟壮观，又充满萧森之气的画面。第三联写积草岭的地理位置，说道路在积草岭分岔，南宋蔡梦弼解释说分岔的道路一条向西通向明水（鸣水）县（鸣水县在今陕西省），一条向东通向同谷县。第四联写诗人严冬行旅，劳苦困累，力不能持的状况，并感慨自己年老力穷，然无处安身，还要在年末寒冬漂泊之苦。诗人的满腹辛酸，令人泪下。然诗人在这样的困窘之中，并未怨天尤人，丧失对美好生活的向往。这种热爱生活的情怀通过心理活动传达出来：诗人尚在旅途，距投奔之地，那个可卜居的地方还有百里，意味着还有一段艰辛路途要走，但一想到那尚未谋过面的同谷"佳主人"（一般认为是同谷县宰）写信盛情邀请，就觉得俩人像是已认识多年的好友，这样的情谊多么地令人温暖。想到这里，诗人心里充满了惊喜和感激。接下来，诗人憧憬同谷生活：如果能在"佳主人"的关照下结一所茅庐，哪怕每天吃野菜亦没有多余的，但总算有了一方安身之地，能过上平静的生活也就心满意足了。于是，一座可以安身的茅庐浮现在诗人的眼前。诗歌自"卜居尚百里"至结束，描写诗人情感和心理活动生动细腻，情态毕现，我们似乎看到诗人疲倦的脸上那一丝急切又喜悦的微笑。

《积草岭》写困窘之途，有哀叹但更多希望，恰恰表现出诗人那虽处困境，但热爱生活，充满真诚，珍惜并为生活中的情谊而感动的真性情。在艺术表现上，描写山水地貌，分明如画，形成奇峻的艺术画面；描绘诗人对同谷生活的憧憬和向往，具体细腻，情态生动。《积草岭》一诗中情与景、与境的有机融合，使诗歌情境毕肖，亦见出杜甫身陷围困而不废真诚之性的品格。这正是杜诗易入人心脾、感发人心的原因。

二、穷迫之境不厌世，激愤歌哭追屈骚

杜甫投奔"佳主人"而来，但实际情况是同谷"佳主人"的帮助落空，诗人迫不得已寓居在同谷城南的飞龙峡。那么，杜甫在同谷飞龙峡寓居的生活情形到底是怎样的呢？从其长歌当哭，悲痛至极的《乾元中寓居同谷县作歌七首》中，我们可以大致还原出杜甫当时寓居飞龙峡的情形，并进入诗人的内心世界。

乾元中寓居同谷县作歌七首

其一

有客有客字子美，白头乱发垂过耳。

岁拾橡栗随狙公，天寒日暮山谷里。

中原无书归不得，手脚冻皱皮肉死。

呜呼一歌兮歌已哀，悲风为我从天来！

一歌客居流离的困窘。诗人白发过耳形容憔悴，破衣薄衫不蔽寒侵，为了生计跟着当地养猴子的人在山谷中捡拾橡栗直至日暮，手脚冻裂全身冻僵。想告别这样的生活回故乡，然故乡杳无音讯难以回去。念及此，诗人悲痛万分，想来那山谷中的凛冽的长风也是为"我"悲伤从天宇呼啸而来，诗人的悲痛亦如这长风弥漫天宇。"悲风为我从天来"一句悲怆沉痛，统揽全诗，奠定了全诗歌哭的基调。

其二

长镵长镵白木柄，我生托子以为命！

黄独无苗山雪盛，短衣数挽不掩胫。

此时与子空归来，男呻女吟四壁静。

呜呼二歌兮歌始放，邻里为我色惆怅！

二歌生计潦倒之哀。诗人一家饥寒交迫，将性命寄托在一柄长镵（锄头）之上，指望依靠这把长镵挖点黄独（土芋）果腹，然大雪封山黄独不可寻。穿着"短衣"不能御寒的诗人荷着长镵空手归家，空空的家中妇孺子女呻吟之声那样刺耳，痛人心肺。邻人见了也很难过、同情，然也无能无力。清人仇兆鳌论《同谷七歌》第二首云："命托长镵一语惨绝。橡栗已空，又掘黄独，直是资生无计。雪满山，故无苗可寻；风吹衣，故挽以掩膝。男女呻吟，饥寒并迫也。……呻吟既息，四壁悄然，写得凄绝。"[1]在《同谷七歌》中，一歌和二歌是为生计艰辛之哭。

其三

有弟有弟在远方，三人各瘦何人强？

生别展转不相见，胡尘暗天道路长。

东飞鸳鹅后鹜鸽，安得送我置汝傍！

呜呼三歌兮歌三发，汝归何处收兄骨？

三歌兄弟不能相见之恨。杜甫有四弟：颖、观、丰、占。这

---

[1] 仇兆鳌：《杜诗详注》，北京：中华书局，1983。

时只有占跟着杜甫，而兄弟五人都在辗转流离中，难以聚首，且无一体强身健者。这皆因"胡尘暗天道路长"，也就是安史之乱造成了人民的流离失所。那向东飞去的鸳鹅啊，随后跟去的鹜鸽啊，你们怎能把我送到兄弟们的身边！唉，也许只能等你们归来看我，而你们归来又到何处收拾我的尸骨呢？

凝眸文学

其四

有妹有妹在钟离，良人早殁诸孤痴。

长淮浪高蛟龙怒，十年不见来何时？

扁舟欲往箭满眼，杳杳南国多旌旗。

鸣呼四歌兮歌四奏，竹林为我啼清昼！

四歌兄妹相见无时之痛。诗人与妹妹已有十年不相见，孤苦伶仃的妹妹让人深深挂念，而这相见无时因为水路艰险更因为"箭满眼"和"多旌旗"的兵乱。我的悲痛谁知道呢？听，北风劲吹竹林，那鸣鸣的声音仿佛在为我悲鸣。三歌与四歌情深意切，至情至性，殷殷牵挂，生离死别，令人心肺俱寒，肝肠寸断。其间亦蕴含着对制造人间悲剧的安史之乱的控诉。在《同谷七歌》中为亲人流离失所、生离死别之哭。

其五

四山多风溪水急，寒雨飒飒枯树湿。

黄蒿古城云不开，白狐跳梁黄狐立。

我生何为在穷谷？中夜起坐万感集！

呜呼五歌兮歌正长，魂招不来归故乡！

　　五歌穷谷寓居，对自身人生境遇和价值的悲叹。前四句写同
谷的环境：多风，急溪，寒雨，雨中枯树，黄蒿林密遮云蔽日，
荒僻之地人烟稀少而常见野狐出没。在这样的孤苦荒凉的环境中，
诗人心事浩茫，忧愤难抑，"中夜不能寐"，发出"我生何为在穷
谷？"的诘问。与李白"天生我材必有用"对自我价值的豪情肯
定相比，杜甫"我生何为在穷谷"的价值迷惑中无限悲痛难以言表，
只觉在荒僻寒夜中，诗人的头发又白了几分。此为诗人对人生价
值失落而歌哭。

其六

南有龙兮在山湫，古木巃嵷枝相樛。

木叶黄落龙正蛰，蝮蛇东来水上游。

我行怪此安敢出，拔剑欲斩且复休。

呜呼六歌兮歌思迟，溪壑为我回春姿！

　　六歌龙潜蛇游，国事难宁之怨。按蒲起龙之说，前四句以"龙
蛰"象征唐王朝君主昏庸，国势衰颓，无力平叛。以"蝮蛇"象
征叛乱者之嚣张（清·蒲起龙《读杜心解》）。接下来诗人指出"龙
正蛰"和"蝮蛇游"正是自己流离失所的原因。在愤懑悲痛之中，
诗人想到拔剑斩除妖孽，然却力不能及，于是看那溪壑也似乎和
自己一样心有犹疑。六歌是为国事艰难而歌哭。

其七

男儿生不成名身已老，三年饥走荒山道。

长安卿相多少年，富贵应须致身早。

山中儒生旧相识，但话宿昔伤怀抱。

呜呼七歌兮悄终曲，仰视皇天白日速！

七歌岁月易逝，仕途不遇，身世飘零的人生之思。诗人满怀报国之志，然"生不成名身已老"，不但壮志难酬，还流落穷谷荒山。转看当今长安权贵，钻营早致仕，然不过是些尸位素餐之徒。忧思悲愤之中，诗人与旧人说起往日抱负，却更感到"白日速"，光阴易逝真是令人伤悲啊！这首诗是为人生失意、岁月匆匆而歌哭。

这组诗一般也称为《同谷七歌》。《同谷七歌》之间在情感内容和诗歌结构上有往复回环的特点，由个人生计困窘到念及亲人境况，再回到自身人生的价值，接着由一身一家说到国家，又回到个人对岁月流逝的悲思。可谓一唱三叹，回环往复，豪宕奇崛，诗人穷愁潦倒的生活，郁闷难解的心结，对亲人的深情眷恋，盼望报效祖国的鸿志，如江河倾斜，酣畅淋漓，感人肺腑，达到了"长歌可以当哭"（肖涤非《杜甫诗选注》）的效果。有学者指出，《同谷七歌》在抒发主人公的气质、悲愁意境，和运用比兴象征手法、体制格式等方面，与楚辞之间有内在一致性。① 明人王嗣奭曾评价说："七歌创作，原不仿离骚，而哀伤过之，读骚未必坠泪，

---

① 霍志军：《杜甫〈同谷七歌〉与〈楚辞〉的比较研究》，《天水行政学院学报》，2011 年第 4 期。

而读此则不能终篇。"① 所以说,《乾元中寓居同谷县作歌七首》激愤歌哭追屈骚。可以说,我们从这七首歌哭中,读出了杜甫凄惨的生活际遇和内心的悲痛,而这正是诗人所处那个时代的一面镜子,是时代的哀痛。更为重要的是,我们还从诗中读出了杜甫对亲人的情深意长,对国事的痛心忧患,诗歌因此而超越了个人悲伤哀叹,沉郁却不消沉。可以说,诗人穷绝而无厌世之思,使得《同谷七歌》悲痛至极却并不委顿,而这正是杜甫的独特风格。

三、忧国伤时有高仪,沉郁悲壮撼人心

杜甫在同谷写下的《凤凰台》一诗既是纪行诗、山水诗,也是述怀诗。诗借同谷一地"凤凰台",抒发忧国伤时、报效国家的宏愿,风格沉郁悲壮。

凤凰台

（山峻,人不至高顶）

亭亭凤凰台,北对西康州。西伯今寂寞,凤声亦悠悠。

山峻路绝踪,石林气高浮。安得万丈梯,为君上上头。

恐有无母雏,饥寒日啾啾。我能剖心出,饮啄慰孤愁。

心以当竹实,炯然无外求。血以当醴泉,岂徒比清流。

所贵王者瑞,敢辞微命休。坐看彩翮长,举意八极周。

自天衔瑞图,飞下十二楼。图以奉至尊,凤以垂鸿猷。

再光中兴业,一洗苍生忧。深衷正为此,群盗何淹留。

① 王嗣奭:《杜臆》,上海:上海古籍出版社,1983。

凤凰台处于同谷县飞龙峡，此地有一状肖凤冠的山峦，《水经注》云：“中有二石双高，其形若阙，汉世有凤凰栖其上，故谓之凤凰台。”凤凰台险峻异常，故杜甫在本诗题歌注释：“山峻，人不至高顶。”

《凤凰台》是杜甫剖心切腹的吟唱。诗人仰望峭壁如削、险峻雄奇的凤凰台，由凤凰的传说想到国事难宁、社会动乱、人民疾苦而揪心难却，驰骋想象吟成《凤凰台》一诗。诗的前四句以凤凰台起兴，由眼前的凤凰台联想到周文王“凤鸣岐山”的传说，怀念那给周文王带来祥瑞而安定天下的凤凰。可如今凤去楼空，凤凰台一片寂寥。接下来四句写诗人很想攀上凤凰台峰顶一观，可是凤凰台高峻没有道路，山上石林耸立突兀，山气森郁缭绕山顶，诗人于是设想有一个“万丈梯”来帮助他完成心愿。这四句在艺术表现上，形象地写出了凤凰台的峻险和美丽，形成了《凤凰台》一诗神奇壮美的色彩。接下来八句诗，描绘诗人攀上凤凰台喂养凤凰，体现出诗人的仁者情怀。诗人想象凤凰台上会有失去母亲的雏凤，在饥寒之中哀鸣。接着借用《庄子·秋水》“夫鹓雏，发于南海而飞于北海，非梧桐不栖，非练实不食，非醴泉不饮”的典故，来剖白诗人的心迹：“我”宁愿剖心沥血，以心作竹实（也叫练实），以血作醴泉，供雏凤啄饮，解其饥寒，慰其孤愁，只要凤凰这样的瑞鸟能早降祥瑞，早致太平，“我”愿意为此而牺牲自己。接下来八句借用“黄帝游洛水，凤凰衔图置帝前”的传说，进一步以浪漫主义的想象展开了一幅凤凰降瑞的美好景象：看啦！“我”用心血喂养的凤雏，已羽翼丰长，展翅可覆盖天下八极。它伸展开五彩的翅膀，口衔瑞图，从天际那神圣的仙人居处振翅而下，献瑞图于皇上，成就安定天下的大业，垂盛德于后世。这八句诗体现了杜甫"致君尧舜上"的平生抱负和高尚的人格。接下来，诗人再次表达内心的衷曲，那就是希望唐王朝重新振兴，让人民不再遭受苦难。然而，面对现实时局，诗人颇为无奈而又义愤地诘问，那些盗贼却为何还在淹留？诗歌后四句言有深味，令人感慨。

《凤凰台》一诗，忧国伤时有高仪。读这首诗，一个忠君爱国、忧国忧民的抒情主人公如在眼前。他有着置己生死于不顾，希望国家强盛壮大、人民安康幸福的伟大胸襟，同时他也是一位呕心沥血，有着悲悯精神的仁者。杜甫之所以被尊为"诗圣"，就是因为这种高尚的人格与仁者的情怀。从诗歌风格来看，如果说《同谷七歌》是一组现实主义的的宏篇，《凤凰台》则是一首浪漫主义的杰作。《凤凰台》驰骋想象，立意深刻，意境博大，神奇壮美，情感的大起大落中始终氤氲着一种悲壮感，或者说一种深沉的悲剧感，可谓沉郁悲壮而气撼人心。

杜甫陇右诗的地位非常重要，朱东润说："乾元二年是一座大关，在这年以前杜甫的诗还没有超过唐代其他的诗人，在这年以后，唐代的诗人便很少有超过杜甫的了。"[1] 上述三首同谷诗作为陇右诗中的杰作，描写自然风物逼真形象，抒发情感或悲喜交集，或悲怆，或沉痛，总体上以真情真性和深沉厚重感人肺腑。风格奇崛沉郁、境界阔大，确实可以体现杜诗高度的思想和艺术价值。江盈科《雪涛诗评》曰："少陵秦州以后诗，突兀宏肆，迥异昔作。非有意换格，蜀中山水，自是挺特奇崛，独能象景传

---

[1] 朱东润：《杜甫叙论》，北京：人民文学出版社，1981。

神，使人读之，山川历落，居然在眼。所谓春蚕结茧，随物肖形，乃为真诗人，真手笔也。"① 应该说，正是入蜀崎岖的道路与伟丽的山川，以及行旅的艰辛、漂泊的苦痛磨砺了也沉淀并升华了杜甫的心境和诗艺，使他在描绘陇蜀山川的诗歌中，并入身世之感、生事之艰、家国之痛，从而成就了融山水、纪行、述怀为一体的上乘之作。

杜甫在同谷寓居月余后，渡嘉陵江去了四川成都。北宋末年，为了怀念一代诗圣，人们在飞龙峡杜甫居住的旧址修建了杜甫祠堂。此后历代文人雅士、名宦乡贤纷纷来此怀念和凭吊杜甫。缅怀杜甫的诗、联，或怀古，或拜谒，或凭吊，形成了杜甫祠堂前石碑林立、蔚为壮观的景象。其中清代文人刘峐、刘墫勒诗碑，称赞杜诗堪比"大雅"，并以"岂独文章焰，还推忠爱长"指出杜甫的价值不仅在光焰万丈的诗歌成就，还在于杜甫忠爱之节操留给人们的精神滋养。因此，同谷人民对"当时歌橡栗"的杜甫，以"此日荐羔羊""来往奠椒浆"的祭祀来表达敬仰之情。

---

① 仇兆鳌：《杜诗详注》，北京：中华书局，1983。

诗学现场之思

——叶淑媛编著《诗学现场》自序

▲▲

诗歌最能反映时代的精神风貌，也是一个时代文学价值的重要衡量标尺。深入具体历史时期的诗歌现场，在大量诗歌作品的研读中去观照一个时代之诗歌面貌，无疑是一种最为接近其时诗歌状况及其时代精神的方式。当然，时代精神和诗歌面貌必然是由具体的一首首诗共同承载和反映出来的。这意味着诗歌批评不应该是凌空的理论指导，而应该是在诗歌现场对具体诗歌文本的感受和评析中进行的诗学思考。基于这样的认识，本书期望在诗歌现场和诗学思考这两重视界的互动中来进行诗歌评析和批评理想的建构，并在诗与灵魂相遇的生命体验里，以诗化语言进行诗歌批评。其立足点是从诗歌现场出发进行诗歌批评，同时希望批评凝聚的诗学思考是对诗歌现场的回照，给予诗歌创作以启示。所以，提倡从诗学现场出发有两层含义：一是回到诗歌本身，所有的感受来源于诗歌文本；二是诗歌批评是源于具体诗歌的诗学思考，这种诗学思考有利于再回看诗歌现状。从诗学现场出发也就意味着一个环形的批评思维。《诗学现场》主要考察甘肃当代诗歌，但由于甘肃诗人群体庞大、诗歌整体创作水平在全国诗坛亦属较高水平，故这些精选出来的诗歌，能在一定程度上反映当代诗歌的面貌和创作水平，也可以从中大致观照时代的表情。也希望能大体上窥斑见豹，对中国当代诗歌的状况有所了解。笔者也力图表达自己的诗学观以及对诗歌精神与诗歌价值、有效的诗歌批评和甘肃诗歌发展衍变等问题的思考。

一、诗歌价值与诗歌精神

这里又一次提出诗歌精神与诗歌价值这个老生常谈的问题，是针对当下诗歌的表现而言的，要从以下两个方面来谈：

（一）新世纪诗歌的面貌

总体上来说，新世纪以来不乏好诗人和好诗的存在。但与 20世纪 80、90 年代前期的诗相比，还是有明显的区别性特征，表现为两种明显的症候。

其一，现实关怀的遁隐和自恋的灵性写作泛滥。自 1990 年代中后期的"盘峰论争"以来，诗人内部的分裂让新诗走向两个方向：一部分诗人继续寻求新诗的现代化，在向西方诗歌的借鉴和学习中追求自我的纯诗艺术；另一部分则强调公共性，主张诗的"口语化"和"民间"立场，来为民间立言。在这两个向度上，都有优秀诗人留下了杰作。但从诗坛发展至今的总体面貌来看，无论坚持自我的诗歌还是强调公共性的诗歌，总体上更多的诗人抒发的是"我"的情绪和"我"的生活片段，大量的满怀自恋的灵性写作中不乏才华横溢的作品，但是生活本质和深隐的矛盾皆被避而不谈，从而使诗歌的力量那样地"轻"。有人认为，这也许和时代的氛围有关，一个自我受到高度强调的"小时代"里，必然张扬的是个人的趣味和冷暖酸甜，并倍感真实。谈论社会的、历史的、民族的等大的命题反而让人们有虚无之感。可是，诗歌的追求就是基于个人世俗生活体验的"真实"吗？这需要质疑。一方面，诗应该是个人化的真实情感的流泻；另一方面，缺乏对人的精神的深层现实的观照，这样的"真实"无非是诗人为其精神的肤浅贫乏辩护的托词。而人们在读了太多抒发小触动小情绪的诗之后，因为它们的面目相似而让人不再感动。不再感动人的诗肯定不是好诗。我想，这样的诗即使在诗歌艺术上值得称赞，但仍然是缺乏诗歌精神的诗。

其二，"草根诗歌"的时代印痕价值与审美的粗糙。关于诗歌的"草根性"，先是 2003 年诗人杜马兰在《上海文学》第 9 期"水心"栏目发表"诗观"，倡导"回到诗歌的草根年代"。此后，诗歌的"草根性"成为新世纪以来一个诗学命题。关于草根诗歌、诗歌的"草根性"这些内涵有争议的命题不是此处探讨的重点。这里借用这个命题只是描述近年来诗坛的一种创作状况，即在专业的诗人群体之外，大量业余诗人诗歌的写作状态。他们的诗主要借助网络时代众多自媒体和新媒体来发表，并进行广泛传播。关于草根诗歌对于当代诗歌的价值，张清华说："从重要性上看，我甚至觉得，余秀华的诗歌比一个专业性更好的诗人的作品要重要得多，因为她更能够成为这个'时代的痕迹'。"确实，由于诗人能够以诗歌处理当下的生活，有着时代的气息，一定程度上将"我"的悲喜与世界的荒谬联系在一起，以一定的"反讽性"和痛感突破了矫揉造作的黯然神伤，就已经是对诗歌精神的拔扬。这是草根诗歌不可抹杀的价值。但同时，我们还应看到，网络时代草根诗歌的低门槛，使诗歌写作变得随意和粗糙。当然，必须看到被认可了的草根诗人如余秀华，在诗歌的艺术性和美学趣味并未完全平民化。不论如何，鉴于草根诗歌的兴盛引起的诗歌标准的混乱，也迫切需要重提和思考诗歌价值。

（二）诗歌价值与诗歌精神

诗歌价值如何判定？宗白华说："我想诗的内容可分为两部分，就是'形'同'质'。诗的定义可以说是：'用一种美的文字——音律的绘画的文字——表写人的情绪中的意境。'这能表写的、适当的文字就是诗的'形'，那所表写的'意境'，就是诗的'质'。换一句话说：诗的'形'就是诗中的音节和词句的构造；诗的'质'就是诗人的感想情绪。所以要想写出好诗真诗，就不得不在这两方面注意。一方面要做诗人人格的涵养，养成优美的情绪、高尚的思想、精深的学识；一方面要作诗的艺术的训练，写出自然优美的音节，协和适当的词句。"宗白华对诗的定义，实际上也说出了构成诗歌价值的两个层面：一是诗歌的精神内涵，也可以称之为诗歌精神；二是诗歌的美学韵味。

关于诗歌的美学韵味，是一个复杂的大问题。这里只能指出当代诗歌缺失美学韵味的表现：一是语言的粗鄙和平面化。许多"诗"的语言是粗糙而干枯的，形象性不够，灵性也不足，诗的意义是平面化的、单一性的。而诗歌价值的规定性要求诗是要以有限的语言形成多重意味的回味空间，也即形成诗歌意境。二是诗缺乏高度的想象力。想象是诗歌思维的主要特征，没有独特的想象，诗歌必然是一副平庸的面孔。它使诗人个性泯灭，也是造成诗歌千篇一律的主要原因。三是缺乏声情之美。现代诗脱离了古体诗，并不意味着不再重视格律押韵而可以随意摆放词语和句子。其实，诗歌起源时是诗乐舞一体的。诗歌艺术的意蕴具有复合性。"拿一首诗来说，它的文辞传达一种意蕴，它的音韵也传达一种意蕴；前一种意蕴，中国古人称之为'辞情'，后一种意蕴，中国古人称之为'声情'。任何一首诗或一篇散文的意蕴都是'辞情'和'声情'的统一。""清代美学家刘熙载在他的《艺概》中讨论过这个问题。他指出，'诗'和'赋'的一个区别，就在于'诗辞情少而声情多，赋声情少而辞情多'。诗重'声情'，这是诗的美学本性。"对于现代诗来说，其声律虽然没有严格的模式，但诗歌内在的情感节奏仍然要通过句式和语词的排列组合形成声情之美，声情之美是形成诗歌复合意蕴必不可少的因素。

不过，当下诗歌的价值判定，更多地要参考诗歌精神。因为现代汉语诗在经历一个世纪的发展之后，好诗人还是能够把握诗歌的语言、结构、组织等艺术要旨，达到诗的艺术。但诗歌精神则意味着诗人的人格养成和境界，决定了诗歌的高度，是当下诗歌最需要重视的问题。

何谓诗歌精神？这是个不能一言以蔽之的问题，只能以列举和阐释形式略述一二。而且，这里对诗歌精神的阐释，更多地着眼于对诗人写作姿态的一种审视。因为诗人理解世界的深刻程度和诗人的精神境界的层次决定他的诗歌精神的高度。

2006 年，王家新在北大做了一场名为《诗人与诗歌精神》的演讲，时迁十年，仍然有启发意义。比如，王家新以叶芝的《柯尔庄园的野天鹅》为例说："诗人要做的，就是在时间的流逝中，把人生的美和价值挽留在'一首诗'中。"意即诗歌精神意味着一种"挽歌"式的高贵的忧伤。王家新还以里尔克式的孤独，说明诗歌精神也是诗人在孤独中完成自我，而昭示的一种严肃、深刻意义上的人生，这需要诗人投入自我的生命，是一种自我牺牲；他以帕斯捷尔纳克来指出诗人要承受名誉的冰雪、经风沐雨，写出历史和人世的沧桑感，像阿赫玛托娃那样，使诗歌成为一个民族一个时代的文化记忆。王家新也以扎加耶夫斯基的《飞蛾》为例，指出诗歌精神意味着注视一种生命存在时，深入到为灵魂一辩或者审判，这意味着诗歌的良知。这些对于当下的诗歌创作中"小我"的泛滥、"表皮的疼痛和即时性的日记景观，而非灵魂的激荡"现象有警醒意义。

以上列举的诗歌精神基本是以西方现代诗歌为参照的。中国现代新诗深受西方诗歌的影响，形成五四以来区别于中国传统诗歌的新的文学传统，成为汉语新诗的一个重要组成部分，当代一些优秀的诗无疑体现了高贵的诗歌精神。

从中国传统诗歌精神的继承和变革的视角来看，当下诗歌一定程度上也显示了可贵的诗歌精神。比如人伦温情在西方的诗歌中并不很受重视，但它是中国诗歌精神中的一个传统。当下有些诗表达了对友谊、家庭、日常生活的重视，细腻真切地表达自己的，也能触动每个普通人的情感，淳朴自然打动人，其中当然贯穿了诗歌精神。不过，有些此类诗歌常常将人伦亲情表达为没有诗美的唠叨絮语。

但从整体观照，当下诗歌中中国古典诗歌精神是匮乏的。原因是当下诗歌的精神内蕴与中国古代哲学的隔离和隔膜。而中国古典诗歌精神与中国古代哲学之间有密切的关系。在人与自然的关系上，中华民族的审美理想与审美追求，是主体精神与客体自然美的和谐统一。"哲学形态的山水探索、伦理形态的山水观照、艺术形态的山水创作，是中国山水诗的'原型'之所在。"在人与社会的关系上，"诗以言志""兴观群怨"以及对人格美的追求和赞赏，赋予诗歌政治学和伦理学意义上的精神高度。在人与人的关系上，最高审美境界与最高道德境界的合一成为诗歌中一条奔流不息的长河。禅宗空灵澄澈的诗化世界更是诗歌追求的至境。总之，中国古典诗歌因与中国古代哲学的密切联系而有了高远的审美境界。

中国古典诗歌的诗歌精神在当下呈现出明显的裂变，表现为：现实性与古典审美精神的分裂。比如以田园生活的诗意向往和书写乡土的艰辛苦难为抒情对象的诗，如果缺失了现代眼光的审视会让人感到现实性缺乏的"天真"，以田园的自由和悯农的情怀来书写又达不到古典诗歌的完整自在，并且常停留于表面化。比如写自然山水的诗，再也难以进入李白、陶渊明式的人与自然亲密无间的契合状态，原因是无孔不入的现代性与乡土田园、自然山水的裹缠纠结中产生的许多问题得不到深入认识，诗人的内心世界经常是困惑的。屈原、杜甫的家国忧患意识在当下找不到恰当的表述。这样的裂变不是现代汉语与古诗词语言表达的区别问题，而是诗人们的价值判断问题。学者张柠曾说："中国当代作家创作的技术没有问题，问题在于没有价值上的'总体性'，缺少对人和世界整体理解的确定性，价值观念极其混乱，以至于能不能对事物给出判断，这一重要的事情变得不重要了。"这段话是谈中国当代文学精神的裂变，更多地针对小说，其实对于诗歌也一样。没有了价值判断，当然无法有高远的精神旨归，相应地，诗也就缺失了中国古典诗歌中高远的精神境界，也难再有言有尽而意无穷的审美意境。

中国古典诗歌精神的裂变是一个大问题，不能一时半刻得到解决。只要诗人的价值判断不能明确，找不到哲学意义上的精神归宿感，这个问题就不能解决。这也是诗、文学以及时代的整体性问题。

诗歌精神是一个抽象的话题，它只能在具体的诗歌文本中表现出来，一个时代的诗歌精神达到了怎样的高度则必须在大量的诗歌作品组成的文学现场去观照和体会。本编著选评诗的时候，也在体味和理解诗中贯穿的诗歌精神。每首诗歌的精神内涵是不一样的，但起码可以看到诗人写作时的状态，看到诗人有真诚的情感和人文关怀。所以，我认为它们都贯穿了一定的诗歌精神，有对人的生存境遇的照亮的精神意义。

巴勒斯坦诗人加桑·扎克坦在《一如流亡者的习惯》一诗中写到："我们算谁 / 可以去厌恶我们不得而知的事 / 我们算谁 / 可以爱上与我们无关的事情。"我想，这个"谁"应该是所有人，但诗人更能成为这样的"谁"。也就是说，诗人并非只在自我的世界里，对切己的事情关心和爱憎。诗人将自我、生存、历史、时间、当代，包括日常生活都紧密缠绕在一起。这种写作姿态正是一种对诗歌精神有自觉意识的写作。也许，它可以给陷入"小我"自恋的当代诗歌写作提供一些精神的振奋。

二、诗与灵魂的相遇、文本细读的诗歌批评

（一）诗与灵魂的相遇

诗与灵魂相遇和交会，然后方能进行兴味和批评。李健吾说：

> 诗把灵魂给我。诗把一个真我给我。诗把一个世界给我，里面有现实的憧憬，却没有生活的渣滓。这是一种力量，不像一般文人说的那种空灵，而是一种充满人性的力量。人性是铁，诗是钢，一点点诗，作为我生存的锋颖。我知道自己俗到什么样无比的程度。人家拿诗来做装饰品。我用它修补我的生命。

李健吾是一位杰出的评论家。他说出了诗之于人的意义。诗歌滋润和丰富人的心灵，是人的灵性和创造性力量冲撞激荡的表现。诗应该是人丰富的心灵、灵性和灵魂的富有创造力的表达，同样诗歌批评也需要用灵魂去倾听，然后以灵性和创造性来表达。李健吾在他的著名的批评文章《自我与风格》里引用了法朗士的话："好批评家是这样一个人：叙述他的灵魂在杰作之间的奇遇。"诗歌与评论家之间的关系就应该是：一方面它是诗人灵魂的诉说，另一方面评论家也必以灵魂去交会，方得两相怡然。

评论家是以自己的灵魂与诗相遇，在相遇里悸动、欢喜、澄明、本真，感慨良多又得以安然。在本书中，评析者把这样的相遇用文字写下来，形成每一首诗的评析。这样阐释"灵魂相遇"的感受是不是抵达了诗的核心，或者符合诗人赋予诗的本义，或者也对应于其他读者对诗本身的理解，这都不是最重要的。重要

的是用自己的心迹和生命体验去理解每一首诗，是真诚的理解，绝非顾言其他的花言巧语。而一首诗呈现出来，本身也应该有朦胧而多重阐释的意味，给人们丰富的理解空间，否则它也不是好诗。还是用李健吾的话来说，诗是灵魂神秘作用的征象，而事物的名目，本身缺乏境界，多半落在朦胧的形象之外。所以梵乐希说：

　　　　一行美丽的诗，由它的灰烬，无限制地重生出来。

　　　　一行美丽的诗永久在读者心头重生……

　　诗评虽然是个人的理解，但并非是对一首诗意蕴的定位，而是阐释构成这首诗的语词之间有无相生中的丰富假设和可能性。就像海德格尔对荷尔德林的阐释，就像李健吾对卞之琳的阐释，是否恰当是否成功都不重要，只是一次阐释的奠基而已，因为被阐释的那首诗具有不可阐释的定力、魅力、召唤性、诱惑性。不论如何，好诗最隐秘的部分，需要一定的诗歌经验和诗学修养的积淀才能进入。所以，以对诗歌常年阅读和中外诗学思想的学习思考，期望这些阐释在某个角度切入了诗的较为深入的层面，而并非只停留于初步的感性的鉴赏，因为诗歌的选择和评析也是在诗学观念的指导下进行。编著命名为《诗学现场》，既要将鉴赏性批评与诗学理论结合在一起，从当代甘肃诗歌这个诗歌现场进入诗学的思考，也从诗学的思考进入诗歌文本的鉴赏，体现批评者的诗学观，包括对诗歌价值的理解以及如何进行诗歌批评的尝试。

（二）诗歌的文本细读

自 20 世纪五六十年代的英美新批评进入国内文学界以来，文学研究中对文本细读的倡导和呼喊不绝如缕。但是，至今它仍然不被大多数批评家重视。究其原因，不外乎两个：一是不屑，二是不敢。不屑者认为文学批评还是要有大的视野和理论高度，文本细读是琐碎的。但问题是，大的视野和理论都要建基于具体的大量的作品之上。更何况，文本细读是文学研究的起点和基础。再说不论文学研究深入到哪个程度，始终要面对文学作品。所以，文本细读是起点也是高点。不敢进行文本细读的情况也是普遍存在，因为对于一个具体文本的阐释和评价经常是具体化的、个人化的，你不能保证每一个文本的阐释都做到最好，别人看你的缺陷一目了然，很容易被诟病。而大概言之的评论总是最为讨好，因为似是而非而有了许多迂回和避免尴尬的余地。在长期的教学实践以及和许多热爱诗歌的普通读者的交往中，经常听到读不懂现在的诗，尽管喜欢诗，却不知道什么是好诗，一首诗好在哪里。这与诗歌素养的缺乏有很大的关系，没有一定的诗歌阅读经验和诗学修养，当然感受不到诗歌的美妙。而诗歌文本细读，是提升诗歌阅读经验和素养的唯一的途径，通过长期的文本细读，就能慢慢地在阅读中把文本里蕴藏的丰富的信息和能量释放出来，从而与文本形成对话关系，读者也才能进入诗歌和被打动，然后感受到一首诗的好，所谓"观千剑而后识器"。

文本细读的诗歌批评不等同于英美新批评那种将诗歌肢解为具体词句，从形式决定内容的角度去评析和理解诗的方式。这里的文本细读经常是将诗的情感线索贯穿在词句、修辞、意象的分析中去整体把握一首诗，也经常将自己的直觉印象和生命体验投射在一首诗中去理解、阐释和评析。这样的诗歌批评深受李健吾的影响。

20世纪中国文学批评史上，李健吾和他的《咀华集》为诗歌评论树立了一种典范。李健吾的批评不止于诗歌，还有对沈从文、巴金等人的小说的批评。一般来说，不论诗歌批评还是小说批评，他的批评总体上被认为是印象主义的。但是，通观李健吾的批评，就会发现他在自我的印象之中也在追求学者的精深境界。李健吾说："一个批评家是学者和艺术家的化合，有颗创造的心灵运用死的知识。他的野心在扩大他的人格，增深他的认识，提高他的鉴赏，完成他的理论。创作家根据生料和他的存在，提炼出来他的艺术；批评家根据前者的艺术和自我的存在，不仅说出见解，进而企图完成批评的使命，因为它本身也正是一种艺术。"这意味着李健吾既追求艺术家批评的自我风格，也追求学者的深厚的学理。李健吾的批评特点从三个方面表现出来。第一，不是判断。李健吾主张艺术首先是直觉的产物，反对任何理论霸权，避免让批评变成"名词的游戏"，也反对任何直接艺术的行为。批评也具有艺术创造性，但批评的出发点不仅仅是判断一部作品的优劣，更在于能否表现自己的追求。第二，文学批评不代表一个终极的看法或一个公认的准则。一种批评不排斥另一种批评，批评作为自我的一种心灵活动，并非完全切合作品的正确的解读活动，它是自我的一种体现。第三，不仅是印象的。批评固然离不开印象，但批评之印象也要"比照人类以往所有的杰作，用作者来解释他的出产"，也就是也要与人类的经验和作者的经验融合起来。印象是立论的依据，而深厚的学养才能完成对印象直感的学理化提升，从而把批评提高到能够正确揭示作家和作品特点的高度。而从李健吾文学批评的自我表现来看，批评成为验证批评者人生体验的实践活动，烙下了自我深深的生命印迹。

李健吾的文学批评是一笔重要遗产，对于深陷于理论探讨的学院批评者而言，尤其具有借鉴的意义。所以，本著作在诗歌的批评中注重当下优秀的诗歌文本的语言生成，并立足于印象，融汇生命体验去解读每首诗，然后贯穿一些诗学理论去概括每位诗人及其作品的特点。不论批评的效果如何，诗与人的相遇本来也是修补自我、丰富和提高自我的过程。

三、甘肃当代诗歌的图景和价值

甘肃有诗歌大省之美誉。当代诗歌不论从诗人阵容，还是从作品的数量质量讲，这个评价都不是过誉。诗歌大省首先体现在甘肃诗人群体人数众多，阵容强大。至今在全国各种正规出版刊物发表过诗歌的诗人已达 300 多位，并出现了一批享誉全国的知名诗人，形成了甘肃诗坛龙腾虎跃、生机勃勃的局面。甘肃诗人亦成为中国当代诗坛不可忽视的一支重要力量，为中国当代诗歌创作注入了活力。其次，新时期甘肃诗歌创作实绩是引人瞩目的。在鲁迅文学奖诗歌评奖中，有 4 名甘肃诗人获此殊荣。军旅诗人王久新、辛茹同时获得第一届鲁迅文学奖优秀诗歌奖；李老乡、娜夜同时获得第三届鲁迅文学奖优秀诗歌奖。而在历届全国少数民族文学奖（"骏马奖"）评奖中，东乡族诗人汪玉良获得诗歌一等奖 3 次，马自祥获得 1 次；藏族诗人伊丹才让获得 2 次，丹真贡布获得 1 次；裕固族诗人妥清德获得 1 次。他们为甘肃少数民族文学赢得了巨大的荣誉。可以说，迄今为止的全国各类诗歌奖项中都有甘肃诗人的名字，各种诗歌选集都不缺甘肃诗人的作品，这些都是甘肃诗歌强劲实力的表现。诗歌大省的赞誉实至名归，早已是文坛共识。所以，对甘肃当代诗人所取得的成就及其价值予以充分的肯定，对其历史发展和面貌进行及时的回顾和探讨，也是十分重要和有意义的。

（一）甘肃当代诗歌的价值

从对诗歌精神的弘扬来看，老诗人唐祈、杨文林、伊丹才让、高平、李云鹏、何来、李老乡、彭金山等人的诗让人深有感触。他们的诗中的力量是撼动人心的。从他们的佳作中，我们感到诗人内心的热情、激情和理想，看到时代的社会画面和心理情感，体会到诗人对历史、社会、人生、民族、国家的思索和审视，感受到对人的关怀，而不是仅仅停留于个人的悲欢离合。他们用诗表达人的尊严和共同价值。他们的诗告诉我们：诗歌虽然在艺术上是高蹈的，但应该与现实紧密相连，充满对人生存的同情。所以，诗人在交出自己真诚的心的时候，也和众多人的心联系在一起。记得采访李老乡先生时，他说："当下的诗歌无论怎样繁盛，最大的问题是脱离生活。"这并非要求诗人扮演平民的代言人角色或者注重琐碎的生活，而是指诗人应该意识到好的诗歌，往往将个人情绪延展深入到掩藏在生活表象之下的人的欢乐与悲痛，去感受世界的美好与荒诞，要对人类共同性的层面、超越性的层面致以关注和关怀。确实，诗人内心深处没有为人的存在苦痛与欢乐的悲悯，诗歌就不过是一种粉饰。何来先生在《未彻之悟》中所说"诗人用借来的泪水／急忙化妆自己的感情"，就是对虚假的表面化诗歌写作者的讽刺。

20 世纪 90 年代后期至今的中国诗歌，在语言和艺术形式方面有进一步提升，对现代汉语诗歌的形式之美的提升是有贡献的，诗歌风格也更加多样化和个性化。但总体上激情消退，诗人们更多地回到自身生命体验与沉思的书写。这可能是诗人们身处一个注重个人细腻的内心体验的新时代中的共性，甘肃诗人当然不可避免。不过，由于甘肃地域自然环境的严酷和历史文化的丰富、厚重与沧桑，甘肃诗人的生命体验会有坚韧顽强的力量、历史文化的苍茫以及历史和当下勾连牵扯中的忧伤。这些，为他们的诗赋予厚重的内涵，以及一种深刻意义上的光辉。这无疑是张扬着诗歌精神的。而在诗歌艺术上，甘肃诗人更表现出孜孜不倦的探索。在个体的诗人及其诗中，体现出个体的诗歌精神和美学特色：阳飏和叶舟的诗都高扬想象力，并在诗中浸润生命意识、文化意识和当代使命感。在个人风格上，阳飏的诗磅礴高远，叶舟的诗丰富恣肆。他们的诗都属于有难度的诗，以浓厚的人文关怀显示着诗歌精神和对诗歌艺术的探索革新。古马的诗穿透历史和现实，进入了西部地理和历史文化的内核，有时苍凉幽古，有时温热纯净，或者二者兼而有之，简约精练中有澄明敞开的回味之境。胡杨的诗里有对辽阔西部土地的惊叹，有生命在严酷的自然中的坚韧与顽强，还有人与自然相互塑造的启示。牛庆国的诗中乡土生活的苦难有着贴近大地和农人的真诚，高凯的诗的乡土体验则表现为乡土生活的活泼与生活情趣，从而将乡土曾经的美和价值挽留在了诗中。人邻的诗继承了中国传统诗歌精神并成功地加以艺术呈现，这对于当代诗歌与传统之间的有效关联有重要的意义。阿信的诗语言简洁蕴藉，有高贵与宏富的精神，风格纯净静穆。娜夜的诗写她的日常生活、亲情、友情、自我、人在自然中体验等等，以自然隽永的语言超越个人生活，在她的诗中找到你我的影子而具有了普遍性，并获得一种热爱、感动、自省和丰富感。这是她诗歌深刻的意义。于贵锋的诗非常独特，他的诗是甘肃诗歌中接近现代主义诗歌气质的诗，冷峻、幽深、批判、坚守、象征等等，使他的诗有一种现代生活之"思"和痛的感受，令人印象深刻。扎西才让的诗有草原的辽阔和野性浑厚的力量，而其对藏族文化和甘南地域风物的深透把握，有文化地理学书写的意义，贴切的艺术表现可以用"精准"二字来概括，显示了诗歌语言的高度功力。梁积林的诗辽阔浑厚，艺术心灵与宇宙意象的融入令人赞叹，体现了对生命情调和艺术意境的追求。马萧萧的诗童心灵秀，清新自然，一种属于南方的诗味儿在甘肃诗群中显得很独特，而这样的诗历来是最接近诗美的诗。其他诗人的诗也都可圈可点，在《诗学现场》中都有详细的评析。

总之，甘肃当代诗歌创作的价值，就在于对诗歌精神的追求和诗歌艺术的探索，体现了诗的精神价值和审美价值的统一。

（二）甘肃当代诗歌的地域文学史价值

近些年来，全国地方性诗歌团体的兴盛，意味着诗人们对所谓核心、中心引导的弱化，也是一种文学和文化自信的上升。立足于审视地域文学图景和促进地域文学发展，本编著在进行诗歌选评时，力图梳理与勾勒甘肃当代诗歌的发展轨迹和面貌，主要将两个维度结合起来进行：一是采取地域文学史的视角。甘肃当代诗歌肇始于 20 世纪 50 年代，其时著名诗人李季、闻捷先后来到河西走廊一带工作。李季在玉门油田以"石油诗"的创作在全国掀起了工业题材诗创作的高潮，闻捷则以"河西走廊行"的诗作反映一个时代的人们热火朝天的建设热情。李季、闻捷的诗是甘肃当代诗歌的起点，此后甘肃大地上老中青诗人群体形成了代际梯队式的良性发展，每一代优秀的诗人都写下了许多诗歌佳作。《诗学现场》选择了 42 位诗人的代表性的佳作进行选评，按照诗人年龄排序。基本上能反映新中国成立以来至今 60 余年甘肃诗歌的面貌和发展轨迹，因而具有一定的甘肃当代诗歌史的意义和价值。二是以点带面，力图展示甘肃当代诗歌的整体面貌。这 42 位诗人作为甘肃当代诗歌史上的一个个点，每位诗人选择 2 至 5 首诗进行选评，选评的依据是：诗作长时间内受到高度关注，具有诗人代表作的性质，诗与编著者灵魂相遇的交汇欢喜，同时也注意收入诗人在不同创作时期有新变化的诗作。这样选评可以尽量反映诗人的创作个性以及诗学探索。对于读者，则一方面可以了解每一位诗人的诗，另一方面也从全书的诗作中大致形成对甘肃当代诗歌面貌的观照。这两个维度的结合，也是力求史与论的结合，力图在展示每位诗人的诗歌艺术和个性的同时，也大致勾画出甘肃当代诗歌的面貌及其发展史。

（三）甘肃诗人创作的价值

在喧嚣的当代诗坛，甘肃诗人的实力和创作成就是令人瞩目的。但是，在诗坛的热闹里，甘肃诗人都多么地安静。这样的安静也许正葆有了成就好诗和好诗人的孤独。我想，真正的诗心都是孤独的。美国女诗人艾德丽安·里奇（Adrienne Cecile Rich，1929—2012）在《歌》中写到：

如果说我孤独

那必定是那种孤独：

第一个醒来，呼吸到全城

破晓时分第一口寒冽的空气

第一个醒来，当全屋子的人

都蒙着头在昏昏沉沉地酣睡

如果说我孤独

那也是一条冻结在岸上的小船

映照着岁暮的最后一抹红霞

它知道自己是什么，知道自己

既不是冰也不是泥和冬天的寒光

而是木头，生来能炽烈地燃烧。

诗人是最具有这种孤独气质的人群。因为孤独才会让生命更成熟更深刻，更能面对自我与世界的本真，从而完成一种丰富而燃烧的生命。我想，甘肃诗人的安静里，多少有一些这样的孤独，许多诗人都是坚持创作了二三十年，在安静的孤独里热爱诗歌也热爱着生命的丰富，这也是他们的诗歌创作的成就令人崇敬的原因。身处甘肃甘南草原的诗人阿信有一首名为《山坡上》的诗：

车子经过

低头吃草的羊们

一起回头——

那仍在吃草的一只，就显得

异常孤独

  这首诗写草原某一刻的画面，却触到了时代的氛围并进行了价值判断，以一种可贵的诗歌精神实现了以小见大的超越。如孤独的诗人里尔克所说，诗人是最具有孤独气质的人。孤独会让生命更专注更深刻，更能面对自我与世界的本真。那只孤单的羊，是否可以喻指真正的诗人？

  当然，以上对甘肃诗人的诗歌进行了充分的肯定，并不意味着甘肃当代诗歌全部是好的。应该说，中国当代诗歌中存在的问题在甘肃诗歌中也都存在，特别是模式化写作和炫技性创作的问题在甘肃诗歌创作中比较突出。也希望诗人们能重视这些问题。

  最后，由诗人的孤独这个话题我想又延展到诗歌价值的确定这个问题。还是想起里尔克。他在《我在这世上太孤独》一诗中写到："我在这世上太孤独，但孤独得／还不够／使这钟点真实地变神圣。／我在这世上太渺小，但渺小得／还不够／成为你面前的某个事物，／黑暗而轻灵。"是的，诗人是孤独的。但是，诗人也需要来到你面前，成为你面前的某个事物，从而"成为那些知情者之一""能够真实"地描述自我，靠近自我。在这里，令人沉思的是：诗人所说的"你"是谁？是诗神？是上帝？抑或一个灵魂的对话者？都是，而且"灵魂的对话者"更为重要。也就是说，孤独的诗人也需要读者，否则孤独会陷入虚无。其实，写作者特别是诗人都是敏感的，时常在自我质疑和虚无感中挣扎，特别是在这个喧嚣浮躁的时代，诗歌高远的诗性精神追求远没有拥抱世俗名利那样实在和有力量。但我们需要一种力量，去确定诗的意义、写作的意义。这种力量应该源于诗与灵魂的对话者心灵交汇时的闪光。诗人以诗照亮世界，读者用从诗中得来的悟觉重新投入世界。于此，诗、文学以及写作的价值的意义得以确认。

在诗学现场行走，因为诗，让人在尘世在岁月流走中心中常有闪电，常有感动温暖。

赤子之心与大地之诗

▲▲

我不掩饰自己对牛庆国诗歌的偏爱，这源于我对乡土的热爱与他的诗歌产生的共鸣。牛庆国写乡土，有他的诗歌地理标识——杏儿岔。他写这片土地上的云朵、风、树木，河流，花朵，驴，牛羊，父老乡亲……然而，一切都那样熟悉，杏儿岔是诗人的故乡，也是乡土中国绵延的大地，系结着每一个心怀乡愁的人心中的乡土生命根基。这样的赤子之心书写的大地之诗，是一个有力的招引。我读牛庆国的诗，经常泪水盈眶。他的诗让人感悟诗歌何为？那就是以完整的生命意识，吟唱生命中最熟悉最热爱的事物，对物和人都心存悲悯，由此彰显了诗歌的力量。

一、大地的肉身与乡土的生命内核

真正的乡土诗不是对乡土田园的浪漫幻想，也不是停留于对乡土苦难的悲愤呼喊。它首先应该书写"大地的肉身"。书写大地的肉身意味着诗人对他描写的这块土地的熟稔。他首先应该熟悉这块土地上的物（包括谷物、树木、云、雨、风沙、河流、物什以及动物等等）及其物性，其次要熟悉这块土地上的人及其隐秘的文化性格。更重要的是，诗人能透彻物与人之间的联系，在它们组成的世界里，呈现出大地的肉身。诗人的职责也同时意味着在大地的肉身里传达着乡土的生命内核，因为每一首诗都是一次还乡，蕴含着诗人与故乡大地源远流长的亲缘关系里体验到的精神的安居。

卡内提将大地上的事情划分为群众象征和群众结晶。他说："我把那些不是由人组成而在感觉上仍然是群众的集体单位，称为群众象征。谷物、森林、雨、风沙、海洋以及火就是这类单位。这类现象的每一种自身都包含着群众的一些基本属性。……群众结晶表现为一个由人组成的群体，其明显特点是一致性和统一性。"[①] 关于群众象征与群众结晶的之间关系，可以这样描述：作为群众象征的物的物性，往往使依附于其上的人族产生敬畏。物性也常常以集团心理隐蔽地流淌在人族的心灵中，形成了群众结晶所具有的文化精神的一致性。因此，群众象征与群众结晶经常是密不可分的，它们一起组成了大地的肉身。不同地域都存在不同的群众象征和群众结晶，从而也形成了不同的人文地理与地域文化精神。

在牛庆国的笔下，作为群众象征的乡土上的物，与作为群众结晶的人之间是亲密融合的。他的诗建立起的乡土世界，呈现的物、人，有机地组成了大地的肉身。诗人与大地共呼吸，倾诉着乡土生命的内核。从中，我们也可以看到以"杏儿岔"为地理标识的乡土及其地域乡土文化的性格。

---

① 埃利亚斯·卡内提：《群众与权力》，冯文光、刘敏张毅译，北京：中央编译出版社，2002，第48页。

诗人写毛驴，只能到村外的小河喝一口"能苦死癞蛤蟆"的水，诗人说，"生在个苦字上／你就得忍着点／忍住着一个个十年九旱"，"好在满肚子的苦水／也长力气／喝完了我们还去种田"（《饮驴》）。这样一头忍着满肚子苦水的毛驴，包含着它作为动物的属性，也似乎象征着生存在这片自然环境严酷的土地上的人们的群众属性——苦难与忍耐。

诗人写风刮过村庄，仿佛故乡的神的一次逡巡：照见一幅幅村里人在艰辛中挣扎的生活图景。于是这个故乡的神"迎风流泪／脸上的老年斑像冬天的山坡上／黑黑的草胡子"（《风从上沟刮下来》）。于此，我们看到诗人给风这个自然现象赋予一种苦难、苍老、无能为力而恒常的属性，风成为这片土地上人的属性的象征。

再看《塬上的树》一诗写大风吹过塬上，树木在风中弯腰的景象。诗人把树的姿态拟喻为"向着同一方向奔跑"，并赋予人的思维，"它们想跑出塬边／把弯着的腰挺直"。这样的诗句令人浮想联翩，它让人想起在时代变革的风潮中人们对乡土的逃离。然而，经历了一场又一场大风，"有些树的腰被风吹弯了／就再也没有直起来"，就像有些人不论怎样奔跑和逃离，难以卸下身上根深蒂固的传统负累。"有时风在背后猛推一把／跌跌撞撞的树／就险些跌倒"（《塬上的树》）。这些跌跌撞撞的树，多像那急着走出乡土却难以脱开乡土的父老乡亲。

牛庆国的诗中，《地埂上的一棵老杏树》《岔口》《山坡上的羊》《驴圈里的一棵向日葵》《走过》等诗作，都写出了大地上的物与人，物性与人性。在诗人的以杏儿岔为地理空间的大地上，群众象征与群众结晶的交融，塑造了可观可感的大地的肉身，也传达相应的乡土生命内核：苦难、坚韧与豁达。

而作为一位走出了乡土的诗人，诗人对自己的乡土深怀悲悯。牛庆国是把自己也长进这大地的肉身中的诗人，对于自己的乡土满怀着深厚的同情与热爱。他的大地情怀用他的诗句来说，"这些年轻时已经苍老 / 苍老了还在苍老的人们 / 我怀疑这冷这雪 / 还有此后的春天 / 都是因为他们才有了全部的意义 /……他们活着 / 就是这片大地的荣耀"（《冬天的小老树》）。

牛庆国是以自己的乡土经验塑造了大地的肉身，并且传达出乡土生命的内核。这是他的乡土诗超越性的一个表现，因为他的"杏儿岔"既是他的家乡，又似乎是所有有乡土体验的人的故乡。这也是牛庆国的诗与乡土不"隔"的原因。他没有美化或者上升他的写作对象，他是在忠实着上苍赋予的乡土秩序中，经由体验、沉思和情感的浸润之后，将乡土写进了诗里。这也是一个乡土土地上长大的孩子，将乡土的苦涩，乡土博大丰厚的内核刻写进生命之后，无论走到哪里永远无法摆脱的大地情怀。

二、我是乡土之子

诗歌写作是牛庆国最重要的一种生活方式。他以乡土作为不变的诗歌主题，亦可见其大地深情。因为，在这凉薄的世界里，多少人能真诚地写农民呢？而许多乡土题材的作品，又有多少能真正浸润乡土的风霜雨雪和农人的血泪悲喜？一个诗人将自己所有的语词都用于乡土，并蘸着血泪去写农人，没有挚爱必不能为。牛庆国是以乡土之子的主体身份进行诗歌创作的。这位走出了乡土，却走不出对父老乡亲的牵念的诗人，用诗歌为乡土上的父老乡亲绘了一幅乡土生活的图册，也绘下一幅乡土人物的画卷。

《杏花》一诗写乡村女性。那"喊一声杏花／鲜艳的女子／就会一下子开遍／家家户户沟沟岔岔"的乡村少女，她们以鲜艳的青春赋予村庄大地以勃勃生机、温情和美丽。然而，当"翻山越岭的唢呐／大红大绿地吹过／杏花大朵的谢了／小朵的也谢了"，她们担负起艰辛的生活。她们的命运仿佛杏儿，奉献给生活酸酸甜甜的果实，内心的苦楚何尝不是那"嗑出一口的苦来"的杏核。

《也算交通事故》中开拖拉机的小伙，与我坐着的单位小车相遇，"拖拉机赶紧让路／倒在路边的地里／开拖拉机的小伙／从地上爬起来／一脸的土和不好意思／他说你看这／这路窄的……"这是乡土地上才会有的憨厚纯朴的青年。

剖土豆的母亲，"她不用锄头而用手剖／是因为她怕锄头伤着了土豆／她不想让土豆带着疼痛出门"（《剖土豆的母亲》），她的土豆，就是她的孩子。捡起字纸的母亲，"把纸片别到墙缝里／别到一个孩子踩着板凳／才能够得着的高处"，并且"对她的孩子说字纸／是不能随便踩在脚下的"（《字纸》）。慈爱的母亲不识字，却敬惜字纸，敬重文化。而生了病的母亲，就像一个犯了错的孩子，对自己的生病满怀歉意，而"布满老年斑的皮肤／更像一件打满补丁的衬衣／皱皱巴巴／穿在母亲身上"（《陪母亲去城里看病》）。

用一股狠劲热爱土地，贪婪地耕种土地的父亲，如今老了，只能"蹲在门口晒太阳／风从他耕种过的地里刮来"（《父亲与土地》）。七十多岁的父亲腿疼、腰疼、头疼、胃疼，"疼得实在不行了就去了一次医院／这是他第一次向疼痛低头"（《心疼》），这时我才发现父亲曾经断过一根肋骨。

我念过书的堂叔，敲打着老掉牙的犁铧作为上课的铃声，上课他走上土筑的讲台，用地道的土话"讲粒粒皆辛苦"，下课看着孩子们蹲在院子里画字。他生了重病，躺在架子车上拉往县城的时候，他的"手从车上垂下来／像是要在颠簸的山路上／再写几个生字"（《我念过书的学堂和我的堂叔》）。然而，他死了，他的病是无法走出封闭的文化环境而长期抑郁所致。

　　可以说，牛庆国以诗歌画下了长长的乡土系列人物画卷：来城里告状的乡下老兄，去年上新疆打工，老婆被村干部"怎么了"，"怎么了也就算了／可去年的摊派一分没少"，乡下老兄在村里没处说理，来城里告状也是求告无门，"土里吧唧的老手／已抖得夹不住一根纸烟了"，只好含着眼泪回去（《乡下老兄》）。烧纸的三叔过年时先给先人烧纸，再给他失恋自杀的儿子烧纸，回到家里"对着门口的红对子红灯笼／眼睛红红地"（《烧纸的人》）。捻线的奶奶坐在门槛上，"像坐在木头相框里"（《捻线》）。七奶的腰快弯成一个句号，"头上几十根白头发／像冬天屋顶上的白冰草"（《七奶》）。堂姑被告知身患绝症只能活半年，她给了准备后事的儿子一耳光，"说她偏不死看谁把她埋了／她硬是坚持了一年多"（《想起堂姑》）。五奶是杏儿岔最后一双三寸金莲，总是吸引着人们好奇的眼光（《五奶》）。二哥的胡子在这个秋天白了，"像地埂上的一坨白冰草"，"白得拉拉喳喳／像被饥饿的牛羊一遍遍啃过"（《二哥的胡子白了》）。放鹞子的人"腰里扎着一根草绳／扎着两片衣襟／像一只老鹞子敛着翅膀／飞不动了"（《放鹞子的人》）。担水的人"水桶闪过的地方／土更加干燥呛人"，"腰身被越压越弯了"（《担水的人》）。放羊的人在秋天的山坡上情不自禁地歌唱（《一个人在山坡上歌唱》）……

进一步细读牛庆国的乡土人物图册，会发现他的诗中老人的形象最为突出。对老人的描写是乡土文学的一个母题。因为"老人是乡土的真正的标识，在他们身上凝聚着乡土社会的文化记忆，代表着老中国千百年来恒定而不变的部分，同时也意味着使沉浸在回忆中的漂泊游子们在经历了动荡和陌生的都市体验后感到安定和熟识的心里依托……"① 现代派诗人也常常写老人，但大部分时间，老人身上寄寓了乡土中国濒临衰老的历史状态的象征意义。但牛庆国却以一位敦厚的深沉的乡土之子的情怀，把那些一生在乡土地上吃苦受累的老人作为诗歌描写和抒情的对象。他的诗里最感人的也是写给父老爷娘的。他对乡土老人们的尊敬、热爱和疼惜，让人感觉到中国传统文化中的孝悌情意。他的诗也就成为我们这些走出乡土的游子寻根故乡和血脉的导引，唤起我们内心的乡愁，召唤我们回归家园体恤父母农人，为远离乡土而僵硬了的心灵赋予一种高贵的忧伤——柔软、宽厚和温情。

《他们老了》一诗丝丝入扣写出了乡村老人的衰弱孤独。诗人撷取了两个画面：一个画面是老人脚步蹒跚地走在悬崖边上，令人想起他们辛劳一生、体力和精神全部透支后的衰弱无助；另一个画面是老人们天天站在门口瞭望儿女，老眼昏花直到儿女走到跟前喊一声爸妈才认出来。这两个画面既是诗人的村庄和父母的写照，也是所有的乡村里老人相似的生活。所以，诗歌有较强的概括性，每读一次都会想起乡村里自己那年迈体衰的父母。

---

① 吴晓东，临水的纳蕤思：《中国现代派诗歌的艺术母题》，北京：北京大学出版社，2015，第175页。

《秋天的颜色》中最有意味的诗句是"一个人去年的秋天和今年的秋天是不一样的",这似乎是关于时间的哀叹,可往后,诗人直笔写到:"比如去年砍倒梯田里的玉米秆子 / 一大捆一大捆背回家的那人 / 今年就已经不在了 / 今年背玉米秆的是他颤着白发的老伴"。至此,时间的哀叹里多了生命的凋零,多了乡村那至死劳作不休的悲苦。而"一大捆玉米秆子,把一个又干又瘦的老人抱回家去"的形象,仿佛一幅浮雕感的油画。如果把它画出来,是不止于罗中立的《父亲》那令人潸然泪下的效果的。而且这个画面更多了悲苦而令人心痛,因为这里除了大地、劳作、汗水、收获、养育等意味之外,还有贫瘠、孤苦和脆弱。所以,诗人说一个画家在一幅乡村画上撒一把盐,再撒一把土就不一样了。土是大地,承载了乡村所有的丰富,盐是乡村的汗水和泪水,这就是乡土生活的本质。

牛庆国用诗歌画下了一系列乡村人物群像,组成了乡土生活的图册。当然,我并不认为这样的乡土生活图册的价值会比其他体裁的文学作品对乡土的描绘更具价值。但我认为用诗歌描写出系列乡村人物群像却是令人赞赏的。因为诗歌叙述的难度,因为以诗歌高度精练的语言书写人的命运的难度,还有,怎样在简短的诗歌语言里赋予人物形象那迎面一击而令人心颤的穿透力,这些对于诗歌艺术来说都是比较难的。当然,如果放在长长的叙事诗中,这些问题会得到好的解决。现在,我们看到的是牛庆国在一首首短诗中,画下了一系列乡村人物,这是需要比较高的艺术功力的。

另外,我想,它的价值可能还要放在诗歌史上去看。因为,乡土在现代性的进程中或者衰败，或者被改造，总之，必将消逝。那么，诗歌史中的农民群像，他们会不会获得不朽的生命？一切都不好言说。然而，值得肯定的是牛庆国捕捉到了那正在消逝的事物中存在的也许会永恒的意义。因为，它寄托着我们的乡愁。

三、深情最是天伦

牛庆国于 2015 年出版了诗集《我把你的名字写在诗里》，这本诗集里有牛庆国对故乡更深沉感人的热爱的方式。诗人在扉页上写到：

> 在这里，我谢谢时间和生命，写下感恩，写下疼痛，写下愧疚……
>
> 这是迄今为止，我最真情的一部作品，把它先给我的父亲和母亲，以及故乡，是它的全部意义。①

诗集由三辑组成。第一辑"写在地上的碑文"，计 27 首诗，全部是写给父亲的。第二辑"我把你的名字写在诗里"，计 15 首诗，全部写给母亲。第三辑"一个人忽然想鞠躬"，计 26 首诗，写给故乡，写时间里的喟叹，生命的浩茫和对人世的感恩，百感交集。

这部诗集让人动情感动，首先是牛庆国写给父母亲的诗歌，一方面诗人与抒情对象情深，另一方面因为父母已经逝去，因为怀念而给抒情留下了延宕的距离。于是，我们在诗中既看到了诗

① 牛庆国：《我把你的名字写在诗里》，兰州：甘肃文化出版社，2015。

人最真诚的热爱，也感受到诗人在沉重的悲痛中混杂着未尽心愿的愧疚、恍然明白的世事之感等等体味。比起此前的诗，这些诗更加情感饱满，情深意重，有泣涕歌哭的效果，让人感叹人间情深最是天伦。

牛庆国写给父亲的诗中，那个热爱土地的父亲，一生栽过许多杏树的父亲，用巴掌扇驴、扇地埂、没人时扇自己，却怎么也扇不着天上的云的父亲，那个忍着疼痛断了肋骨一生挺直着腰的硬气的父亲，是诗人精神世界的明灯。在《灯光》一诗中，诗人守望重病的父亲，在夜晚不敢熄灯，因为"我知道今夜守着父亲／就是守着我的灯光／灯光以外的地方都是无边的黑暗"。是的，只有失去了父亲的人，才能写出这样的句子。在这茫茫的人世间，父亲是子女心头的明灯，没有了父亲，你就要在暗夜里自己前行。从此，人生就在内心多了一份孤独，在脸上多了一份茫然。

《那天，父亲坐了十分钟》写道："十分钟只是孩子们课间休息的时间／然而却是你最后一次头顶蓝天的时间／然后就一直在炕上躺着喘着粗气。"这个画面是写父亲病危临终前的情形，让我想起我的父亲临终前最后一次从炕上坐起，看着窗外的情景。它深深地刻写在我心中永远难忘。诗人把它写进了诗里，于是，我们那劳苦一生，在人生最后的时刻还显示出生命的倔强的父亲，成为天下儿女们心中永恒的丰碑。《写在地上的碑文》是写给父亲的传记，以叙事诗的形式描绘了一位正直、倔强、心好、勤劳，热爱土地的纯朴的农民的一生，满怀着对父亲的敬重。

对于母亲，诗人更多地写和母亲相处的点点滴滴的细节和事情。在《看母亲烧火做饭》《肩上的尘土》《雨天：纳鞋底的母亲》

《和母亲散步》《叫母亲识字》《陪母亲去城里看病》《想写下自己的乳名》《抱着母亲》等诗中，诗人的母亲是一位慈祥的、传统的、识大体的、一生劳苦，柔弱中无比坚韧的母亲。诗人对母亲更多的是疼惜的爱。

当诗人把对母亲的爱凝结为一首叙事长诗《我把你的名字写进诗里》时，其间深情动人心魂，读此诗竟泪不能尽。《我把你的名字写进诗里》以叙事长诗的形式写母亲吃苦受累的一生。她那样博大宽厚，那样善良坚韧而倔强。她一生卑微，不识字更不知道什么是诗。但她知道"能被写在书里的人 / 就会在书里一直活着"。所以，这个真挚地热爱母亲、胸中饱含深情的诗人，把母亲的名字写进了诗里。并且说："读我的诗的人他们都是我的亲人 / 我要在诗里告诉他们 / 庞菊花 / 出身富农嫁给贫下中农 / 大字不识一个 / 却养了个写诗的娃 / 吃苦受累一辈子 / 只为她的娃活着 / 活了 80 岁 / 埋在杏儿岔的一片苜蓿地里 / 谁在我的诗里读到你的名字 / 谁就是和我一起给你祈福 / 妈记好了 / 你的名字叫庞菊花。"这段类似于告慰母亲在天之灵的心灵呓语，将此前的母亲对孩子的深情转为双向的母子情深。眼中的泪，胸中的情，大爱大悲皆为人生真情。而读者也在读诗时眼中满含泪水的原因，是因为诗人笔下母亲的一生就是中国广大乡村妇女的一生，是中国乡土地上所有伟大的母亲的典型。这也体现了牛庆国诗歌艺术的概括性，很好地达到个性与共性的统一。而在这首诗里，我亦想起了艾青的《大堰河，我的保姆》。

在人生的旅程上，当有一天你的父母都年老去世的时候，你才会感觉到自己也老了。人生的况味至此有了"苍凉"。诗人站在故乡的自家大门口，想起的是什么？"一切都在只有你不在／想象着你当时的心情向山梁上看去／一生的苍凉就像白云一样飘荡"（《苍凉》）。无需更多，只一句"一生的苍凉就像白云一样飘荡"就超过了失去父母的所有悲恸的表达和深切的怀念，无根的漂泊，是从命泉里流出的孤独和悲伤。

然而，也是在最深切的痛里才能酝酿出人的成熟与豁达。就像在父母逝去的心痛里，明了人世的沧桑和无奈。也在时间的喟叹里，感受到生命的浩茫。然后，就知道"其实人间最悲壮的事不是义无反顾／而是留恋和感恩"（《一个人忽然想鞠躬》）。于是，诗人想给世界，给粮食和太阳、小草、树木还有花朵鞠躬，给春天、给秋风、给大地、给天空，也给自己鞠躬。人生不易，"终于能够活老／真是件很不容易的事情"。所有的遇见组成了人生，疼痛泪流晶莹，悲辛不曾怨愤，因为世界也给了你恩遇。热爱你拥有的，就像诗人，热爱着大地，热爱着乡土，热爱着父亲母亲，也热爱着所有的父老乡亲。

牛庆国这部分写给父母的诗具有饱满的情感性。那是否意味着诗歌的艺术就是老生常谈的"诗是情感"的说法。我想，一方面，牛庆国的诗确实体现了以情动人的特色；另一方面，我想，也不能忽视诗人的经验。里尔克说："诗并不像一般人所说的是情感（情感人们早就很够了），——诗是经验。"[①] 是需要长期的沉潜、积累并咀嚼自己对世界的认识，等它们成为诗人身内的血、目光和姿

①里尔克：《给一个青年诗人的十封信》（附录二. 马尔特·劳利兹·布里格随笔.）（摘译），冯至译，北京：生活·读书·新知三联书店，1994，第73页。

态，并不能区分出自己的时候，深邃的诗、感人的诗才能产生。

结语：诗的"下沉"与"上升"

罗振亚先生在总结 21 世纪诗歌的整体表现时指出：“21 世纪诗歌的整体上表现出题材、思想的‘下沉’和艺术水准、品味的‘上升’趋向。”① 具体来说，题材和思想的"下沉"可能表现为：“21 世纪诗歌的‘及物’努力在唤回迷失许久的人间烟火气息的同时，并没有满足于情绪的喧哗舞蹈和对现实的贴近洞穿，而是因诗人抒情主体的介入带来诗歌本体骨质硬度的加强。”我觉得罗振亚先生关于这个"下沉"的解释，特别适用于牛庆国的诗歌。确实，牛庆国的诗既贴近和洞穿现实，也把作为抒情主体的诗人本身投入到了"及物"的发现及其深化细化中，一定程度上化解了诗与现实精神之间关系重建的困惑，使诗歌获得了走近、感动读者的可能。

而从艺术水准的"上升"趋向来看，牛庆国的大部分诗歌的画面感与饱满的情感相融合，以及诗歌高度的概括性是其优点。牛庆国的诗歌语言基本趋向于口语化。然而，也许最为难写的诗恰恰是口语诗。它要求平白如话却又意味深蕴；它自然易懂又要高度凝练概括。牛庆国用这样的诗歌语言深深地感动许多读者，我想，这也是诗歌语言艺术"上升"一个表现。

总之，牛庆国的诗是当代乡土大地的真诚吟唱，诗人的深情和泪水洒在乡土大地上，乡土的生命内核在他的诗中本质性地呈

---

① 罗振亚：《21 世纪诗歌的"下沉"与"上升"》[J]. 中国文艺评论，2017，第 4 期。

现，也让我们这些离开乡土的孩子回到本然的内心，守护淳朴、善良、坚韧、宽阔的精神和灵魂。这种"下沉"的诗歌本体的骨质硬度是他诗歌的最大价值。他的诗歌艺术也在一定程度上呈现出对一般乡土诗的"上升"。

凝眸文学

"八骏"的奔腾与突破

——第二届"甘肃诗歌八骏"创作概论

▲▲

　　由甘肃省文联、省文学院联合打造的"文学陇军八骏"系列活动，是一项旨在发现甘肃文学"千里马"，推出面向全国的文学才俊的推介工程。甘肃是中国诗坛公认的诗歌大省，甘肃诗人以优秀的群体创作实绩长期享有美誉。甘肃诗歌八骏作为"文学陇军八骏"的组成部分，至今已产生两届。2012 年第一届"甘肃诗歌八骏"，由娜夜、高凯、古马、第广龙、梁积林、离离、马萧萧、胡杨八位诗人组成。这八位诗人的作品各具特色，风格迥异，他们在当代诗坛的冲锋展示了"八骏"的风采和甘肃诗人强劲的实力。2015 年，甘肃省委宣传部、省文联、省文学院和甘肃省八骏文艺人才研究会评选重组，由古马、离离、李继宗（回族）、郭晓琦、于贵锋、扎西才让（藏族）、包苞、李满强八位诗人组成"第二届甘肃诗歌八骏"新阵容。无论第一届还是第二届，"甘肃诗歌八骏"信心十足、气势磅礴的奔腾，是以甘肃诗歌深厚的诗学积淀和强大的气场为支撑的。诗歌八骏与那些熟悉的名字：唐欣、阳飚、完玛央金、阿信、叶舟、牛庆国、人邻、李志勇、雪潇、沙戈、小米、桑子、杏黄天、妥清德等上百位甘肃诗人，共同组成了甘肃强大的优秀的诗歌队伍。鉴于甘肃当代诗歌整体创作的成就，"诗歌八骏"也具有把诗歌作为一种象征，作为一种精神的追求，有对诗意和激情的寄予、肯定和赞美的意义。

第二届"甘肃诗歌八骏"以"70后"诗人为主体，他们在入选"诗歌八骏"之前，都已经有较长时间的创作，有比较稳定的抒写经验。但进入"诗歌八骏"之后，他们可能会更深切地感受到双重的焦虑。一是历史焦虑，即文化快餐时代的传统知识精英阶层的文化使命感与这种使命感无法实现的焦虑，以及面对大众文化读者追求娱乐感阅读的无力感。二是影响的焦虑。这种焦虑除了布鲁姆所说的文学经典造成的焦虑之外，还有甘肃当代诗人群体高度的诗歌成就形成的压力。在焦虑和压力之下，第二届"甘肃诗歌八骏"能否以飒爽英姿驰骋嘶鸣，在全国诗坛继续展现文学陇军的风采，是为整个诗坛所瞩目的。焦虑也必然是动力，鞭策着他们奔驰。近三年后的今天看来，本届"诗歌八骏"不负厚望，他们无所畏惧地前行，创作了大量的诗歌，并自觉地进行着诗艺的探索，不断地突破和超越，以优秀的作品立足于华语诗坛，成为耳熟能详的知名诗人，延续着甘肃诗歌的辉煌。那么，第二届"甘肃诗歌八骏"以怎样的姿态在诗坛奔腾驰骋？

一、古马

古马已经树立起了自己的诗的美学秩序，他的诗有鲜明的风格，是无法湮灭的散发光芒的存在。古马的诗整体上以诗人深厚的地理历史文化的积淀为依托，是深厚的文化蕴含与极富想象的灵性交织的诗。他的诗中的西部绝不混同于其他的西部诗人。他不会对地理历史意象进行浓墨重彩的描绘和历史的沉思，他将一个个西部意象作为象征物，用万物有灵的思维，将逻辑思维上看起来"风马牛不相及的事物强行粘合，转化为我们生命中遥远而又亲近的东西，拓展想象无限可能的空间"。古马的诗能够通过意象的组合引人进入古代北方游牧部族的生活和文化精神去感触北方边地文化中生命的内核，并且诗人以温热的心赋予历史以现实关切和悲悯，这些因素的融合形成了古马诗的象征性和生命感。近年来，古马在祖国大地行走中，诗的意象已跳出西部扩展到了广阔的地域，而文化意味一直凝聚在他的诗的内核里。从这个角度看，古马是一个博学的沉思者和敏感的生命体验者，他不曾炫示过自己的历史文化知识，但他的诗能将文化内涵与生命感受融为一体抒发许多情境和况味。古马的诗歌风格有时苍凉幽古，有时温热纯净，或者二者兼而有之，皆有回味之境。古马将他关于《诗经》、民歌以及古典诗词的深厚积淀有机地融化在诗歌的语词结构和肌理中，追求语言和结构的美，形成美的音韵，美的意境。总体上，古马的诗是简约的诗，浓缩的诗，亦是厚重的诗。关于他的诗歌语言的简约性，有时候有妙笔绝唱之感，有时候却也觉得炼字炼句太紧，法度过严。古马近几年的诗在开拓和突破：减少对文化内核的执着，弱化情境的想象性体验，结构开放舒畅，抒写生活中心灵的悸动，表达百感交集的人生。但在突破和成就上还未超出他已有的园地。但他似乎在为自己的诗歌园地做一次"清园"，希望"带着花果／走进未来的梦中"。

　　不论如何，古马一直走着纯诗的道路，并且精益求精地超拔着诗歌的精神和诗歌艺术。他用坚定的姿态甩开历史的焦虑，他是有这个自信和资格的。无论当下的人们怎样在口水横行中寻求阅读的快感，古马只用他内涵的厚重和有意味的形式作为诗歌的路径，建立他卓然独立的诗歌美学与艺术秩序。古马长期创作建立的声名，也意味着他积淀了足够的对抗当下历史的焦虑的力量。而作为蝉联两届"甘肃诗歌八骏"的诗人，以及他在近三十年诗歌创作的成就，他也能克服影响的焦虑，轻装上阵，做一匹坚定从容地开拓的"古马"。

二、于贵锋

我一直认为在"诗歌八骏"中，于贵锋的诗最具现代主义的性质。他的诗中是有西部地域特征的意象，但这不是他的诗的内核。他的诗的内在性元素和精神因子是"时间与裂缝"。他写时间是一个轮盘，"时间的轮盘转着：有两个格子／下多少注，皆属枉然"。诗歌生长于时间停顿的某一个间隙，那一瞬间诗的爆发仿佛时间把闪电作为指针。这个指针指向闪电照亮的心灵，在照亮的那刻诗人发现生命的碎裂感。那么，于贵锋的诗就写时间将生命长成了衰老却不衰败的"老荆棘"、长成了一道道"裂缝"。时间如何处理裂缝？或者说裂缝如何面对时间？在广泛的意义上，于贵锋的诗一直探讨这个命题，他用许许多多的"思"和"痛"，告诉时间和裂缝之间的"勾连"。"想着可以放下了／反而放了个钩子／在心里／不停地钩／那一包深处的盐／竟然还在"（《钩》）。于贵锋抒发抽象的情绪和痛感，将其具象化的秘诀是象征主义。他以习见的物事入诗，却半遮半掩地迂回出招，关键时亮出冷峭奇诡的一两句。所以，他的诗是出人意料的，令人经常会发现新的端倪，也形成了幽深冷峻的风格，却并不难懂。

于贵锋很勤奋，近几年诗的产量很高。从他优秀的诗作看，他却以"慢"的姿态写诗。聆听时间的人既会感受时间之快，也在时间的"快"里明白什么是它的价值。那就是用"慢"来抓住时间，增加时间的重量。就像他的《你是另一个误解春风的人》一诗形成的系统性隐喻。我觉得它写出了现代社会急功近利的、匆忙浮躁的"加速度"特征的本质。而于贵锋清醒地意识到这种快节奏就是扼杀精神、信仰和生命。所以，他要在耗费身体和生命时间的压缩与紧张心理中找到一种返回，从一个大众文化时代的历史焦虑里抽身，从"路的尽头走出另一条路来"。其实，在当下时间视野中去看70后诗人对"历史的焦虑"的表达，如黄礼孩《谁跑得比闪电还快》，安琪的《像杜拉斯一样生活》都是代表作。于贵锋表达同样的焦虑，艺术表达上仍然保留着他那象征性迂回表达，没有像黄礼孩和安琪的诗内容与形式都以"加速度"的节奏表达而让人心脏狂跳的感觉。这是否与身处甘肃的诗人对于现代性冲击度的感受不那么强烈有关系呢。无论如何，于贵锋是独特的，他能清醒面对"历史的焦虑"抽身以"慢"来抗衡。而他也不背负"影响的焦虑"，他的诗是对外界把甘肃诗歌集体贴上"西部诗歌"标签的一个有力反驳。

三、李继宗

李继宗生活在甘肃张家川，是一位回族诗人，但诗歌的民族色彩并不明显。较之于其他乡土诗人，他以"轻"的姿态写诗。关于乡村的沉重和疼痛，以及生存与养育等这些明显而沉重的命题，不是他的诗的着力点。当然，李继宗也有疼痛不安和惶惑，但他不正面地去碰、去疼，而是以纤徐和缓的方式进入日常生活，举重若轻地为自己营造一个属于自己的"场院"，这个"场院"既是衍发诗意的生活场景，也是诗人在喧嚣的世界里坚守的一块心灵栖息之地。从近期的部分诗作看，诗人走出了"场院"，但不是走向了喧嚣，是走向了大地，同时也走向了比较悠远的诗歌之境。他在乡村的原野上谛听着万物的声音，凝眸那风中一草一木的姿态，"一片落叶从榛树飘向桦树"，"流水在群山乱石间，环绕着流水的薄凉"。李继宗仿佛田野里的漫步者，感受着自然万物的应合。他的诗中的"应合"不是波德莱尔的"自然是一座神殿"的泛神论象征主义，而是中国人天地宇宙气化运行的应合。李继宗的诗意象清新，"清歌轻吟"是他的特色，有含蓄蕴藉之美。李继宗的诗是中国人的"生命感"的表达，其表现形式就是意象的情景交融、自然含蓄的抒情，让人体会到的就不止于诗人个人的喜怒哀乐的抒发，也有关于人和自然、宇宙应和的生命感。

李继宗是一位"回眸传统"的诗人，但他的创新之处是，能够被他用于诗中的意象，也必然是洗练过的超越古今的审美意象。

四、包苞

包苞生活在甘肃陇南一带，这一带山清水秀被誉为陇上江南。在诗人的家乡，西汉水悠悠流过，这是诞生凄婉缠绵的《诗经·蒹葭》的秦地，也是"迫近戎狄，修习战备，高尚气力，经射猎为生"的秦地。包苞有大量的诗婉约隽永，意境优美。出现在包苞的诗中的自然物，如山路、各种花儿、微雨、树、鸟儿、风都有温润的色彩，诗人的情感细致凝思少有激烈之叹。在形式上，那些语言简洁，犹若宋词小令的诗，用词考究，温和的情感与具体物象交融互渗，恰到好处，诗意悠悠。这是包苞的乡土诗稳定而独特的风格。但近年来，包苞也写下了大量的诗，证明着他对诗歌艺术的探索和突破。这些诗大多还在抒写着大地上的事物，然而诗人成了博物学家。他认识大地上的每一种花草，每一只动物，每一只虫子，知道它们的习性和名字。它们常常出现在诗歌中，让我们这些远离了自然的人感觉那样的新奇。当然，包苞并不是只为了写大地上的物种，他的诗的中心是抒发内心繁复的情感，所以诗人将这些诗命名为"内心的花园"。诗歌一反之前简洁的语言，采用散文诗般的长句排列，更能够写出幽微精细的感情世界。散文化是当下诗坛写作的一个倾向，包苞在散文化中精益求精地炼字造句，形成诗意的美。包苞的诗还有另一个向度，即以诗来表达愤激之情，如《我的心中有一座梁山》这样的诗。这类题材的诗力图对历史与现实进行揭示和讽喻，从中可以感受到诗人的血性和诗艺的探索。而将他的意境优美的诗与愤激之诗放在一起，似乎可以看到包苞的个性里秦人缠绵婉转与慷慨激昂并存的性格。

包苞在本届"诗歌八骏"中，用力最勤，写下了大量的诗。他对诗歌艺术反复地探索和琢磨，就像他本人所说："像极了一个痴迷于诗意打磨的小银匠，不断揣摩、推敲、玩味、再冷却、权衡。"他用这种专注的姿态写诗，历史的焦虑和影响的焦虑就都被他置于一边，他要做的只是不断地超越自己。秦地在周秦时期就多出良马，愿包苞这匹勤奋的"秦马"挟着秦风奔驰于天下。

五、扎西才让

扎西才让的诗歌极具辨识性。他的诗民族性非常突出，但抒情主体在诗歌中似乎没有意识到自己的民族身份，更没有刻意张扬民族意识。他自然地是写自己的文化地理意义上的故乡——桑多镇的山川、河流、风物和形形色色的人事。然而，他表达的是一个藏人却也是现代人的生存感受，民族文化的血液融入了一个现代藏人的血脉中，形成民族性与现代性相结合的抒情和叙事。

扎西才让"桑多河畔"系列诗内质上是野性而粗犷的诗。他写桑多镇的男人的力量、血性、捍卫、尊严和愤怒，桑多镇的女人的美丽、健硕和蓬勃的生机。他们在桑多野性激情地生活。他们也经常阴郁和忧伤着爱情里的背叛，成长中的刀子与血光，生活中的失落和怒气，然后于某一天平静，"开始无限珍惜那剩下的岁月"。就像那桑多河的四季，春夏秋冬的变化也写照着桑多河的人们一生的岁月轨迹。扎西才让的诗在风格上是瑰丽而神秘的。诗人的抒情常常似乎是聆听历史、时光和大自然的秘密的悟觉。诗歌的民族意象缤纷，神就在诗人的身边，草木、野兽、牛羊马匹们，经常与人交感互通，山河可幻化为人，祖先或者死去的父老乡亲们的亡灵也常常出现。猛虎、豹、狐狸等动物神幻性地出没。这些一方面使诗歌呈现出地域色彩并贯注了民族文化精神，另一方面形成了瑰丽神秘的诗歌风格。扎西才让的诗形式上是耽美与忧伤的诗。他的诗的语言生动而富有想象力，意象的组合以画面来呈现，色彩秾丽，但诗人幽深安静的感伤使诗歌的画面偏离了表面的生活图景而不乏清新，由于他的色彩和画面似乎浓缩了许许多多的意味和力量，所以更多瑰丽之感。当然，扎西才让对于诗的形式的耽美，并未削弱他的诗内质的野性。

从扎西才让的创作来看，历史的焦虑对他的鞭策是，作为一名少数民族诗人，他要让自己的诗歌走出民族和地域的范围，为时代和众多的读者所知晓。影响的焦虑给予他的压力仍然在于诗歌如何实现民族性、地域性和人类性意义上相统一的高度。

六、郭晓琦

郭晓琦致力于乡土诗的写作。他的诗与当下主流乡土诗之间有一个明显的裂变。他近两年的诗是一个故意的叛逆，不写乡土田园诗意，不写乡土苦难，会涉及乡土伦理的变迁但也不是重点。联系他的《好多人陆续回到了村庄》这首密切联系当下农村重大变革的作品对比来看，也可以看出郭晓琦近作的有意突破。

郭晓琦是一个内心非常敏感的诗人。他的诗中的乡村都是过往的模样，然而仍然在他的心中那样地鲜活。他那么怀旧。他怀念旧的人，比如那些如今已然难觅踪迹的乡村手工艺者；他怀念旧的物，比如乡村的旧物件旧工具。他以怀旧写乡村文明的生命体验。但这些生命体验大多应该是来源于童年的生活体验。当童年的体验复苏为诗情时，郭晓琦意欲探索他的"黄土塬"内隐的秘密。郭晓琦是富于想象力的。在诗歌中把自己变成七十二变的孙悟空，作为抒情主体的诗人幻化成了乡村大地上的"一根滚圆的木头"，一棵粗糙、佝偻的枣树；或者变成乡土上的最后一个裁缝、一个步入黄昏的铁匠、屠夫、骗匠、石匠、木匠、纸火匠、毡匠，也幻化成乡村的各种老的人和物件，甚至是土堡子、小路、乌鸦，等等。他以移情的方式进入他幻化的人与物的内在世界，用他们的身份抒情、叙事，为"老去的村庄说疼"。郭晓琦面对甘肃强大的乡土诗的影响焦虑，另辟蹊径，怀旧而忧伤地为远去的农业文明唱着挽歌，留下一抹乡愁。他在艺术上的突破则是以高度的移情将自己抒情主体的身份消隐，以乡土地上的各种人和物的身份来抒情，从而实现了从个体抒情到群体抒情的转换。郭晓琦的这种抒情方式在他的非乡土题材中也有表现。

郭晓琦以自己的方式捕捉诗美，对乡土的发现、开掘、提炼，显示着诗人自觉的艺术开拓，他让我们充满期待。

七、李满强

李满强的诗里真诚地流淌着一个诗人在这个时代中的血性与愤懑、沉思与警醒、热爱与真诚。他不唯美不高蹈，不浮夸也不卑微。在场感与尘世感是他诗歌的底色，并且向不同的艺术方向延伸。大体来说，他能以明亮写温暖，写柔情，写忧伤，写尘世的美和沧桑。这一向度的诗有很深的生活内核，细腻含蓄地写出个人生命体验，很有诗意。他也能用黑色写痛楚，写荒诞，写悲哀，写时代的疼痛与担当。这一向度的诗中，诗人俨然挟有以青白眼打量尘世的侠者之风。

李满强把诗歌写作喻为尘世里的呼吸与修行，诗歌是他去寻找和完成另一个全新的自己的方式。其实，所有的写作都是修行和一次次自我的更新和完成。关键是，对于李满强这样的 70 后诗人来说，古典时代的理想和信仰在心中还是一面无法拔除的旗帜，现实的社会却到处是日常化欲望的投射。在这样的夹缝中，可以这样说，许多 70 后诗人对社会退避，远者已经退回到个体生命的小，近者也是退回到有尊严的自我和孤独中。李满强与他们相比，站在离社会更近的地方，坚持了一些直面人生的勇气和思索，以较强的现实力量形成诗歌的冲击力。具体表现为，虽然李满强不能追求成为英雄引领人们走出欲望的泥沼，但他仍然热心地为人民写诗。这个时代各种各样的人和事，各种社会现象，甚至新闻事件，都在他的诗中得到反映，交织成我们这个时代的图景和精神气质。难得的是李满强对时代的书写并非浮光掠影的时代符号的拼凑，他把诗指向对人内心困境的关怀，从而实现对时代的重新指认。他能够驾驭广泛的题材和多重情感，以与之适合的语言形式和风格加以表现。他用诗歌实践着他对诗的看法："诗歌不仅仅是美好，更是疼痛和担当。"

应该说，在本届"诗歌八骏"中，李满强的诗歌现实性最强，他的热情和尘世感一定程度上规避了时代的"小"我之萎靡，从而也一定程度上突破了历史的焦虑。他的诗在诗歌艺术上达到了富于内涵的诗意，但无法以哪一种风格或者表现手法来加以总结。他似乎没有影响的焦虑，他用诗歌呈现了这样一个立场：我们不是生活在古典时代，而要与现实建立有意义的对话，可能要有能力做到诗的"元诗性"，或者说不必过多地借鉴以往的诗歌经验进行诗歌创作。这未尝不是一匹"骏马"突破与奔腾的姿态。

八、离离

离离是"诗歌八骏"中唯一的一位女诗人，诗歌具有明显的女性特征。离离的诗风比较稳定，清丽婉约，通脱自然。她擅写"离歌"，用泪水抒写着对世界的深情。她写爱，写时光，写孤独，写怀念，写许许多多细腻的感受，一方面情绪饱满，一方面也含蓄节制，"爱与痛的交织"形成既感人又有回味的诗意。她的诗歌语言不矫饰不造作，但新鲜而形象。她能将抽象的情感寄托于一个形象的抒情点，形神兼具地表达。比如写寂寞，她说寂寞就"堵在喉咙里 / 梨一样堵着"，寂寞的声音、味道，就是"这样刺痛又甜蜜的梨"。离离的有些诗也具有叙事化和画面感的特点。比如《这便是爱》写一间屋子里，"光从窗口涌进来 / 照见的 / 还是两个人 / 一个 70 岁，在轻轻拭擦桌子 / 另一个，在桌子上的相框里 / 听她反反复复 / 絮叨"。诗歌以叙述话语进行画面描绘来抒情，情感节制，但让人体会到深深的爱，深切的怀念。

离离的诗对于当代人心理的刻画达到了一定的深度，最重要的是她干净利落的语句里蕴含的婉约深情，显示了她诗歌的功力，并得自然通脱之美。

总之，第二届甘肃诗歌八骏的创作，显示了既为骏，当腾飞超越的创作姿态。他们创作了大量优秀的诗歌，发表于国内外各种有影响力的诗歌刊物和综合性文学期刊，在诗坛弘扬着"诗坛八骏"品牌的影响。他们在一个纷杂的时代大背景下，对诗歌精神的拔举，对西部不落窠臼的抒写，对现代人精细复杂的生存经验的解析，以及对诗歌语言和形式的艺术探索，都显示出矫健的力量和奔腾的英姿。他们既立足于过去的诗学传统，也将未来写

凝眸文学

作的意义唤醒。甘肃是诗歌大省，诗歌创作本来就呈现出万马奔腾气象，第二届甘肃诗歌八骏更是自觉地鞭策，奔腾驰骋于华语诗坛，历史将记录他们留下的优秀篇章。

灵性和宁静中生长的诗意

◢◣

在西部诗人中，人邻的气质比较独特，他看起来淡逸平和，还有一点古雅的禅修之气。人邻写下了大量的诗，诗集《晚安》集结了他的佳作，比较典型地体现了人邻的诗歌艺术和风格。评论家燎原说人邻是"领悟了诗歌内在奥秘并醉心于这一奥秘的写作者"。在反复阅读《晚安》中的诗歌之后，会发现人邻的诗生长在灵性和宁静的生命体验中。

艺术品总是以"精神自身的展现"为归宿。好的艺术作品贯注着创作者独特的精神灵性，这种精神生气蓬勃而赋予艺术品以"灵晕"，即本雅明所说的艺术作品的"aura"。灵性是人本性的一部分，缺少灵性的人，生活必然枯燥乏味，哪里会以诗意的眼光打量人生？诗人必得灵性之觉识，觉识到"世界上的一切美，还有爱与伤，甚至诱惑"。否则，必然不能成为诗人。

这并不意味着拥有灵性之觉识的诗人超脱了世俗世界，去追求和探索抽象的美、爱、伤，还有诱惑。因为，在我们凡俗的世界中正历经着美、爱、伤、诱惑，分散在种种实务活动和现实存在里，比如衣食、劳作、手工、盖房、养孩子，又比如虚度光阴、

300

行旅、山水、鸟虫、物什……这凡俗世界的种种存在，灵性的诗人以高度个人化的经验加以收集、提纯，形成了灵性之诗，建构起诗人的灵性经验的世界。

读人邻的诗，走进了一个被灵性照亮的世界，由此而走近了一位诗人。他的每一首诗，来源于周遭事物，却又将日常的感知消隐，表达的是一种灵性的存在。《白菜》一诗写冬天村民运白菜的场景，让人在感受到时光的流逝与生活的恒常，而这便是生活的本质意义；《石头》和《灰尘》两首诗，让人在石头卑微朴素安居于大地和灰尘的轻飘迷离里，想起那无法掌控人生的仓皇；《铁》这首诗又让人看到炉口支架的铁而玩味极端的火热与极端的冰冷之间的张力。嚼几粒瓜子"而有了一种若无而有／若有如无的满足"（《几粒瓜子》）；夜晚的白马"整个夜轻轻软软地含着它"（《夜晚的白马》）；风中的小虫有"比风更窄、更低一点的'紧'"（《风中小虫》）；蟋蟀"迷恋月光让她小小的轮廓完整／半透明的，小小化石一样"（《蟋蟀》）；未熟的小野果是"不知道怎么疼着、疼着，就爱了的"（《小野果》）；白桦树太白了"以至于我盯着它们／其他的树，一律消失"（《白桦树》）……人邻诗歌中的这些物象，原本平常，却因为诗人灵性的赋予而被照亮，被唤醒，获得了异样的存在感和一种超越性的生命感悟。

灵性之诗多与禅意相得而有意境。人邻的诗也是这样。在《与不同的食物为邻》中，他埋头于半碗白粥，在白米的温润的香里，他想到："——其实，我也不过是大地的食物／这时光，这大地悄然转换的另一种食物／可以和那些朴素如清水的食物／更加接近和契合的。"这真是应了禅宗那静心从人自身的行住坐卧的日常生活中体验禅悦，体悟禅境之意旨。又比如《落叶》一诗，落叶在人经过与不经过，想起与想不起的时候都会飘落，有时它摇摇晃晃地似乎要落而不落。诗人就这样写落叶的飘零与人的感应，形成了空灵的意境，让人想体味到王维的《辛夷坞》之"涧户寂无人，纷纷开且落"的禅意。不过《辛夷坞》中辛夷花的"纷纷开且落"在空寂中有灿烂，《落叶》的飘零里更多自在与宁静。

灵性作为自然本性的一部分，也意味着不可把受益想得太实用。山脉的灵晕，春水吹皱，一树花开，都与我们的灵性相通。也因此，时光也是用来虚度的。"读各样的书，字体娟秀或劲健的书信／看山水蜿蜒之间，也有些时光／一盏清茶，听帘外黄叶悠然落／顺着时光慢慢回味／一生就那么过去了。"《时光》诗人在多首诗中都提到自己的"无用"，并为此而感觉略略的惭愧和"羞耻"。然而，这样虚度时光多好，"一朝风月，万古长空"，虚度的时光，"无用"而诗意的人生，心中没有焦灼，不再纷争，平静恬淡中的解脱感和自由感，便是悟得了生命的意义，获得了灵性的美。

一位诗人，要在现代化的世界里写出灵性之诗何其难也。因为当效率和实务成为衡量人们生活的标尺的时候，灵性也从人们的生活中被挤压出去。我们有太多的欲求，催促我们每日忙碌紧张，忙里偷闲的时光，也被娱乐塞满。诗人和艺术家也变得形迹可疑，就像本雅明说的那样，艺术作品特有的灵晕也在机械复制时代逐渐销殒。我想，正是人邻那"虚度"的时光，让心灵能够宁静而体味万物，让他葆有了灵性。他甚至给我们昭示了一条修复灵性之途。《山中即景》写雨后的山中，草地、山岩、野花、树木、云朵，甚至尘土都那么地干净。在这样的时刻，人还有什么话好说呢，"就说这些雨后的山岩、树木、花草／多么干净吧！"其实啊，在山中这样的时刻，人的心神何尝不是干净的？干净的心神里自可生出灵性。《偶然路过》一诗也有启迪灵性的修复之意义。诗歌写隐于山坳的一片田园生活，"青山连绵，一湾河水，百亩良田／错落屋舍，牛羊鸡鸭／几只喜鹊，飞来飞去，不多的劳作、悠闲的人"，时光随着节令的节奏流走，河水清清，濯衣濯足濯心。这看起来似乎是对田园生活的浪漫想象。然而，我的确相信，在繁杂生活里厌倦的时候，抽出一天或几天，独自或者知心三两人，去山野田园，禁语世俗功利成败，徜徉安享自然和淳朴的生活，必有益于身心灵性的修复。

　　灵性的存在，过滤了世界的粗鄙，生活的诗意源于灵性的光照。在这照亮与澄明中，形成了人邻的诗的基调——宁静。宁静的心灵才能丝丝入扣地写下动人丰富的人生。回味人邻的一首首诗，人生百味，千转百回，歌之吟之，感人至深。读懂人邻的诗，是需要丰富的内心世界，需要人生阅历的。

　　人邻写宁静和美好，在诗歌中有多样的向度。他歌唱时光的宁静和美好。《有猫的下午》："午后，阳光，树叶，细碎的光影，猫。"这个午后的微风里抖动着树叶，上面有阳光的光影，屋子里的桌上有伏特加酒瓶，啤酒和果茶，我和你下五子棋，先负多胜少，"后来开始赢棋，其实已经是你在悄悄让我／时光宁静，美好，"就这样，直到树叶隐藏，细碎的光影看不见，"窗外那只猫／已经在树荫下一只圆桌上／温暖地睡着"，"啤酒，果茶，空空的"。多么宁静而美好的一个下午！

他宁静地歌唱爱情的宁静和美好。如《草原之夜》："夜真的又美又宁静/似乎谁醒着，草原就是谁的/我甚至舍不得叫醒那个/静静地睡在我身边的年轻女人。"确实，真正的爱到最后是爱人带来的心灵宁静和仿佛拥有整个世界的满足，拥有这样的爱，人生多美好。

他歌唱生活的宁静与美好。如那首《东北一家人》描绘的生活：厚厚的雪围裹着院子，炊烟，豆包的热气，滚烫的茶水，炒好的大豆，金黄的烟叶，猪狗牛，鸡鸭鹅，女人烫了酒，说着包括这所有生灵的"俺家"……这样质朴而安宁的生活，源于心灵的宁静和热爱，它赋予凡俗生活以诗意和美。

人邻的这些写时光、爱情、亲情、生活的诗中，宁静和美好展现为生命感受与世界和谐的恬静和悦。然而人世沧桑，当时空、生活和命运赋予生命太多的负累和暗伤之后，人邻的心仍然是宁静的，这时候的宁静是看透世事沧桑之后的释然，是接受荒芜、接受命运之后的宽容和豁达。

那棵要把自己长透的树，"根要比山岩硬"，"叶片要比刀子和秋风犀利"，要有打铁的力气还要有绣花的力气，要历经树的尘世，也要历经万物的尘世，要历经无比苦涩的人世的尘世，要长得浑身生疼，疼得没办法忍受，并彻底遗忘了茫茫大地。(《一棵树要把自己长透》)这样的一棵树何不就是一个历经沧桑而生命通透者的象征？

《沧桑辞》写道："沧海桑田，沧海桑田/我也已行走了半个天下/那半个，留着来世/对镜自览，我只有感激，只有惭愧/和对岁月万物的由衷谢意、歉意。"于是，他愿意让自己快一点老了，放下一切，从而知道最后的结局，命运如此，夫复何言"（《让我快一点老了》）。能够接受"渐抵眉心的所谓的死亡，那么寻常"，能就着"两盏烧酒"和"半碟花生"与人促膝谈谈死亡。（《老了的时候》）也能够执笔为自己写下《墓志铭》："我一生都试图站得笔直 / 但都没有站好 / 此刻，我还是宁静地躺下，安歇 / 和大地平行，一起 / 望着天上的流云 / 继续带走我再也不能随行的……"

　　人邻的诗呈现了一个灵性照亮的诗意世界，是一颗宁静的心灵的呓语。人邻的诗歌语言平淡，情感节制。正是这样的平淡节制契合了诗的宁静感以及灵性禅意，使诗的形式与情感融为一体。但人邻不是一位隐逸出世的诗人。他节制的情感和淡的语言下面，是对世界的一往情深。就像《晚安》一诗，诗人对他的爱人默念着晚安，希望只有"你和我"听得见，其实世界都能听得见他的一往情深，因为这是一位虽然已经"那么老了 / 还会那么念着、爱着，热着"的诗人。

高远精神　海棠花开

——读叶朗先生的《燕南园海棠依旧》

▲▲

2015 年我在北京大学做访问学者，有幸师从叶朗教授。春天漫步在北大燕南园，燕南园桃李芬芳，树木葳蕤，掩映其中的一处处红色院落，是北大的先生们读书治学之所。其中燕南园 56 号是叶朗先生主持的北大美学美育中心，院中有芍药、牡丹、竹子、海棠，还有几棵古槐，春色烂漫美好，尤其是海棠花开时，花开似锦，生机蓬勃。叶朗先生就在 56 号的屋中读书治学。叶先生与我有过几次谈话，但更多的时候，我通过读他的书，来领悟他的学术思想和精神境界。近日又反复读叶朗先生的《燕南园海棠依旧》一书，感悟良多，收获甚丰。这本书是叶朗先生的一些短论、杂感、随笔，演讲稿 30 余篇结集的文集。这些文章分为五辑，根据内容可归为四个方面：

一、艺术与人生

第一辑、第三辑总体上谈艺术和人生，在艺术欣赏和生命体验中贯穿着人生深透的人生感悟。

叶朗先生欣赏电影，他会写出简短的影评。影评篇篇有启迪，警醒我们审视生活，并感悟到：人生的意义是创造；生活需要跳出惯性（惰性）的循环圈；人要告别追求虚假的东西而丧失"真我"的泡沫人生。

在第一辑更多的篇目中，哲学家、美学家叶朗先生以通俗易懂、明白晓畅的语言和深厚的哲学美学造诣，或者对中国古典诗歌中的佳句进行赏析，或者从禅宗美学、《易传》的哲学、人生的审美体验、艺术的时代精神等角度切入谈论艺术与人生，培养人珍惜美好事物的情操，倡导人生的审美境界。《春江曲》一文最让人心有感触。文章评析晋简文帝司马昱的一首小诗《春江曲》："客行只念路，相争渡津口。谁知堤上人，拭泪空摇手。"叶朗先生说，可以把这首《春江曲》当作是清夜钟声，去警醒古今往来那些在名利场中迷恋往返的人珍惜功利之外的亲情、爱情、友情等等。

《鱼嚼梅花影》一文则分析人生不同层面的意义，引导人们追求人生的审美层面。叶朗先生将人生分为三个层面：第一个层面是"俗务"，即柴米油盐工作琐事等生存层面的"俗务"；第二个层面是事业，指人对社会有所贡献和实现人生价值的层面，属于人生的核心层面。第三个层面是审美的层面、诗意的层面，也是超越了功利实用的层面。唐人诗句"鱼嚼梅花影"的妙趣横生、生动神韵中透露出的闲适和亲近自然的审美情趣，以及整首诗蕴含着的严寒中的生机、冷峻中的禅味，都意味着诗人进入了人生的一种审美的层面。叶朗先生认为没有审美层面的人生，不是完美的人生，因为只有前两个层面，人就会要么陷入"俗务"的泥潭不能自拔，要么被功利的、技术的大山压垮。

第三辑中的《生活中的"闲心"》从清代张潮的《幽梦影》谈起，指出"闲"是一种从容、舒展的精神状态，"闲心"是一种审美心胸，忙里偷闲就是从实用功利活动中暂时摆脱出来，体味有情味有灵性的生活，也就是拥有审美的人生境界。到了《人生终极意义的神圣体验》一文，叶朗先生对张世英先生提出的"美感的神圣性"进行论述，指出美感的神圣性所在，就是"万物一体"的境界，这种境界是人生的终极关怀所在，是人生的最高价值所在。这些都在让我们思考，追求人生审美层面，不就是意味着是对人的生命自由的超越境界的追寻，是对人生的神圣性的肯定，是对人本身最高的关怀吗？

叶朗先生谈艺术与人生，在审美活动中把艺术和人生联结起来，以艺术照亮人生，生命的意义和价值得以澄明。如宗白华所说："把我们的胸襟像一朵花似的展开，接受宇宙和人生的全景，了解它的意义，体会它深沉的境地。"

二、治学之道

第二辑谈治学，对青年学生的谆谆引导，充满殷切期望，也体现了叶朗先生严谨的治学经验和高远的学术追求。

在这一辑中，叶朗先生的学术追求和抱负令人感佩，对于所有的有志于学术的人来说，都有高度的指引意义。《胸襟要宽，格局要大》一篇是叶朗先生在北京大学 1999 年本科生开学典礼上的讲话。指出一个学者不仅要注重提高自己的学问，同时还要特别注重提升自己的境界，拓宽胸襟，涵养气象。因为"格局小的人，绝对做不了大学问"，从而告诫同学们：胸襟要宽，格局要大。在谈到中国学者的学术立足点时说，20—21世纪的中国学者在美学学科的研究中不应该以追踪西方最新美学思潮为最高光荣，而应该有自己的立足点，从而建设一门立于时代高度的、真正国际性的美学学科。叶先生的这个看法也是他治学的立足点和信念、精神。（参阅《中国学者应有自己的立足点》一文）从叶朗先生的学术成果来看，他的著作《中国美学史大纲》《中国小说美学》《美在意象》以及他主编的《现代美学体系》无不体现了立足于吸纳东西方文化的精华，寻求中国美学（以及整个东方美学）和西方美学的融合，并进行系统的理论创造的特征。鉴于学术创新中理论之重要，叶朗先生也在本书中反复强调对纯理论的兴趣和理论感的重要性，这些思想都体现了宏阔的学术视野和高度的精神追求，对于当下许多沉湎于个体感受、琐碎知识，只见树木不见森林的做学问者有深刻的启示。（参阅《我们要保持纯理论的兴趣》《说"理论感"》二文）

叶朗先生对学术疑难问题的解惑，对治学的具体方法、技巧进行循循善诱的教诲，则又给学人们以治学实践的有效指导。在谈到历史学家书写思想史的问题时，提出今天的历史学家面对历史的正确方法是一种"中庸之道"，即在历史主义精神和现代眼光之间保持一种张力的平衡。（参阅《历史主义精神与现代眼光》一文）又比如《谈读书和学位论文的写作》一文，对于读书和学论文的写作提出了切中肯綮、细致而行之有效的方法和技巧。曾在北大访学时听过叶先生的关于这个课题的讲座，而在本书中读到此文更是欢喜，可时时作为参照提升自己读书品位和写作水平。这篇文章所有的学子也应该一读，相信会受益匪浅。此外，叶朗先生还谈到如何对待学术上的反对意见，如何对待考证，以及北大学者应该创立新的美学学派，什么是好的学术氛围等等话题，无不体现了先生立位高远，"以仁心说，以学心听，以公心辩"的学者情怀和胸襟宽广、光明磊落的人格。

这一辑各篇文字风格皆亲切易懂，娓娓而谈，将青年学子引入学术的殿堂，认识和理解什么是真正的学术和怎样做学术。可以说，在这些文章中，叶朗先生虽未对自己进行只言片语的描绘和剖白，但一位博学厚德、热爱学生，以殷殷之情教书育人、令人崇敬的师者形象屹立在读者的心中。他的襟怀、治学信念、治学态度和治学经验为年轻的学人做出了最好的示范，诠释了"师者，所以传道、授业、解惑也"的意义。

三、缅怀与承继

第四辑是叶朗先生对前辈学者和北大校园生活的缅怀，于其中贯穿着对北大人文传统的守护与继承。

《平淡·平静·平和》一文记录了叶朗先生与前辈学者张岱年先生相处中的点点滴滴。张岱年先生那平易近人的性格，平实的治学方法和治学风格，平和的心态，包容的胸怀，简朴的生活，夫妻的恩爱都给人留下了很深的印象。《创造力的喷发》一文是对张世英先生的《归途》一书的读后感，以张世英的境遇写出了老一辈知识分子在改革开放以来创造力的喷发，并提到自己的学术研究受到张世英先生一系列的原创性哲学观点的启发。

《大树·拾穗者·永恒》一文是悼念朱光潜先生的。文章回忆自己与朱先生的交往，以平实生动的语言，满怀崇敬之情写出了朱先生的高度的生命力和创造力、人生态度，以及献身精神。文章把朱光潜的一生与三幅画联系起来。

第一幅是丰子恺的画《大树》，这幅画上的一棵大树被拦腰砍断，但树的四周抽出许多枝条。有题画诗曰"大树被砍伐，生机并不息。春来怒抽条，气象何蓬勃！"叶朗先生写到朱先生遭受了"文革"巨大的磨难，但仍以惊人的生命力和创造力翻译出版了黑格尔的《美学》《哥德对话录》和莱辛的《拉奥孔》。那棵大树不就是朱先生的人生态度和献身精神的写照吗？

第二幅画是法国大画家米勒的《拾穗者》。叶朗说他在读了朱先生1980年出版的《谈美书简》和80岁以后出版的论文集《美学拾穗者》之后，深受触动。他感到《拾穗者》中那个"夕阳微霭中弯腰拾穗的形象，确实很能体现朱先生的人生态度，为了对祖国的文化建设做出尽可能多的贡献，从不停止自己辛勤的劳作"。朱先生以"拾穗者"的心情，严肃、科学的学风，写出一篇又一篇的美学论文，对我国的美学学科做出了不可磨灭的贡献。真可谓"知我心者谓我何忧"，叶朗对前辈朱光潜先生的理解也使朱先生欣慰，他们因此有了更多的交流，朱先生给予叶朗很多的启发和教益。

第三幅画是画家张宏图的一幅题为"永恒"的油画。画面是一位古代工匠完成了霍去病墓前巨型石虎的雕刻，精疲力竭，扑倒在这件雕刻面前。叶朗说那件雄伟、鲜活、光辉四溢的石刻巨兽，是人类生命力和创造力的结晶，那扑倒在地的瘦小、黝黑的工匠的身影，寄寓着一种伟大的献身精神。对于朱先生的生命力和创造力，人生态度，以及献身精神，这幅画是极好的写照。叶朗先生这篇文章，对朱光潜先生伟大的人格和高尚的情怀有深透的理解，以三幅画写照朱先生的精神世界是那样贴切，字里行间流露的缅怀深情款款，对朱先生的赞佩言辞恳切。从中亦可看出朱先生的精神对叶朗先生的熏陶和滋养。

《燕南园海棠依旧》一文是叶朗先生立志继承和发扬北大的学术传统和人文精神的心志之文。北京大学的光辉源于蔡元培开创的人文传统，源于有冯友兰、朱光潜、马寅初、周培源、汤用彤、向达、翦伯赞、江泽涵、饶毓泰、冯定、王力、林庚、侯仁之等学术大师的存在，他们构成了北京大学的人文环境和精神氛围。这些大师们一个一个离开了我们，但他们对中国学术和中国文化的影响，是永远不会磨灭的。这些大师们都曾经住过北大的燕南园。燕南园是凝聚着北大的学术传统和人文精神的寓居之所。就如燕南园 56 号，当年曾是周培源先生的住所，现在是北大的美学中心，在叶朗先生的主持下，开展着蓬勃的美学和美育的学术研究，并且硕果累累。张世英先生的十卷本文集《张世英文集》已出版，叶朗先生主持的 8 卷本《中国美学通史》和 10 卷本的《中国艺术批评通史》也都已出版。56 号院举办的"美学散步文化沙龙"更使燕南园弥漫着一种高远的精神追求。北京大学的人文传统没有中断。就像在燕南园，海棠花、樱花年年开放，显出蓬勃的生意和高贵的气象。燕南园海棠依旧。

叶朗先生一直倡导人要有高远的精神境界。何谓高远的精神境界？在这一辑的四篇文章中，我们真正地体会到什么是高远的精神境界，那就是朱光潜先生高度的生命力和创造力；是"拾穗者"辛勤劳作的人生态度以及伟大的献身精神；是张岱年先生作为大学者平淡、平静、平和的生命格调；是张世英先生高度的生命力、创造力和学术的原创性精神；是叶朗先生作为师者的道德情操，是他高远的学术追求和对北大人文传统的继承和发扬；是北大的学术大师们"欲罢不能"为人类文明呕心沥血燃烧生命的精神追求中显现的人生的一种神圣性；是始终笼罩在燕南园的学术研究和美学散步之上的康德讲的灿烂星空的神圣光照。

本书的第五辑是叶朗先生选编的《文章选读》一书的编者按语和《从写文章角度推荐十二部书》一文，体现了他广博的阅读范围，深透的读书体悟，以及对如何写好文章进行示范的苦心孤诣。其对文章之道大有裨益，叶先生之学识和情怀自在其中亦令人感佩。

总之，叶朗先生的《燕南园海棠依旧》一书，非为皇皇巨著，然其简洁精练，正是先生一贯倡导的写文章须简洁、干净、明白、通畅的风格。读之如沐春风，在先生谆谆教诲中习得学识；如登攀泰岱，在先生高远的精神追求导引下，终有"一览众山小"之豁然开朗；又如朗月清照，雪霁天晴，在人生审美境界的领悟里涤除心中污尘而透彻安静。

秦风汉水的女子心上的歌

——评赵子贤先生的《西和乞巧歌》

▲▲

　　看到赵子贤先生收集编纂、赵逵夫先生整理编订的《西和乞巧节》一节，非常亲切激动。红色的封面装帧，精美的纸张，间有红色剪纸插页，一首首动人的歌词，弥散着浓厚的秦地民俗文化气息，捧在手里，让人珍爱不已。读完整本书，更感觉到这是一本非常有价值的书，它是国家非物质文化遗产"西和乞巧节"仪式的纸上展演，更是了解和研究中国乞巧文化以及古代女性文化的政卷资料。

　　甘肃省西和县，是秦人崛起和发迹之地，浸润着周秦文化的遗风。漾水和西汉水（古代典籍多处可考证，鹊桥相会之"银河"，古即称"汉"。如《诗经·大雅·云汉》一诗中"云汉"即银河）穿境而过。这片土地以包容的胸怀，在几千年的时光里，流传着一个叫作"乞巧节"的民俗活动。乞巧节为身处秦风汉水的女子们留下一个弥足珍贵的空间，让她们歌唱自己的悲欢，倾诉心中的念想，咏叹心上的日子。直至今天，当时光已经将许多古代民俗遗风淹没或者改换的时候，每年的七月初一到七月初七，回到甘肃省西和县这片秦人的故土，仍然会看到无数的女子传唱着牛郎织女的传说，以七天八夜的古老而完整的"乞巧"仪式，将女性文化以及西和人的日常生活做了一次审美向度的表达。

2006年甘肃省西和县获得中国民间文艺家协会颁发的"中国七巧文化之乡"称号；2008年西和县的乞巧节俗被补列入国家第一批非物质文化遗产。西和乞巧节高度的影响力，除了节日民俗展演本身的意义，学者对它的研究和推介亦发挥着重要的作用。由赵子贤先生整理、赵逵夫先生注释的《西和乞巧歌》就是一部展示西和乞巧文化的重要著作，它将乞巧节这种活态文化凝结在笔墨纸张里，从而让更多的人能突破时空和地域的限制，在书籍文字里触碰、了解鲜活的乞巧节，完成了一种物质化意义上的乞巧节的展演。

赵子贤（1908—1980年），甘肃西和县人，早年于开封、天津、银川、兰州等地研修和从事无线电机械学工作，以实业和技术报效国家。中年回西和县，长期从事文化教育工作。1936年组织学生收集县内各乡流传的乞巧歌，由他整理编纂成《乞巧歌》一书，但长期未版。1990年代以来，在赵子贤先生的哲嗣，西北师范大学教授、著名学者赵逵夫先生的研究和推动下，西和乞巧节民俗受到国内外重视。《西和乞巧歌》作为西和乞巧文化的珍贵资料，在新世纪也得以出版。现在看到的这本《西和乞巧歌》，结集了66首乞巧歌。赵逵夫先生对每首歌中的方言以及蕴含的地域文化和古老的周秦文化因素进行了注解，并在附录中详细描绘了西和县七天八夜的乞巧风俗。由于乞巧节已引起世界范围内的关注，故本书也适应国际交流的需要，采用汉英对照本的形式，由外语教学与研究出版社于 2014 年出版，2016 年又出版汉英对照精装本。

在内容上，《西和乞巧歌》仿《诗经》的体制，分为"风""雅""颂"三部分。"风"包含"家庭婚姻篇""生活习俗篇"和"劳动技能篇"，是女子在乞巧活动中向巧娘娘描绘爱情婚姻、生活劳动的歌，有《诗经》"饥者歌其食，劳者歌其事"的韵味。"雅"包括"时政新闻篇"和"传说故事篇"，时政新闻篇为对现实政治的反映和对社会现实不满的讽刺；"传说故事篇"中有对乞巧文化中主神巧娘娘，即牛郎织女神话传说中织女传说的咏唱和赞颂。"颂"包括"坐神迎巧篇""礼神乞巧篇""看影卜巧篇"和"转饭送巧篇"，是乞巧仪式中的祭祀之歌。

一部《西和乞巧歌》，其丰富的内容和淳朴的心灵吟唱，是秦风汉水的西和这片土地上民间文艺作品的原貌。这中间凝聚着女子在礼仪情境下对"定向性情感"的表达，也萦绕着西和女子在日常生活之外的"话外之音"的"非定向性情感"的表达。而无论从哪方面看，这些歌都是秦风汉水的女子心上的歌，它们和乞巧节一起对于女性有重要的意义。

从对女子"定向性情感"的表达的角度看，可能由于乞巧歌和乞神祭祀相关，大量的乞巧歌是对女子早期家庭教育的延续，即祈祷巧娘娘赐予女子心灵手巧的手艺的锻炼，这些生活技能性的手艺包括厨艺、刺绣以及装饰的艺术等。比如《七月初一天门开》：

七月初一天门开，
我请巧娘娘下凡来。
巧娘娘穿的绣花鞋，
天河边上走着来。

巧娘娘，驾云来，
给我教针教线来。
巧娘娘驾云进了院，
天天给我教茶饭。

巧娘娘请到神桌上，
天天给我教文章。
巧娘娘请到莲花台，
天天教我绣花鞋。

巧娘娘请来了点黄蜡，
天天教我绣梅花。
巧娘娘请来了献茶酒，
给我赐一双好巧手。

巧娘娘请来了献油饼，
教我越做越灵心。
先磕头，再作揖，
巧娘娘给我教到底。

巧娘娘，下云端，

我把巧娘娘请下凡。

　　这首坐神迎巧歌表达了女子对巧娘娘能全面地赐予自己生活技艺的期盼。不过，在大量的乞巧歌中，女子们多集中于对纺织刺绣手艺的追求和精妙手艺的赞美。这与巧娘娘是牛郎织女神话传说中的织女下凡的身份有关，也与女子擅于纺织刺绣的女红传统有关。乞巧歌对女子刺绣手艺的展示极尽铺排。比如"风"部分的"劳动技能篇"中《我敬巧娘娘心最诚》《巧娘娘教我绣一针》《一对鸳鸯一对鹅》《卢家大姐会扎花》《草青花红艳阳天》《十条手巾》等歌。以《我敬巧娘娘心最诚》为例：

我敬巧娘娘心最诚，

巧娘娘教我绣桌裙。

桌裙八仙桌上挂，

四川的缎子满天红。

巧娘娘教我绣一针，

一绣蓝天一朵云。

寅时下雨卯时晴，

山青水绿花儿红。

巧娘娘教我绣二针，

二绣鸳鸯两情深。

上面开的并蒂莲，
水里一对鸳鸯影。

巧娘娘教我绣三针，
岁寒三友最精神。
雪里梅花风里竹，
南山的松树万年青。

巧娘娘教我绣四针，
文房四宝要绣成。
笔墨纸张写文章，
砚台上面四条龙。

巧娘娘教我绣五针，
五绣五谷都丰登。
麦子穗穗五寸长，
架架荞麦赛金黄。

巧娘娘教我绣六针，
六畜兴旺满院春。
鸡飞狗叫猪满圈，
牛羊满山马奔腾。
……

从这首乞巧歌可以看出，女子们在祈求巧娘娘教会自己绝妙的刺绣技艺，而从对刺绣图样的描绘，则表达着她们对美好生活的向往。

乞巧歌本为民歌，但与古代大部分民歌相比，它的野性特质并不明显。有学者认为大量的乞巧歌表达的是"定向性情感"，这是中肯的。① 所谓"定向性情感"，如人类学布达佩斯学派成员阿格妮丝·赫勒所言，是说人的日常生活中的感情绝不是纯属主观的，而是由社会预定的。费孝通则将其称作"感情定向"，指出人的情感既不是个人性的，也不是生理性的，而是社会性的。一般而言，"定向性情感"发生在社会主导或提倡的礼仪情境下，与人的文化心理及其礼仪行为直接相关。"定向性情感"的表达，作为一种"集体情感"，对于人的社会角色认知及其社会身份的塑造有着重要的作用。大量的西和乞巧歌作为"定向性情感"的表达，它和乞巧节的民俗仪式一起，在强化女性的身份意识，教化女性的社会角色，同时也表达与社会民众一致的价值观。但这并不意味着乞巧是对女性的进一步驯化或者对女性的压抑，它恰恰表达的是女性生活能力的提高，以及与社会和谐的愿望。

另一方面，在"乞巧节"的仪式中，西和女子赢得了属于自己的相对自由独立的时间和空间。她们可以自由表达心中的愤懑，和对现实生活的不满。她们在乞巧的歌唱里，暂时逃逸日常生活和礼仪规范的压抑，来抒发心上的日子。这在一定程度上又有瓦解社会对女性身份规约的性质。所以，它又为女性自我的"非定

① 宋红娟：《"心上"的日子——关于西和乞巧节的情感人类学》，北京：北京大学出版社，2016。

向性情感"的抒发提供了一个出口，对于女性身心的和谐具有重要的意义。

《西和乞巧歌》中有大量的歌是女子对不自主的婚姻和辛苦劳作的生活的悲愤控诉。如《一样的戥子十样的银》《金蹄子花，银蹄子花》《热头出来一盆火》《装了半笼子苜蓿花》等歌曲。以《一样的戥子十样的银》为例：

一样的戥子十样的银，
女子不如儿子疼。
十二三上卖给人，
心不情愿不敢嗯。

山又大来沟又深，
木底鞋垫得脚腰疼。
五黄六月热难当，
把饭送到山梁上。

放下扁担就割麦，
本来不黑也晒黑。
太阳没落一身汗，
赶着回去做黑饭。

路上连滚又是爬，
急着回家要喂娃。

腰又酸来腿又疼，

对着灶神骂媒人。

巧娘娘，下云端，

我把巧娘娘请下凡。

西和有一首山歌："唱过穿了唱戴哩，/ 唱我心上的畅快哩。// 没唱穿，没唱戴，/ 一唱心上一畅快。""唱我心上的畅快呢"正是民歌的基本功能，意味着自然本真情感的抒发。它使人平日郁积的苦闷得到宣泄，而实现身心的和谐。乞巧歌对于不自主婚姻和艰辛的劳作的控诉，正好可以起到这样的作用。但乞巧歌与一般民歌不同的是，它只在乞巧节这样的节庆仪式中可以自由抒发。这让人想起柏拉图的话："众神为了怜悯人类——天生劳碌的种族，/ 就赐给他们许多反复不断的节庆活动，借此 / 消除他们的疲劳；众神赐给他们缪斯，……"柏拉图是在论述民俗风情中的节日活动时用这样的语言来说明节庆活动是对人们日常生活的超越。我想这也适用于乞巧节和乞巧歌。乞巧歌在古代农业社会中长期流传。古代封建社会压制女子的情感表达，又以乞巧节的形式为女子留出释放情感的空间。在乞巧的歌唱、交流和喧嚣之后，女子们再回归到日常生活时，心里积存的压抑已经得到释放，生活的压抑就此得到缓冲，女子们怀着对心上的日子的向往，以一种相对轻松的状态重新投入生活。

鉴于两种情感的和谐表达，我们可以看到这些歌曲的情感无论是悲伤的还是欢乐的，鲜有"借男女之真情，发名教之伪药"

的歌。而歌中呈现的女性形象，也基本是纯朴而温顺的，少有其他民歌中决绝野性的女子形象。所以，《西和乞巧歌》有温柔敦厚的特点。同时，由于《西和乞巧歌》所具有的祭神娱神的性质，使得其兼具凡俗和神圣的双重性，从而也具备了《诗经》式的"思无邪"的性质。赵子贤先生将乞巧歌提到《诗经》的高度，以"风""雅""颂"为其制式，真可谓眼光独具。

　　《西和乞巧歌》的价值是多维度的，它作为一部古代歌诗集，给我们提供了颇有《诗经》韵味的民间诗歌形态，并蕴含着丰富的周秦文化内涵，让人感受到甘肃民间文学的美学芬芳和甘肃古老深厚的文化积淀。它也是对国家非物质文化遗产"西和乞巧节"的纸上文字展演，为非物质文化遗产的保存和推广提供了有效的方式。而我作为土生土长的西和人，在《西和乞巧歌》中感受最深的是，乞巧节是女性文化独特而有效的表达方式，其中体现的女性文化，对女性身心的和谐以及社会的和谐具有重要的意义。从情感人类学的角度来看，它通过一个阶段的女性群体的聚会交流，让女性适度疏离和超越日常生活，俨然以一女性共同体的身份，在乞巧中和世界共同体验一种和谐。乞巧歌作为女性心上的歌，一方面表现了女性希望心灵手巧的美好愿望及其女性身份的自觉，另一方面也让女性在对巧娘娘倾诉衷肠的歌舞中精神负累得以疏导。藉此，女性实现了自身身心和谐，以及与社会的和谐。而这，也是西和乞巧节没有成为无所顾忌的狂欢，也没有成为教条规矩的固定程式被湮灭在历史的长河中，直至今天仍然能以鲜活的生命力存在的根本原因。而我们似乎可以从"思无邪"的《诗经》的袅袅歌唱中，去追溯塑造着秦风汉水的女子文化心理的文化因子。当然，在《西和乞巧歌》中，也可以读出秦风汉水的西和地方文化和人情风俗之美。

凝
眸
文
学

本真写作与生命感蓬勃的文学

——评高丽君散文集《在低处在云端》

▲▲

无疑，西海固是非常有名的。无论唐人王维的《使至塞上》，还是今人张承志的《心灵史》、李敬泽的《寻常萧关道》，在这些文人名士的篇章中，西海固既是铁骑奔腾、胡风彪悍的疆场，也是荒寒干旱、贫瘠荒芜的千沟万壑。而在近年来宁夏本土作家的作品中，也经常会感受到西海固的荒凉和艰辛。文人的描述之外，地理学上的西海固也被定义为不适宜人类居住之地。然而，当读到宁夏固原的女作家高丽君的散文时，却感受到一个脱开了历史的沧桑和地域的荒凉，洋溢着当下生活鲜活本真气息的西海固，也走进了一位温婉儒雅、纯朴真诚的女子的内心世界，倾听一颗真善美的心的娓娓诉说。

高丽君近期的散文集《在低处在云端》于 2013 年出版，2014 年获冰心散文奖。高丽君说她写散文是行走红尘，吟唱云端，是一位西海固女子真实的灵魂和生命的浅唱。这本集子中的散文确实体现了这样的旨归，表达了她对生活真挚的爱，也表现出灵魂中关于生命感受的沉思。她的散文以自然的文字、本真的写作感动人，也呈现了一种生命感蓬勃的文学面貌。这些可从这本散文集读出来。这部集子中优秀的散文篇章可以归为三大类。

一、人间烟火本为真

高丽君描写日常生活的散文很感人。《往事如风之咸菜六味》写自己的腌菜情结。咸菜不同的味道是人生不同的体验：咸咸的味道是母亲的温情，酸酸的味道是对婆婆的孝心，甜甜的味道是亲情，苦涩的味道是丈夫这样的寒门子弟发愤苦读、终有成就的心路，麻辣的味道是生活时尚的改变。就这样，高丽君于腌菜中悟到了人生的苦乐真谛。《站在锅边杂七杂八》系列散文写自己的日常饮食。从熬粥得出了平民生活的安逸、自由、平淡却幸福的感悟。从麻辣烫里品出了友情的"赴汤蹈火"和默契宽容。女儿爱吃的酸辣土豆丝里沉淀着母亲对孩子成长的点点滴滴记忆，于母女情深中寄寓了天下父母对儿女的牵挂和期望。厨房里的米面袋子敦敦实实的，象征着夫妻责任和义务以及安身立命相携到老的情义。《浓浓年味满筐笸》写过年。从腊月二十三开始，全家人就在母亲的指挥下为过年劳作，蒸馍馍，做各种肉类的熬、煮、蒸、炸、煎，进行各种蔬菜的挑、洗、切、摆……到年三十时，红白黄绿蓝紫黑，各色美食装满两筐笸。这个过程中，繁杂的烹饪过程也是妇女们厨艺的展示和比拼，烹饪在她们的手里成了艺术。而每一个"艺术品"完成后，都要先虔诚地供奉给祖先品尝。孩子们给大人们帮忙，免不了撒娇打闹挑活干。大家都在喜悦的年味里陶醉了。读这篇散文，几千年来国人的过年风俗逼真细腻地徐徐展来，引起人对乡土、家园、团圆的无限怀想与回味。而那浸润在每一个生活的细节中的幸福喜悦，非常打动人心。《母亲的符表》写母亲敬神求符表为家人祈福。母亲在固原求固原的神仙，把在寺庙里求来的符表烧灰冲水给家人喝，以祈求家人健康平安。到北京了又在北京的寺庙里求神求符表。求符表保平安是西北人敬神祈福的一个风俗，不说这个风俗能有多少实质作用，但母亲爱儿女的心意全在其中了，令人鼻酸感动。《祭日里的思念》写婆婆。婆婆不喜欢"我"洗衣的程序，认为"我"把自己和丈夫的衣服一起混洗，并且先洗自己的，这样是对丈夫的不敬。婆婆弄不明白电视后面没有人排队，怎么会有人不断地走出来。白天我睡觉了，婆婆得空满脸慈祥地坐在旁边看。大家干活的时候，婆婆偷空往我手里塞糖和葡萄干。过年的时候，婆婆在风雪中跑了几十里路接我们回家。文章平实地叙述了几件事，一位慈爱的母亲，一位温良恭俭、宽厚纯朴的乡村妇女如在眼前，而乡村生活也因为这样的母亲而那样温暖。

人间烟火、岁月斑驳是生活的本真，然而本真的生活也许经常消磨了人生的诗意。高丽君将红尘中琐碎的生活化作亲切的生命体验，能将其写出一种诗意、一种温情，甚至能灌注丰厚的喜悦，我们因为在这样的低处、这样的人间而感受到生命的热力。用散文平淡的文体能写出这样的生命感，是需要一颗豁达心、一种人生的深情，更需要深厚的文字功力的。

二、灵魂有爱不寂寞

高丽君的一大部分散文写了许多女性，典型地体现了散文以独抒性灵而至上的品质，也是高丽君蕙质兰心的性灵的抒发、情怀的吟唱。高丽君对这些女性善良、丰富而高贵的精神世界的书写，是安抚灵魂的思想之旅，也是她的散文中的美文，同时有论人论文的文学评论性质。

《让我把灵魂靠在你的背上》一文写了几个女子：才女杨绛不论身处繁华还是困顿，都以平民情怀和坚忍不拔的毅力让生命有淡到极致的美丽。阿赫玛托娃生若苦役，经历了对一个女人来说所有的残酷，死后成为俄罗斯的骄傲而得以永生，这源于她永远保持着尊严和优雅，和她永远不屈的信念和勇气。《她在春夜独自唱》写女人们的爱情和精神世界。李银河之于王小波，是幸毋相忘，心中有爱而不孤单。雪小禅是浅浅地喜欢悄悄地爱，"行有自由，心有孤傲，不会孤寂"。杜拉斯之于雅恩，是如幽深的隧道又如霹雳的闪电般可以杀人的爱，然灵魂有爱意，岁月不寂寞。就像《谁的孤独飘过窗》中，史铁生年轻的遗孀独饮孤独苍凉，然因了史铁生的文字和思想，以及深深的爱，她的生命便有哀婉和丰厚之美。《夏天是个路过的季节》写女作家伍尔芙。这是个温婉落寞的女人，经受着精神疾病的折磨，在黑暗中前行，以从容、高贵、淡定、深刻、汪洋恣意的笔墨穷尽生活，在岁月中如她的《奥兰多》，"不凋谢，不老去"。这篇散文是高丽君对伍尔芙的人生和文字的理解和评价。同样的文章还有《低头一梦舞霓裳》，写唐代才女薛涛，对其诗书意趣和情殇痛楚进行了丝丝入扣的探析，以同情以相惜赞美她留给世人的"美与才"。这是一篇情真意切、才华横溢的美文。

以上这几篇说文说人的关于女性的文化随笔，让人深有感触。杨绛、阿赫玛托娃、杜拉斯、伍尔芙、李银河、雪小禅、薛涛，这些独特的女子在高丽君的笔下出现时，无论灿烂、繁盛、静默、凄凉、飘零，她们都以一种高贵的、脱俗不屈的精神彰显了女性的丰富和力量。世界因这样的女子而美好。这样的美好是高丽君用她慈悲的心、脱俗的情怀观照而出的，也是高丽君本人对灵魂寄寓和安放之所的追寻。而对于读者来说，读这样的文章，也是一次对自我灵魂的塑造，由此而感受到文学和思想的力量。

　　高丽君的那些写人间烟火的散文是有西海固日常生活的风俗特点的。而在这些写女性的文字中似乎难以看出西海固的影子。可是细一想，这些女子大多才女佳人，她们骨子里，哪一个不是以坚韧的意志迎面艰辛的生活、情深意重地活在世间呢？在高丽君的笔下，她们的生活不是传奇、不是绯闻，也不是励志故事，而是对女性在坎坷、悲凉，甚至粗粝的境遇中"灵魂有爱意，岁月不寂寞"的肯定。高丽君对她们的观照和激赏也正在这里。这是否恰恰折射了高丽君内心深处对人生价值的衡定，不自觉地带有西海固人对人生价值判断的视角呢？我觉得是。确实，这是与其他的女作家不同的。我们看过太多的描写女子的文字，这些文字满目风花雪月、曲折跌宕、荡气回肠、情深意浓，最终沦为闲人谈论的传奇或者修心励志的启示。而在高丽君的笔下，她们的人生岁月沧桑，没有太多美好可言，但她们直面残破的人生，在充满伤痕的生存土壤中，将灵魂置于云端，开出了坚韧的生命之花。如果说，西海固的精神内核里有着一种苦难和坚韧，那么，高丽君对女性的礼赞，好像也更多地倾向于对这种品质的价值认可。由此可以说，其实骨子里，高丽君的散文还是有西部的、西海固的精神气质的。

三、沉思乡土之苍凉

像高丽君这样一个真诚写作，或者说还没有学会在文字中矫饰的作家，她一定会用最质朴的文字和情感去看自己脚下的这片土地，并自然而然地表达出来。高丽君是城里人，有不错的家境和成长环境。她固然写不出西海固这片乡土的大苦难，但凭着她那颗善良而聪慧的心，一定能体味出乡土的忧伤。高丽君有一部分书写乡土情怀的散文，带有忧伤苍凉感，显示了力图深入乡土生活的内核进行生命沉思的努力。

首先是一系列写乡土风物的散文。《秋风吹过老戏台》写小时候看戏，把看戏的情境描绘得活灵活现。而描写戏里的鬼喷火引起小孩子的恐惧敬畏心理时，让人如临其境，把人带回了幼年时观看乡村老戏的情境中去了。藉此，这篇散文还思考老戏对乡村道德塑造和敬畏情感形成的重要作用。不过，今天这些都已成为过往，现实中能看到的是秋风吹过废弃的老戏台。《天边飘过老庄的云》写村庄的人们都进城了，留下孤独的庄子。庄子那遗留下的物什似乎还在诉说曾经宗族繁衍、人丁兴旺的梦想，似乎还留着热乎乎的生活。然而，庄子已经成了老庄，像天边飘过的故乡的云，在那些游离在城市的人心中酸酸楚楚。衰败的乡土、感伤的情怀在其他几篇散文中也有较好的艺术表现。更为成功的一篇是《一场葬礼的悲喜叙事》。这篇散文描绘乡村的一场葬礼，像一张风俗画徐徐展开。西海固的地理状貌、衣食住行、风物习俗以及各色人物张弛有致地分布在文字形成的画面和节奏中。人们的悲喜情感、生活内在的神韵都和谐地传达了出来。散文意蕴丰厚，能深入乡土的内核和精魂，体现了高丽君乡土风物散文的较高水平。

但高丽君写苍凉乡土的散文更见功力还是写人记事散文，特别是写乡村妇女命运的散文值得称道。这些散文中经常能看到生存背后的艰辛和悲剧感，写出了乡土的忧伤和苍凉，并怀有一种深深的同情。《穿越时光的影子》写活泼可爱的少女梅叶，在她青春欢笑的憧憬里父亲出车祸死去，梅叶的命运一夜改变，就像那固原田里坚韧的洋姜花，负担起家庭的重担。不久，梅叶小小年纪就远嫁内蒙。"一只巨翅的鸟，早早变成一只巢"。人生的悲辛不过如此。所以人生绝望之时，想想梅叶的境遇，不是还得努力让人生好起来。《一句诗一样短的短促》写一个16岁就嫁人的女子，婚姻尚可。只是父亲为了400元的彩礼没兑现，逼着她离婚回家了。女子上吊而死，恶死不得入村安葬，孤零零埋在村外。而多少年过去了，女子当年的小丈夫仍然年年风尘仆仆地来上坟。《此生唯有布鞋知》以一个妇女临终前的意识流式的回忆写一个乡村女人悲苦的一生。一个14岁的女子以换亲缔结了婚姻。漫长生活中的辛劳、歧视、闲言、屈辱、严酷逼得女人泼辣、刻薄、小偷小摸……女人将一生所有的爱恨都寄托在做布鞋上。这几篇散文有一个新的特色，就是在写作手法上的新变化，情感内敛了许多，叙事技巧的开阖照应显示出一种短篇小说的章法、技巧和节奏。而到了《1983：一段断壁残垣》，就更强化了散文的小说化倾向。这篇散文写美丽的小姨和回族小伙伊斯马偷偷恋爱。由于汉回两个民族，他们的恋爱遭遇着家长们暗暗的冷意。但不论如何，小姨像花儿一样地开放着，伊斯马参了军，全家更是喜气洋洋。1983年的严打中，发生了许多事：政治老师和学生谈恋爱被判流氓罪；供销社被盗严查偷盗者，逼死了伊斯马的弟弟，伊斯马受到牵连当了逃兵；公路上汽车撞死了不知名的女人；小姨莫名其妙地患了病委顿下去，最终不治而亡。1983年，这一片乡土到处都是阴沉凋零的气息。青春期的"我"，感受到一种盛大而无边的孤单凄惶……这篇散文写景写人写情皆细腻传神，如一条水面平静缓慢而水下漩涡横生的河流，传达出特殊年代里固原乡土生活的情形和伤痛。特别是其间流露的一种人无法掌控命运的悲剧感，扣人心扉，久久不能释怀。这篇散文情感饱满，但文字不张扬，写喜写悲，格调皆非常到位，标志着高丽君散文写作跨上了一个新的高度。

结语

总体来说，读了高丽君的散文之后，忽然感到，一方面，文学是多么地个性化、多样化。将一套熟知的地域性标签套在这个地域所有人的创作上面，是一种多么僵硬呆板的思维，原来西海固的生活不仅仅是苦难和艰辛，它也到处充满了触手可及的本真欢乐和喜悦，也在现代化的生活中交融着古今中外思想和灵魂的对话与思索。另一方面，不同的地域文学确实是有着地域的精神气质的。高丽君的散文书写的今天的西海固已经不是人们印象中那个苦难贫困的地方，也不是血与剑的疆场，但它的精神气质仍然流淌在西海固人的血液里。这就是呈现在散文中的那种顽强不屈、生生不息、坚韧执着的关于生命的体验和记忆。而我们之所以能够被这些朴实的散文时时打动，是因为，高丽君的生命体验和她的文字是统一的，由此自然地表现出健康质朴的人生，并呈现出生命感蓬勃的文学面貌。这是高丽君散文的特色和独有的价值。这与那些不真诚的写作、缺乏生命气息的文字之间有天壤之别，高丽君的散文因此显得珍贵。

当然，对高丽君散文还有一些不得不说的话。高丽君读书甚众又勤奋，在生活感受之外，她又常常在古今中外思想者的触发中穿梭，这让她的散文有一定超拔之气和书卷气。而高丽君以不低的古典诗词积淀和造诣，在文章中适时插入断句华章，某些时候，会让散文含蓄优美，耐读而令人回味。不过，在另一些时候，则显示了高丽君才情恣肆的放诞，也多少有点灵性空泛的泛滥。原因是有些散文本身对人生的思索、对描写对象的文化内涵的深入性不够，诗词赋予其中反倒让这个不足更加明显。那些远足行游的散文，基本上都有这样的感觉。此外，高丽君的一部分散文对驳杂的人生背后的本质存在是什么，对这样的命题的思考和追问不够。西海固人的生活里沉淀着许多历史的、文化的因子，这是无法割裂的传统。高丽君虽然不以西海固风物为自己散文的招牌，但西部的、西海固的印记还是明显的。但高丽君没有将其进行充分的挖掘和深化来达到一定的深度和高度，散文的穿透性和超越性不够。

总之，高丽君的散文在"在低处"这个向度上淋漓尽致地挥洒了人间烟火和生活的深情，而强化"在云端"这个象征精神的超越和灵魂飞腾的向度，则是高丽君散文进一步提升的方向。

后　记

　　这是我的一本文集。这些文章的写作对象、主题和方法比较杂。读研读博做博士后，又在高校教书，要完成学业、完成教学科研任务，一直在读书写作。不过，我的硕博士论文以及这些年进行的研究项目都有各自明确的主题、各自相对完整的体系和范式。这本书中结集的文章不是它们的直接研究成果，而是我平日读书时的一些思考。

　　我经常无目的地读书。如果我读某一本（种）书的那段时间刚好内心比较安静，也有写作时间，我就会把它写成文章，不计长短和形式。就这样，陆陆续续就写下了这些"杂文"。这些拉拉杂杂的文章是生长在文学田野上一株株植物，大部分在各种刊物和报纸上发表过，在这次结集出版之前，我又进行了修订，修订了一些表达不准确的观点和语句。随着年岁的增长，现在对一些书的认识和之前会有差异，越来越觉得人文学科不仅仅需要知识，更需要生命体验。不过，大量的文章还是保持了原貌，因为有些写得早的文章今天看来仍然没有过时，还比当下写的文章更有灵气，保持它的面貌似乎看到了当时的文学语境和真实的自己。

凝眸文学

所有文章基本上立足学理，表达个人研学的认识，没有故弄玄虚，亦不讨好、不拼凑，但也可能没有做到对相关领域的深研，所以它们有许多不完备不妥当之处，也不是那么齐整，但敝帚自珍，与有缘打开这本书的人们做以交流吧。

　　感谢我的儿子和我的丈夫，多年来一直是你们鼓励和支持我！

　　感谢多年来我的领导、同事和师友对我的支持。想起你们的善意，我更加热爱工作和生活。

　　感谢中国大百科全书出版社的胡青元女士、曾辉先生对本书出版的帮助！感谢本书的责任编辑常川老师，以及装帧设计、校对等各位老师的辛苦付出！也感谢"兰州文理学院出版基金"资助出版。

叶淑媛

2021 年金秋